Sauerlandkrimi & mehr

2011 by Kathrin Heinrichs
Alle Rechte vorbehalten
Umschlaggestaltung: Birgit Beißel, Aachen
Umschlagfoto: Adelheid Prünte
Satz: Olaf Warburg
Druck: cpi books – Clausen & Bosse, Leck
Zweite Auflage 2011
ISBN 978-3-934327-12-2

Kathrin Heinrichs

Salamitaktik

Sauerlandkrimi & mehr

Blatt-Verlag, Menden

Für meinen Mann,
ohne den keines meiner Bücher entstanden wäre

Ähnlichkeiten zu realen Orten sind gewollt.
Personen und Handlung des Romans dagegen sind frei erfunden.
Bezüge zu realen Menschen wird man daher vergeblich suchen.

Du siehst es sofort, als sie das Esszimmer betritt. Sie hat sich aufgebrezelt wie Hölle, und du weißt, was das bedeutet. Warum merkt eigentlich außer dir keiner was? Robin blättert genervt in der Fernsehzeitschrift und Lars quatscht die ganze Zeit, als würde er Wörtergeld kriegen. Er erzählt von Borussia Dortmund und von Meisterschaft und von Trainer und von Transfer. Lars hat den ganzen Tag nur Fußball im Kopf. Was Robin im Kopf hat, weißt du nicht. Wenn er mal zu Hause ist, sagt er nicht viel. Das war früher anders. Alles war früher anders.

Mama holt noch ihren Diät-Brotaufstrich aus der Küche, dann setzt sie sich zu euch an den Esstisch. „Leg doch mal die Zeitschrift weg, Robin!"

Dein Bruder brummelt etwas. Die Zeitschrift legt er trotzdem nicht weg.

„Jetzt mach schon!" Mama nimmt ihm das Heft aus der Hand.

Robin will losmotzen, dann entschließt er sich dagegen. Wahrscheinlich will er an diesem Abend noch los – und deshalb nicht jetzt schon die Stimmung versauen.

„Beim Essen wird nicht gelesen", sagt Mama und lächelt.

Ah, die Nummer, denkst du. Ihr seid eine glückliche Familie! Ihr hört einander zu! Scheiße nur, dass Mama geistig gar nicht anwesend ist. Sie ist schon woanders. Sie ist schon bei ihm.

„Was habt ihr denn heute vor?", erkundigt sie sich. Du wusstest es doch – sie will weg. Jetzt muss sie wissen, ob sie euch alleinlassen kann.

„Ich fahre zu Piet", Robin schaut sie nicht an. „Keine Ahnung, wann ich zurück bin."

Mama zieht die Stirn kraus, was affig aussieht. „Ich finde es nicht gut, wenn ich nicht weiß, wann du zurückkommst."

Du bist sicher, Mama findet es vor allem nicht gut, wenn Robin ihr einen Strich durch die Rechnung macht.

Jetzt fängt er doch an zu motzen. „Hallo? Ich bin 18. Ich muss hier nicht angeben, wie lange ich meine Kumpels besuche."

„Ist ja schon gut." Mama grübelt – du siehst es ihr an. Allerdings macht sie sich weniger Gedanken um Robin als um die Frage, ob Lars und du alleine klarkommen.

„Ich muss gleich auch noch mal weg", sie streicht Lars über den Kopf. „Kommt ihr allein klar?"

„Klar kommen wir klar", kräht Lars. „Wir sind doch keine Babys, Ole und ich."

Du könntest kotzen. Wenn Papa jetzt da wär! Gleichzeitig weißt du: Wäre Papa jetzt da, wäre es auch nicht viel besser. Mama und Papa reden kaum noch ein Wort miteinander.

Dann hörst du ein Summen. Mamas Handy. In ihrer Hosentasche. Mama hat eine SMS bekommen. Du zählst die Sekunden, bis sie einen Grund findet, den Raum zu verlassen. In der Regel hält sie es nicht aus, mit dem Lesen bis nach dem Essen zu warten.

„Wo ist eigentlich das Salz?", fragt sie und geht nach nebenan in die Küche. Treffer versenkt! Es ist alles so durchschaubar. Es ist alles so arm. Warum merkt das denn keiner?

„Schmeckt doch viel besser, die Tomate, wenn man Salz drauf tut", sagt sie extragutgelaunt, als sie eine Minute später zurückkommt.

‚Spar dir das Gelaber!', möchtest du sagen. ‚Hauptsache, du weißt, wo ihr euch trefft. Wann genau er Zeit für dich hat. Wann er es dir endlich besorgt.'

„Wann kommt Papa?", fragst du stattdessen und siehst sie an.

„Papa?", sie weicht deinem Blick aus.

„Papa, Papa, Papa", plappert Lars nach. „Er kommt am Freitag, oder? Er kommt doch immer am Freitag."

„Papa weiß noch nicht genau, ob er kommt", sagt Mama. „Er weiß noch nicht, ob er es schafft. In der Firma ist sehr viel zu tun."

Du bist irritiert. Er weiß noch nicht, ob er es schafft? Was soll das? Hat sie ihm gesagt, er soll nicht kommen? Er hat immer viel zu tun. Aber deshalb ist er trotzdem bislang am Wochenende immer nach Hause gekommen. Spätestens am Samstag ist er gekommen.

„Papa darf nicht wegbleiben", sagt Lars. „Er will doch zugucken, wenn ich am Samstag spiele. Hat er versprochen!"

„Vielleicht klappt's ja", sagt Mama und streicht Lars schon wieder über den Kopf.

„Ich muss jetzt los", brummelt Robin und steht auf.

Das war's also, denkst du. Das war das Abendessen einer glücklichen Familie. Aus und vorbei.

Zwei Stunden später klopft es an deine Tür.

„Da'f ich 'hein?"

Da steht er, dein kleiner Bruder, seine Decke unter dem Arm, seine Zahnklammer im Mund, so dass man kaum ein Wort versteht. Er kommt total ungelegen. Du sitzt noch am PC, an deinem Projekt. Das Internet gibt viel über ihn her. Er hat Zweite Bundesliga gespielt. Das hast du vorher nicht gewusst. Und er hat Musik gemacht, in einer Band. Die „Lazy Players" in Münster. Er hat gesungen, ist ja klar. Er muss sich ja immer in den Vordergrund drängen.

Was seinen Beruf angeht – da kommt er zwar vor, aber er scheint kein Kracher zu sein. Über Papa jedenfalls steht mehr im Netz. Beruflich gesehen.

„Sach jetz', Ole, da'f ich 'hein?"

Lars nervt dich, aber du weißt, dass du ihn nicht wegschicken kannst.

„Mach schon", sagst du. Zwei Sekunden später hat er es sich in deinem Bett gemütlich gemacht.

„Guck'n wir wasch?"

„Von mir aus." Du musst sowieso nachdenken. Du schaltest den PC aus und machst den Fernseher an. Es läuft nur Mist, dann endlich findest du einen alten James Bond und legst dich zu dem Kurzen. Als eine Weile später 007 mit einer Schnalle ins Bett geht, denkst du an Mama. Lars schläft zum

Glück schon und schnarcht leise vor sich hin. Er hat seinen Fuß an dein Bein gelegt. Das macht er immer, damit er weiß, ob du noch da bist. Wenn du dich bewegst, wird er sofort unruhig und blinzelt verschlafen. „Alles klar, Lars", sagst du dann und weißt, dass das Kämpfen noch einen Sinn hat.

1

„Mach ihn rein!", hörte ich eine Männerstimme brüllen. Meinte der Typ einen Stürmer von Rot-Weiß Ermede? Oder mich, der ich am Waffeleisen stand und die nächste Portion Teig einfüllte?

Im nächsten Augenblick wusste ich die Antwort. Waffelkollegin Silke fiel mir um den Hals. Ihr Spross hatte mal wieder einen Treffer gelandet. Besorgt blickte ich zu meinem Sohn hinüber. Er stand etwas verloren auf seinem Posten. Paul war auf einer Position untergebracht, auf der man wenig Schaden anrichten konnte. Ganz der Papa. Es brach mir das Herz. Aber wenigstens konnte er sich freuen, dass ein Tor gefallen war. Und dann auch noch für seine Mannschaft.

Insgesamt war die Taktik im Spiel nicht gut erkennbar. Egal, wo die Jungs positioniert waren – alle rannten unkoordiniert hinter dem Ball her. Na ja, fast alle. Paul hielt sich aus strategischen Gründen zurück. Vielleicht kam er auch einfach nicht mit.

Ehrlich gesagt konnte ich mir selbst nicht erklären, warum der Kleine Fußball so liebte. Vielleicht lag es am Einfluss von Wilma Wortmann. Die alte Dame wohnte bei uns in der Straße und passte manchmal auf die Kinder auf – zum Beispiel indem sie mit ihnen Bundesliga guckte. Paul jedenfalls ging jede Woche zum Training und am Wochenende zum Spiel. Und ich mit ihm – dabei war ich selbst in meiner Jugend gefragt worden, ob ich nicht lieber mit Minigolf anfangen wollte. Oder mit Klarinette.

Inzwischen war ich als Spielerpapa aber gern auf dem Platz.

Und das lag vor allem an dem kleinen Dorfverein, den Paul sich ausgeguckt hatte. Die Leute hier waren unkompliziert, machten tolle Jugendarbeit – und es gab keine Eltern, die ihre Sprösslinge mit „Macht sie nieder!" anfeuerten. Im Gegenteil: Der Verein war sogar sozial engagiert: Regelmäßig wurden Hilfstransporte nach Rumänien gestartet. Ein Samstag am Spielfeldrand mit Bratwurst und Bier ließ einen ganz gut den Alltag vergessen.

Insofern war es für mich eine Selbstverständlichkeit, wenn auch nicht am Ball, so aber doch am Waffelstand mein Bestes zu geben. Dabei hatte man eigentlich meine Frau Alexa gewollt. „Hmm", hatte Silke Spiekermann herumgedruckst, als ich Paul vom Training abgeholt hatte, „weißt du, Vincent, der kommende Samstag ist total wichtig. Wenn die Erste gewinnt, steigt sie auf. Das wird ein richtiges Volksfest. Da muss es am Platz zu essen und zu trinken geben. Vorher spielen unsere Jungs – als Vorband sozusagen. Irgendjemand muss in der Zeit mit mir am Waffelstand stehen. Zu blöd, dass Alexa nicht da ist!"

Silke war eine Vereinsmacherin par excellence. Ihr Mann Jugendwart bei Rot-Weiß Ermede, sie selbst Mädchen für alles – die ganze Familie sozusagen immer im Einsatz. Kärrnerarbeit für den Verein!

„Ute und Eva machen den Aufbau, meine Mutter schiebt während des eigentlichen Aufstiegsspiels Dienst ..."

Ich zögerte kurz. „Wie wäre es mit – mir?"

„Das würdest du machen?" Silkes Gesichtsausdruck verriet die perfekte Taktikerin: Sie hatte auf mich spekuliert – und sie hatte gewonnen. Mit Begeisterung fiel sie mir um den Hals.

Genau dasselbe war während der letzten Stunde am Waffelstand drei weitere Male passiert. Immer genau dann, wenn ihr Mike ein Tor geschossen hatte.

Jetzt allerdings stand der kleine Schütze beim Trainer und ließ sich die Schuhe zubinden. Ich musste grinsen. Acht Jahre und konnte noch keine Schleife. Eins zu null für Paul.

Dann endlich der Schlusspfiff. 7:5 für unsere Mannschaft. Silke zischte mal kurz ab zu ihrem Hattrick-Sohn und ließ mich am Waffelstand allein. Auch mein eigener Filius suchte die Nähe zur Familie und schlenderte heran.

„Na, Sportsfreund!" Nach einem Fußballspiel eine super Anrede, fand ich.

„Hallo." Er klang irgendwie geknickt.

„Na, das war doch ein Spiel!", lobte ich meinen Sohn über die Waffeln hinweg.

„Ich hab keinmal den Ball gehabt."

Das beruhigte mich irgendwie. Also war er nicht an einem der Gegentore beteiligt.

„Die Mannschaftsleistung zählt!", palaverte ich. „Willst du eine Waffel?"

Paul schüttelte den Kopf. Dann war er weg. Etwas besorgt schaute ich ihm hinterher.

Immerhin, er beherrschte die Schleife.

Dann stand plötzlich Elfer vor meinem Stand, Pauls Trainer. Elfer hatte seinen Spitznamen einem versemmelten Strafstoß seiner Jugend zu verdanken. Inzwischen war Elfer Anfang Dreißig – irgendwie eine tragische Vorstellung, ein Leben lang an das eigene Versagen erinnert zu werden. Elfer jedoch schien mit seinem Namen gut leben zu können – und ich konnte mit Elfer gut leben. Weil er ein netter Kerl war. Und weil er Paul trotz aller Fehlschläge immer wieder einwechselte.

„Gutes Spiel!", sagte ich.

„Gute Waffeln", sagte Elfer, nachdem er sich ein Herz abgetrennt hatte.

Pauls Trainer verfügte über eine Figur, die gut ein paar Waffeln vertragen konnte. Er war breit und kompakt, aber nicht dick. Ein durchtrainierter Sauerländer, konnte man sagen.

„Sie müssen besser zuspielen", rügte Elfer kopfschüttelnd, „sie bolzen nur rum."

Ich hätte ihn gern daran erinnert, dass die Jungs immerhin

nicht mehr zweistellig spielten. Das war regelmäßig der Fall gewesen, als ihnen der Ball noch bis zur Hüfte gereicht hatte. Dann fiel mir die Rudelbildung ein, die ich eben gesehen hatte.

„Ja, sie müssen zuspielen", stimmte ich zu.

„Und – wie geht das Spiel aus?", fragte Elfer und sah hinüber zum Platz, als täte sich drüben schon etwas. Er meinte natürlich *das* Spiel. Das Entscheidungsspiel unserer ersten Mannschaft, das in einer halben Stunde begann.

„Wir gewinnen", mutmaßte ich.

Elfer wiegte skeptisch den Kopf. „Schaun mer mal!", imitierte er den Fußball-Kaiser – um dann abrupt das Thema zu wechseln: „Wie ist es eigentlich mit dir und Fußball?"

„Wie jetzt?" Ich war irritiert.

„Spielst du? Hast du früher gespielt?"

Ich hätte ein paar Erfolge aus meiner Jugendzeit anführen können. In dem Jugendtreff meiner rheinischen Heimat hatte ich beim Tischkickern ein paarmal gewonnen.

„Ich jogge", antwortete ich. Eigentlich hätte ich ein „gelegentlich" hinzufügen müssen.

„Joggen ist gutes Training", sagte Elfer. „Aber komm doch mal mittwochabends vorbei! Da ist Alte-Herren-Training hier auf dem Platz."

Alte-Herren-Training – nun ja.

Zum Abschied gab Elfer mir einen Klaps auf den Bauch. Eine freundliche Erinnerung, dass ich tatsächlich mehr Sport machen sollte. Guter Vorsatz! Vorerst vertilgte ich aber erst mal den Rest von Elfers Waffel – und genoss dabei die heiter-aufgeregte Stimmung um mich herum. Rot-Weiß auf dem Sprung in eine erfolgreiche Zukunft! So schien es zumindest ...

2

In der nächsten halben Stunde kamen Silke und ich richtig ins Schwitzen. Die Waffeln liefen gut – und im Gegensatz zu Elfer bezahlten die Kunden sogar. Der Platz füllte sich zusehends, die Spannung stieg, und der Umsatz auch.

Zwischendurch entdeckte ich Paul und seinen Freund Tobi am Waldrand. Sie hatten sich am Schminkstand in den Vereinsfarben anmalen lassen und robbten jetzt rot-weiß durchs Gras. Ich fühlte mich an eine dänische Guerillaeinheit erinnert – konnte darüber aber nicht länger grübeln, weil bereits die nächste Bestellung hereinkam.

„Vier Waffeln hätte ich gern! Und zwar in Rot-Weiß!" Eine bekannte Halbglatze über einem bekannten kugelrunden Kopf. Uwe Seeler auf Sauerländisch – oder besser: die Seele des Vereins, Theo Nolte. Der Mann war Metzger – wobei: eigentlich war er viel mehr als das – Inhaber einer Groß- schlachterei. Aber im Herzen war Theo Nolte immer noch Metzger, und das sah man ihm an.

„Rot-Weiß?" Silke war verwirrt.

„Mit Kirschen und Sahne", half ich nach. Ich fand Noltes Bestellung recht originell.

„Ach so!", Silke war wieder auf Sendung. „Das ist ja mal was, Theo, dass du Waffeln isst und auf deine eigenen Würstchen verzichtest."

„Von wegen", Theo Nolte zwinkerte Silke zu. „Ich hab schon zwei Würstchen intus. Das hier wird nur der Nachtisch!"

Der Mann war tatsächlich ein Phänomen. Ein sehr erfolg- reicher Unternehmer, aber mit genauso viel Leidenschaft Vorsitzender des Fußballvereins. Samstags immer auf dem Platz und sich nicht zu schade, über das Fußballfeld hinweg die Ermeder Jungs anzufeuern. *Seine* Ermeder Jungs wohlgemerkt, die über den von ihm gesponserten Kunstrasen liefen. Anschließend fuhr er in seinem Mercedes SL geruhsam nach Hause. Der Mann hatte Manager-Yoga nicht nötig. Er entspannte hier auf dem Platz.

Ganz nebenbei sorgte er dafür, dass bei allen wichtigen Events eine Würstchenbude vor Ort war. Und genauso regelmäßig verpasste er dem Verein einen neuen Satz Trikots, die er mit passenden Werbesprüchen versah. In dieser Saison stand bei den Jungs auf der Brust: *„Wir spielen die Salamitaktik".* Aus aktuellem Anlass hatte Nolte zudem die Bandenwerbung erneuert. Dort stand jetzt in großen Lettern: *„Es geht um die Wurst!"*

Noltes Werbemätzchen waren ihm allerdings auch schon zum Verhängnis geworden. Als seine Ermeder Jungs in der vorletzten Saison den Aufstieg knapp verpasst hatten, hatte ein Sportreporter ein Riesenfoto von Nolte mit der Bildunterschrift *„Armes Würstchen"* gebracht. „Ulla!", rief Nolte jetzt seine Frau. Zum Waffeltragen wahrscheinlich. Sie stand ein paar Meter entfernt und diskutierte mit Elfer.

„Ulla!" Endlich wandte die Frau sich um. Ihr kurzgeschnittenes, kastanienrot gefärbtes Haar leuchtete in der Sonne. Ich fragte mich, ob sie es extra zum Festtag von Rot-Weiß in der Vereinsfarbe nachgefärbt hatte.

„Das ging ja schnell", Ulla Nolte eilte heran und nahm zwei Waffeln entgegen. „Schicke Schürze", sagte sie zu mir.

„Danke!" Ich wurde verlegen. Die Schürze hatte mir meine Nachbarin Wilma Wortmann geliehen. Sie trug auf dem Brustlatz die Aufschrift: *Fettflecken halten sich länger, wenn man sie jeden Tag mit Butter einreibt!*

Nolte zahlte – mehr, als er eigentlich gemusst hätte – dann verschwanden die beiden in Richtung Zuschauerbänke.

Kurz darauf kam Yannik zum Stand. Yannik war das Faktotum des Vereins. Ein Junge irgendwas zwischen 16 und 20, der in den Förderwerkstätten der Nachbarstadt arbeitete. Yanniks Leben war der Fußball. Nebenbei verehrte er aber auch meine Frau.

„Ist Alexa nicht da?", fragte er deshalb enttäuscht.

„Nee, leider nicht. Sie musste zu einer Fortbildung." Ich sah Yanniks Gesichtsausdruck an, dass er damit nichts anfangen konnte.

„Hast du neue Sticker?", fragte ich stattdessen.

Yannik trug wie immer eine Jeansjacke, die über und über mit Stickern besetzt war. Vorwiegend Vereinsembleme. Daneben auch Sticker mit Sprüchen – alles, was er kriegen konnte.

„Guck mal, der ist neu, hat mir unser Trainer geschenkt." Er deutete auf einen Sticker an seiner Brust, so groß, dass ein Spruch darauf Platz hatte: *„Selbst wenn ich übers Wasser liefe, würden meine Kritiker sagen: Nicht mal schwimmen kann er."*

Berti Vogts stand darunter. Ich hatte gar nicht gewusst, dass der so originelle Sachen gesagt hatte.

„Gefällt mir", sagte ich.

„Hab ich ja auch von Rollo."

Rollo musste Roland Kampmann sein, der Trainer der Ersten. Ihm hatte man also einen harmlosen Spitznamen verpasst. Das war beileibe nicht immer so. Seitdem ich im Sauerland wohnte, war ich gestandenen Männern begegnet, die nicht nur *Elfer*, sondern auch *Gurke*, *Racker* oder *Flanke* genannt wurden. Außerdem hatte ich lernen müssen: Spitznamen wurden gerne weitervererbt. Hieß schon der Vater *Röchels Schiss*, wurde irgendwann auch der Sohn so genannt. Nicht gerade ein einfaches Erbe!

„Rollo hat mir auch ein Autogramm gegeben."

„Ist nicht wahr!"

„Doch, hier." Yannik holte einen Zettel heraus. Einen Schmierzettel, von einer Seite bedruckt. Auf die andere Seite hatte Roland Kampmann seinen Namen gekritzelt.

„Ist natürlich keine richtige Autogrammkarte", schränkte Yannik ein.

„Das macht nichts", meinte ich, „dafür ist die Unterschrift echt."

„Das stimmt." Yannik strahlte still vor sich hin. „Meinst du, Rollo wird noch richtig berühmt?"

„Ähm – " Ich war mir nicht sicher, was ich antworten sollte. Roland Kampmann hatte durchaus Erfolge vorzuweisen. Wenn alles gutging und man das Spiel heute gewann, stieg man sogar auf, aber berühmt ...? Yannik blickte mich erwartungsvoll an.

„Könnte schon sein."

„Uwe hat mir erzählt, es gäbe einen Verein, der früher auch ganz klein war, so wie wir. Und jetzt spielen die Bundesliga."

„Das stimmt. *TSG Hoffenheim* heißen die." Immerhin – soweit reichte mein fußballerisches Knowhow, dass ich Yannik beeindrucken konnte.

„Genau, *Hoffenheim*, hatte ich vergessen. Meinst du, das können wir schaffen? Bis in die Bundesliga, meine ich jetzt?"

„Ich glaube, da muss man nicht nur gut Fußball spielen können", gab ich zu bedenken, „da braucht man vor allem viel Geld."

„Das hat Uwe auch gesagt." Man sah, wie es hinter Yanniks Stirn arbeitete. „Aber wir haben doch Herrn Nolte. Der hat ja die neuen Trikots bezahlt. Kann der nicht noch mehr zahlen?"

„Da braucht man wirklich seeehr viel Geld", argumentierte ich. „Ich weiß nicht, ob Herr Nolte das –" *hat* hätte ich beinahe gesagt, entschied mich dann aber kurzerhand für *„ausgeben will."*

„Ich frag ihn mal!" Im nächsten Moment war er weg. Ich konnte nur hoffen, dass Theo Nolte einen ähnlich netten Umgang mit den Yanniks dieser Welt hatte wie meine Frau. Letztere meldete sich zehn Minuten später auf meinem Handy. Silke und ich hatten gerade die Übergabe gemacht.

„Alexa", freute ich mich.

„Hallo, ich wollte mal hören, wie es euch geht."

„Hier ist alles paletti. Pauls Mannschaft hat gewonnen, und ich habe gerade meine Waffelschicht erfolgreich beendet."

Wie zur Bestätigung winkte Silke mir zu, hauchte ein lautloses „Danke" und ging hinüber zu den Zuschauerbänken.

„Hat die Erste schon gespielt?"

„Nein, aber es geht jeden Moment los." Ich sah mich um.

„Um genau zu sein, laufen sie gerade auf." In der Tat bewegte sich ein Schwarm von roten Spielern aufs Feld. Mit ihnen die gegnerische Mannschaft in Grün.

„Yannik hat nach dir gefragt", nahm ich das Gespräch mit Alexa wieder auf.

„Bestell ihm schöne Grüße. Er ist bestimmt aufgeregt wegen des Spiels."

„Und nicht nur das. Er plant gleich die weitere Zukunft – den Einzug von Rot-Weiß Ermede in die Bundesliga."

„Der Mann hat wenigstens Ziele. Ich glaube, er ist ganz versessen auf diesen neuen Trainer – Roland Kampmann."

„Da hast du recht. Er hat sich sogar ein Autogramm von ihm geholt. Ich sehe ihn gerade. Den Trainer meine ich jetzt. Er marschiert auf die Trainerbank zu. In einer schneeweißen Trainingshose und knallroten Turnschuhen!"

„Das ist ja scharf."

„Sowieso. Oben ein enganliegendes Shirt, bei dem man seine Rippen zählen kann. Und seine Muskeln."

„So ein Mist, und ich bin nicht da."

„Du verpasst etwas!", bestätigte ich. „Der Platz ist gerammelt voll. Gegenüber sehe ich gerade einen Frauenpulk in roten T-Shirts mit Trommeln und einem Fantransparent."

„Was steht drauf? *Roland, ich will ein Kind von dir?*"

„Das nicht – aber *Mit Rollo geht's rund!*"

„Auch nett! Ganz Ermede liegt dem neuen Trainer zu Füßen. Kein Wunder, er sieht ja auch aus wie ein Gott."

Ah ja. Interessant zu hören, wie meine Gattin Roland Kampmann so fand.

„Ich muss jetzt Schluss machen", erklärte ich grätzig, „es wird gerade angepfiffen. Und ich habe noch nicht mal mein eigenes Transparent herausgeholt."

„Was steht denn bei dir drauf?"

Ich sann auf einen Rache-Spruch. Am besten etwas Macho-mäßiges. Dann fiel mir etwas halbwegs Passendes ein: „*Geht ihr ruhig Fußball spielen! Wir kümmern uns derweil um eure Frauen.*"

3

Das Spiel war verdammt spannend! 70 Minuten waren
gespielt, und es stand 1:1. Die gegnerische Mannschaft
tat alles, um den Aufstieg von Rot-Weiß zu verhindern.
Ermede wiederum würde ein Unentschieden nicht reichen,
man musste gewinnen. Die Atmosphäre war zum Zerreißen
gespannt – auch neben mir auf der Klappbank, wo Silke und
ihr Mann Andi die Mannschaft anfeuerten. Andi trug ein
Transparent mit der Salamivariante *„Wir machen Scheibchen
aus euch!"*, Silke hatte eine Vuvuzela dabei und trötete mir
damit manchmal ins Ohr.
„Na, schon die Hände wund geklatscht?" Ich fuhr herum.
Mein Freund Max stand hinter mir. Was machte er hier auf
dem Sportplatz?
„Ich war bei euch zu Hause", erklärte mein Kumpel und
quetschte sich neben mich auf die Bank. „Keiner da. Da
dachte ich, probier ich's mal hier."
„Treffer!", lobte ich und meinte damit nicht das Geschehen
auf dem Platz.
„Ist Alexa auch da?" Max sah sich um.
„Nöö, die ist zur Fortbildung. Nur Paul und ich treiben uns
hier herum."
„Ach so." Max wirkte ein bisschen enttäuscht. „Wie steht's
denn?"
Ich klärte ihn kurz auf – über die Wichtigkeit des Spiels und
den bisherigen Verlauf.
Max feixte. „Oha, dann steht ja die Ehre des Wurstkönigs
auf dem Spiel!"
„Du kennst Nolte also?" Na ja, eigentlich verstand sich das
von selbst. Max kam von hier. Zwar wohnte er schon lange
in Hagen, aber seine Kontakte reichten immer noch für
Klatsch und Tratsch.
„Na, dass er der Tönnies von Rot-Weiß Ermede ist, weiß doch
jedes Kind. Wo ist er denn?"
Ich zeigte auf die überdachte Bank, auf die sich Nolte vorhin

mit seinen Waffeln zurückgezogen hatte. Max beäugte die Gesellschaft interessiert.

„Wie findest du die Brille?", fragte er schließlich.

„Welche Brille?"

„Die von dem Typ zwei neben Nolte." Ich musste sehr genau hinsehen, was dafür sprach, dass ich vielleicht selbst eine Brille brauchte. Direkt neben Nolte stand Helmut Preuß, Zweiter Vorsitzender von Rot-Weiß und im richtigen Leben Dachdeckermeister. Er trug keine Brille, dafür aber ein knallrotes Bluthochdruckgesicht. Wenn man ihn und Nolte zusammenstehen sah, konnte man denken, Rot-Weiß Ermede habe sich aus einer Herzsportgruppe gegründet. Eins weiter der Mann, den Max gemeint haben musste: Dr. Weingarten. Ulla Noltes Bruder und so etwas wie der Mannschaftsarzt von Rot-Weiß. Jedenfalls war er Allgemeinmediziner und musste sich jedes kaputte Knie anschauen, wenn er am Spielfeldrand stand. Viel wichtiger aber: Er trug eine Brille – und zwar ein markant schwarzes Brillenmodell, wie es im Augenblick Trend war.

„Wie ich die finde? Honeckermäßig. Seit wann interessierst du dich für Brillen?"

Max verzog das Gesicht. „Ich habe selber eine. Schon gemerkt?"

„Ja, und? Aber die ist doch in Ordnung."

„Mein Gott, man kann doch mal wechseln."

Irgendetwas stimmte hier nicht. Erst kam Max überraschend hierher. Dann wollte er unbedingt Alexa sprechen. Dann interessierte er sich für modische Brillen.

„Vielleicht gucken wir lieber Fußball", schlug ich vor. „Es sind nur noch sieben Minuten."

Gerade war eine Auswechslung im Gange. Ein Spieler von Ermede verließ den Platz. Eingewechselt wurde zu meiner Überraschung jemand, den ich kannte – Matthes, ein Schüler aus der 12. Er hatte das Jahr wiederholt. Vielleicht hatte er zu viel auf dem Rasen gestanden.

„Ich wusste gar nicht, dass du dich so sehr für Fußball

interessierst", quatschte Max schon wieder los – und das, obwohl Ermede gerade einen Angriff versuchte.

„Da hast du dich getäuscht", gab ich patzig zurück. „Ich hab vorhin ein Angebot für die Alten Herren bekommen."

„Wie bitte? *Du* willst Fußball spielen?" Max kiekste.

„Für ein bisschen sauerländisches Alte-Herren-Geschiebe wird es wohl reichen."

„Die Sauerländer haben viel Ballgefühl", widersprach Max lokalpatriotisch. „Deswegen werden sie häufig die Brasilianer Westfalens genannt."

Der Ball im Aus. Ein Ermeder Spieler rannte hin. Jede Sekunde zählte jetzt. Ein weiter Einwurf. Das Spiel hatte nun etwas von dem Bolzcharme der F-Jugend: Elf Spieler, einschließlich des Ermeder Torwarts, hatten sich in der gegnerischen Hälfte versammelt und stürmten nach vorn. Ein Blick auf die Trainerbank zeigte: Auch Kampmann hielt es nicht mehr. Er gestikulierte und hampelte an der Seitenlinie entlang. Die letzte Minute, dann ein Pass. 22 Leute vor dem Tor. Ein einziges Kuddelmuddel – und dann ein ohrenbetäubendes Gebrüll. Wer näher am Tor war, musste es besser gesehen haben als wir: Ermede hatte das 2:1 erzielt. Was dann passierte, ist kaum beschreibbar. Die Zuschauermenge explodierte. Alles rannte auf den Platz, so dass der Schiedsrichter entnervt abpfiff. Andi fiel mir ungehemmt um den Hals. Seine Frau knutschte mich auf die Wange, was eine echte Steigerung zu ihren Waffelumarmungen war. Yannik stimmte ein Freudengeheul an, das noch die lautesten Trommeln übertönte. Und dann eine Stimme aus dem Platzlautsprecher. „Ermede steigt auf! Freiwurst für alle!"

Die Ausgelassenheit schien keine Grenzen zu kennen.

„Wetten, dass ...?" – Lars und du vor dem Fernseher. Du bist in einer Stimmung, die man nicht beschreiben kann. Zum Glück ist Lars so müde, dass er fast einschläft.

Den ganzen Tag hast du vorm Computer verbracht – und dabei eine unglaubliche Entdeckung gemacht: Sein Name taucht in einem Chat auf! In einem sehr speziellen Chat! Du bist fast umgefallen, als du gelesen hast, was da über ihn stand. Gut, dass du nicht mit zum Fußballplatz gegangen bist! Mama hat dich nämlich nach dem Mittagessen gefragt, ob du mitwillst. „Lars spielt doch", hat sie gesagt. „Und nachher geht's ums Ganze. Die Erste kämpft um den Aufstieg."

Du hast dich umgedreht, damit du ihr nicht ins Gesicht springst.

Als ginge es darum! Als ginge es um Lars!

„Ich treff mich mit Steffen", hast du gesagt. „Wir wollen Mathe lernen."

Das hat sie geschluckt. Obwohl sie am liebsten auf heile Welt gemacht hätte. *Wir alle zusammen auf dem Fußballplatz – was geht es uns gut!* Du könntest kotzen. *Wir alle!* Du sitzt hier an einem Samstagabend allein mit deinem Bruder und schaust Thomas Gottscheiß. Es soll eine seiner letzten Sendungen werden. Früher habt ihr immer alle zusammen geguckt. Papa und Mama, Robin, Lars und du. Da hat es noch Spaß gemacht. Da konnte die Sendung noch so panne sein. Es hat trotzdem Spaß gemacht. Ihr habt Chips gegessen und euch vorgestellt, welche Wetten ihr einreichen könntet. Einmal hat Papa sogar nachzumachen versucht, was der Wettkandidat da präsentiert hat. Einen Teller mit der Nase hochhalten und dann über etwas hinwegsteigen. Einer von Omas hässlichen Tellern ist zu Bruch gegangen, und ihr habt euch vor Lachen fast in die Hose gemacht.

Und jetzt? Papa ist tatsächlich nicht gekommen. Eben hat er mit Lars telefoniert und ihm zum Sieg gratuliert. Du hast die ganze Zeit danebengestanden, und als Lars endlich fertig war, hast du dir den Hörer geschnappt. „Kannst du nicht morgen noch kommen?", hast du gefragt und selbst gemerkt, dass deine Stimme ganz kippelig war.

Papa hat einen Moment gezögert, er hat gemerkt, dass mit dir etwas nicht stimmt.

„Ich komme nächsten Freitag, Ole. Versprochen, und dann reden wir mal."

„Okay", hast du gesagt, „wenn's nicht anders geht – nächsten Freitag."

„Ist mit Robin alles klar?"

Du hast dich geärgert: Warum fragt er dich das? Soll er ihn doch selbst fragen! Soll er ihn fragen, wie's auf dem Berufskolleg ist. Kriegt doch außer dir keiner mit, dass er gar nicht mehr hingeht. Keiner kriegt irgendwas mit!

Du bist dann auf dein Zimmer gegangen und hast zwei Stunden *Gangster* gezockt. Du hast es richtig krachen lassen. Das war doch alles völlig für den Arsch! Als du nicht mehr konntest, hast du Cornflakes gegessen. Und genau dabei ist dir klargeworden, dass es so nicht weitergehen kann. Dass so alles den Bach runtergeht – eure ganze Familie. Und du hast endlich – endlich! – gewusst, was zu tun ist. Danach ging es dir besser.

Irgendwann dann sind Mama und Lars nach Hause gekommen und haben dich vom PC weggelotst. Lars war total aus dem Häuschen, weil die Erste jetzt aufsteigt. Auch das noch! Lars hat immer rumgeschrien, Rot-Weiß Ermede käme bald in die Bundesliga. Yannik hätte das erzählt. Alle total durchgeknallt! Mama hat natürlich gesagt, dass sie gleich wieder wegmuss. Es gäbe noch eine Aufstiegsfeier, da wolle sie unbedingt hin. Du hast fast zu viel gekriegt. Du hättest am liebsten gesagt: ‚Warum sind wir schon wieder alleine? Hältst du es keine drei Stunden ohne ihn aus?' Du hast aber gar nichts gesagt, sondern nur im Wohnzimmer den Fernseher angeschaltet. Mama hat sich dann „frisch gemacht". Klar, du kannst dir schon denken, wofür.

Du stellst dir das gerade vor. Was in diesem Moment passiert.

Wie sie ihn küsst. Wie er mit ihr rummacht. Das macht dich fertig. Warum reicht ihr Papa nicht mehr? Warum hat sich dieser Kerl überhaupt in euer Leben gedrängt?

Lars schläft schon halb. Du musst ihn gleich irgendwie ins Bett kriegen. Dabei hat er immer noch sein Fußballtrikot an. Du könntest heulen. Und gleichzeitig bist du froh, dass du endlich etwas angestoßen hast.

○

Einatmen. Ausatmen. Einatmen. Ausatmen. Einen Moment möchte ich noch im Auto sitzen bleiben, obwohl es mich eigentlich rausdrängt. Ich habe die Hoffnung, dass heute irgendetwas passiert. Dass er etwas sagt! Dass er sich zu mir bekennt! Ich glaube, ich brauche das. Ich brauche das sehr bald! Und gleichzeitig habe ich tierische Angst. Oles Blick geht mir nach. Es ist, als ahnte er etwas. Als würde er mir innerlich Vorwürfe machen. Aber vielleicht bilde ich mir das auch alles nur ein. Er ist in einem schwierigen Alter.

Draußen stehen drei der Jungs und rauchen.

„Herzlichen Glückwunsch noch mal!", rufe ich.

„Immer wieder gerne", lallt einer. Ich glaube, es ist Mark. Mir wird bewusst, dass ich ziemlich lange weg war. Über zwei Stunden. Der Alkoholpegel scheint seitdem immens gestiegen zu sein.

Das ist noch untertrieben. Drinnen steht die Luft vor Schweiß und Alkohol. Es ist viel zu eng im Vereinsheim, aber das scheint der Stimmung keinen Abbruch zu tun. Ich quetsche mich durch, bis ich ihn sehe. Da steht er, in einem Kreis von Spielern, und es geht ziemlich hoch her. Sie singen, nein, eigentlich grölen sie mehr. Sie grölen die Rot-Weiß-Hymne. *Rot-Weiß, wir kämpfen um den Schuss, Rot-Weiß, wir kämpfen bis zum Schluss* – Die Hymne ist so schon ziemlich bekloppt. Sie wird nicht besser, wenn sie von acht besoffenen Männern gebrüllt wird. Aber was soll's? Es ist so laut hier, dass man eh kaum was versteht.

Roland hat sich umgezogen. Er trägt jetzt ein schwarzes Hemd, ziemlich weit aufgeknöpft, und seine G-Star-Jeans. Dazu die roten Turnschuhe. Er sieht cool aus. Er sieht verdammt cool aus, und ich empfinde so etwas wie Stolz. Gern würde ich zu ihm hingehen und den Arm um ihn legen. Aber das geht natürlich nicht. Leider geht das noch nicht. Ich hoffe, dass sich wenigstens unsere Blicke treffen – aber keine Chance. Roland ist total in seiner Welt. Als er mit seinem Trupp einen Kurzen hebt, schaue ich mich um und überlege, wo ich mich dazustellen kann. Da, Ulla Nolte winkt mir zu. Sie sitzt an der Theke und lotst mich heran. Als ich mich zu ihr durchgekämpft habe, hat sie mir schon ein Bier organisiert.

„Auf das Leben, Nici!", sagt sie und trinkt.

„Auf den Fußball", kontere ich. Das mit dem Leben ist mir zu groß.

Zwei Stunden später habe ich noch immer kein Wort mit ihm gesprochen. Jeder stürzt sich auf ihn, jeder gratuliert, klopft ihm auf die Schulter, fällt ihm um den Hals. Mittlerweile wird getanzt – nachdem ein paar Ältere gegangen sind und Platz gemacht haben. Ich würde so gern mit ihm tanzen oder ihn bei mir spüren – und wenn sich nur unabsichtlich unsere Arme berührten. Ich bin sicher, dass er mich bislang gar nicht gesehen hat. Und was ich schlimmer finde: Er scheint mich kein Stück zu vermissen!

Ich versuche mich zu beruhigen: Er hat's geschafft, sage ich mir. Er ist aufgestiegen mit seiner Mannschaft. Natürlich hat er was anderes im Kopf. Jetzt fällt ihm Sandra Kröger um den Hals, die Ex-Freundin von Carlo aus seiner Mannschaft. Sie umarmen sich, lange. Dann lösen sie sich, aber nicht ganz. Sie halten sich immer noch fest. Warum, verdammt noch mal, halten sie sich immer noch fest? Ich schließe die Augen. Zähle bis drei. Öffne sie, sie halten sich immer noch fest. Natürlich, sie sind ausgelassen. Roland hat getrunken. Er hat vermutlich ziemlich viel getrunken. Und dass Sandra was von ihm will, habe ich schon letztens gemerkt – nach dem Spiel gegen Sundern. Ich schließe wieder die Augen, länger jetzt, und versuche an seine Küsse zu denken, an seine Hände auf meiner Brust. Ich rede mir ein: Was ich mit ihm habe, hat keine. Er gehört mir, auch wenn das außer uns bislang keiner weiß. Ich lasse mich tragen von den unwirklichen Geräuschen um mich herum, von der bierseligen Luft. Als ich die Augen öffne, ist Roland plötzlich weg. Auch Sandra ist weg. Ich werde panisch, sehe mich um. Es schmerzt in meiner Brust. Es zieht mir die Lungen zu. So stark ist sie, die Angst, ihn zu verlieren.

„Meine lieben Freunde", die Musik ist aus, merke ich plötzlich. Jemand hält eine Rede. Es ist Theo Nolte, unser Vorsitzender, der sich da das Mikro geschnappt hat.

„Wer hätte das gedacht? Unser Rot-Weiß Ermede hat den Aufstieg geschafft!"

Jubel, Grölen, Applaus. Wo ist Roland? Wo ist Sandra? Was machen sie draußen? Hat er schon länger was mit ihr? Allein der Gedanke bringt mich um. Andererseits – plötzlich passt alles zusammen!

„Und wem haben wir das zu verdanken? Unseren Spielern, die gekämpft haben wie Löwen."

Wieder stürmischer Beifall. Ich will nach draußen, komme nicht durch.

„Aber da ist natürlich noch der Mann, der die Basis geschaffen hat für all das. Der Mann, der an seine Leute geglaubt hat. Der Mann, der dem Fußball in unserem Dorf eine neue Dimension gegeben hat – Roland Kampmann." Theo spricht den Namen aus, als würde er einen Showstar ansagen. *„Rooooooland Kampmann!"*

Ohrenbetäubender Krach, die Leute sind total aus dem Häuschen. Und dann plötzlich höre ich seine Stimme. Ich höre Rolands Stimme. Übers Mikrophon. Die Erleichterung ist so groß, dass sie mich fast umhaut. Er ist hier. Nicht draußen. Nicht mit Sandra zusammen. Er ist hier. Und er tut das, was jeder Mann tun würde nach solch einem Erfolg:

Er lässt sich feiern. „Lieber Theo, liebe Freunde! Ich danke euch sehr!" Seine Stimme ist heiser – wahrscheinlich, weil man sich in diesem Raum nur durch Schreien verständigen kann. Ganz nebenbei klingt seine Stimme aber auch ziemlich betrunken.

„Ein großer Traum is' wahr geword'n – auch für mich. Ermede hat's – hat's endlich geschafft." Er quält sich durch die Sätze. Er ist sternhagelvoll. Dennoch ertönt stürmischer Beifall. Wahrscheinlich, weil alle anderen auch betrunken sind. Ich versuche, Rolands Blick einzufangen. Ich möchte gern irgendeine Art von Kontakt zu ihm aufnehmen.

„Ein Jahr lang gefightet", nimmt ihm Theo das Wort ab. Er hat wie alle hier eine knallrote Birne, aber er scheint weniger getrunken zu haben als Roland, „und es hat sich gelohnt. Aber, lieber Roland, eine Frage haben wir noch: Wie geht es weiter? Ist womöglich noch mehr drin als der bloße Klassenerhalt? Wie planst du die Zukunft?"

Da, er hat mich. Roland sieht mich an. Seine Augen sind glasig und rot unterlaufen. Er lächelt nicht. Er starrt mich einfach nur an. Ich versuche, Liebe in meinen Blick zu legen. Ich versuche ihm zu sagen: Du und ich, wir gehören zusammen.

„Die Zukunft?", Roland scheint plötzlich wach zu werden. Er reißt sich von meinem Blick los und schaut in die Menge. Er zögert einen Moment, mein Herz rast. Was sagt er jetzt? Sagt er womöglich etwas über uns?

„Meine Zukunft – dazu möchte ich was Wichtiges sag'n."

Es ist ruhig geworden im Saal. Noch ruhiger als vorher. Mein Herz gibt den Beat für das, was jetzt passiert.

„Man soll geh'n, wenn's am schönsten is', hat mal einer gesagt", Roland formuliert verwaschen und trotzdem für alle verständlich. „Ein bisschen ist das so auch bei mir. Mir tut das sehr leid, aber ich werde Rot-Weiß Ermede in der kommenden Saison nicht weitertrainieren."

Ein Nichts füllt den Raum. Ein Nichts an Verstehen. Stattdessen Entsetzen, Lähmung und Schock. Roland greift noch einmal nach dem Mikro.

„Es tut mir sehr leid", krächzt er heiser und sieht die Menge dabei um Verständnis bittend an, „aber die Umstände zwing'n mich zu dieser Entscheidung. Ich tu das nicht gern, aber ich gehe hier weg." Ein Rauschen füllt meine Ohren, und gleichzeitig legt sich das Nichts über mich. Es raubt mir den Atem. Was soll das heißen, Roland geht weg?

Ein paar Sekunden zögert er. Sein trauriger Blick wandert von einem zum anderen – nur nicht zu mir. Am Ende bleibt er an Theo Nolte hängen, dem es sichtlich die Sprache verschlagen hat. Es scheint, Roland wollte doch noch etwas sagen, aber dann geht er hinaus. Trotz der Enge hat er keine Probleme, nach draußen zu kommen. Eine Gasse bildet sich. Eine Gasse des Schreckens. Er konzentriert sich beim Gehen. Es fällt ihm schwer, gerade zu laufen. Dann ist er weg. Etwas in mir will hinterher. Will ihn fragen, was das war. Will ihn schütteln. Will ihn nüchtern machen, damit er merkt, was er da gerade gesagt hat. Aber das Nichts hält mich fest. Das Nichts sagt: Du hast ihn verloren. Das Nichts sagt: Roland ist weg.

4

„ … *will sich der Umweltminister am Nachmittag mit Anwohnern treffen –*" Wusch! Mit Wucht schlug ich auf den Wecker. Sonntagmorgen und der Radiowecker ging los! Warum hatte Alexa das Teil nicht einfach mitgenommen? Trotzig schloss ich die Augen – um festzustellen: Jetzt war ich wach! Und das war schade, denn ich hatte verdammt schlecht geschlafen. Weil schlecht geträumt. Im Traum war meine kleine Marie mit Blaulicht ins Krankenhaus gebracht worden. Was allerdings in der Klinik weiter mit unserer Tochter geschah – daran konnte ich mich nicht mehr erinnern.

Gerädert drehte ich mich auf die Seite und sah auf Alexas leere Hälfte. Ein bisschen vermisste ich sie. Eigentlich sogar ganz schön viel. Vielleicht war das der Vorteil ihrer Fortbildungen: Wir kamen mal wieder dazu, uns zu vermissen. Andererseits lag auch der Nachteil klar auf der Hand: Ich musste diesen Sonntag mit den Kindern alleine verbringen.

Unweigerlich schrieb sich eine To-do-Liste in meinem Kopf: Frühstück machen, mit dem Hund gehen, korrigieren, vorbereiten und weiterkorrigieren. Verflixt, eine Sache hatte ich vergessen: Paul ging bald mit zur Erstkommunion. Wir mussten unbedingt in die Messe. Aber vielleicht war das auch gar nicht so schlecht! Wenn ich Glück hatte, trafen wir dort Wilma Wortmann. Und wenn ich noch mehr Glück hatte, lud Wilma Wortmann die Kinder zum Spielen ein!

Verflixt, schon wieder der Radiowecker! Fünf Minuten konnten ziemlich schnell um sein. Inzwischen war man bei den Lokalnachrichten angekommen. Ich holte gerade zum Schlag aus, als ein Name mich zurückhielt. *„... ob es tatsächlich Roland Kampmann ist, der in den Flammen den Tod fand."* Mit einem Ruck saß ich aufrecht im Bett. *„Unsere Reporterin Annika Gerdes ist vor Ort. Annika, weiß man inzwischen Genaueres über das Opfer?"* Es dauerte einen Moment, bis eine Antwort kam. *„Guten Morgen, Sven!"* Die Leitung war nicht ideal. Ich drehte hektisch am Lautstärkeregler, um den Bericht wenigstens lauter zu hören. *„Mir bietet sich hier ein Bild des Schreckens. Ein Wohnhaus, das vollkommnen ausgebrannt ist. Heftiger Brandgeruch in der Luft. Feuerwehrleute, die mit ihren Kräften am Ende sind. Der Brand ist ja gegen drei Uhr in der Frühe gemeldet worden – von einem späten Partyheimkehrer, der eine Abkürzung suchte. Angeblich hat zu diesem Zeitpunkt das Haus bereits lichterloh gebrannt."* *„Dazu dürfte beigetragen haben, dass das Fachwerkhaus total einsam gelegen war?"* *„Natürlich, Sven, ich stehe hier buchstäblich in der Pampas. Im Grunde ist es nur ein Wirtschaftsweg, der hierher führt. Hier kommt normalerweise kein Mensch vorbei. Und genau das dürfte dem Bewohner zum Verhängnis geworden sein."* *„Da sprichst du das eigentliche Drama an. Roland Kampmann,* der Fußballtrainer von Rot-Weiß Ermede, hat in diesem Fachwerkhaus gewohnt, und es steht zu befürchten, dass er sich im Haus aufgehalten hat, denn es wurde ja, wenn ich richtig sehe, eine Leiche gefunden?" „So ist es, Sven, die Feuerwehrleute haben vor gut zwei Stunden eine verkohlte Leiche aus den unteren Räumen geborgen – und damit offenbart sich eine Tragödie. Gestern Abend hat Kampmann mit seinem Verein Rot-Weiß Ermede den Aufstieg gefeiert. Jetzt muss man davon ausgehen, dass er in den Flammen den Tod gefunden hat. Letzte Gewissheit über den Leichenfund hat man jedoch nicht. Die Polizei hält sich zurück und wartet die rechtsmedizinischen Gutachten ab." „Eine Letztes noch, Annika. Bei einer solchen Tragödie stellt sich natürlich die Frage nach der Brandursache. Gibt es dazu schon Aussagen?" „Nein, Sven, leider nicht. Auch hier wartet man die Gutachten ab. Was man aber sicher sagen kann: Egal, wie das Feuer zustande gekommen ist: Es wurde natürlich begünstigt durch den extrem trockenen Frühling. Alles ist knochentrocken, jeder Funke hier kann einen Waldbrand verursachen. Das immerhin haben uns die Feuerwehrleute gesagt, die jetzt seit Stunden hier im Einsatz sind und nach wie vor Brandwache halten. Es sind alle Einsatzkräfte aus dem Stadtgebiet zusammengezogen worden, um ein Übergreifen auf den Wald zu verhindern." „Danke, Annika Gerdes, für den Bericht! Sie haben es gehört, liebe Hörer, eine Tragödie hat sich in der vergangenen Nacht abgespielt. Mindestens einen Toten hat ein Feuer am Eickenbruch in der Nacht gefordert – aller Wahrscheinlichkeit nach handelt es sich um Roland Kampmann, den Trainer des Fußballvereins Rot-Weiß Ermede. Wir halten Sie auf dem Laufenden, liebe Hörer! Und jetzt geht es weiter mit „Stay", dem Soundtrack aus – " Ich stellte den Radiowecker aus. Die nachfolgende Stille stand in totalem Kontrast zu dem, was in meinem Kopf vorging. Roland Kampmann war tot. Der Mann, den ich gestern noch auf dem Fußballplatz gesehen hatte. Der Mann, der Rot-Weiß Ermede zum rauschenden Erfolg geführt hatte.

Der Mann mit den knallroten Schuhen. Dann kam mir etwas anderes in den Sinn. Ich hatte nicht nur geträumt. Ich hatte irgendwann in der Nacht das Martinshorn wirklich gehört.

5

Als um halb neun das Telefon klingelte, rechnete ich mit Alexa, der ich die Neuigkeit schon auf die Mailbox gesprochen hatte. Fehlanzeige – Silke war dran. „Hast du's gehört?"
„Ja, im Radio."
„Ich fass das einfach nicht", Silkes Stimme knickte ein. Offenbar hatte sie zu weinen begonnen. „Erst das Fußballspiel, dann die ausgelassene Feier, Rollos seltsame Ankündigung – und jetzt ist er tot."
„Moment mal! Welche seltsame Ankündigung?"
„Wie? Du weißt das noch gar nicht?" Silke hörte unvermittelt auf zu weinen. „Roland hat gestern sein Traineramt niedergelegt."
„Das gibt's doch gar nicht!" Ich war ehrlich platt. „Obwohl sie gerade aufgestiegen sind? Was ist los? Hat er ein besseres Angebot bekommen? Wollte er sich beruflich verändern?"
„Wenn ja, dann wusste davon noch nicht mal sein Arbeitgeber was! Roland arbeitete ja bei Theo Nolte – genau wie Andi. Und Nolte selbst hat Rollo auf der Feier nach seinen Zukunftsplänen befragt – er ist beinahe umgefallen, als er gehört hat, dass Rollo aufhören will."
Oh Mann, Roland Kampmanns Tod war schon schlimm genug, aber diese Neuigkeit warf ein anderes Licht auf das Geschehen.
„Die Party war dann auch ziemlich schnell vorbei, die ganze Gesellschaft stand unter Schock. Du hättest das sehen sollen, wie Rollo nach seiner Ankündigung durch die Menge gewankt und dann sturzbetrunken losgefahren ist."
Hätte ich das sehen wollen? Eher nicht – auch wenn ich mich inzwischen daran gewöhnt hatte, dass man im

Sauerland gelegentlich mit einer Promille zu viel im Blut fuhr. Landleben halt.

„Kampmann ist also anschließend nach Hause gefahren", versuchte ich die tausend Fragen zu bündeln, die durch meinen Kopf schwirrten. „War das eigentlich sein Haus, das da abgebrannt ist? Hat er es gekauft?"

„Iwo, das hat er gemietet. Von Ulla Nolte und ihrem Bruder. Die werden ihm das günstig überlassen haben."

„Moment, er hat für Nolte gearbeitet und dann auch gleich dessen Haus gemietet? Hat er vielleicht auch noch jeden Tag ein Wurstpaket gekriegt?"

„Mensch, Vincent, so läuft das nun mal. Es ist gar nicht so leicht, gute Leute ins Sauerland zu holen. Viele bleiben ja lieber in der Großstadt. Da muss man als Arbeitgeber auch schon mal was bieten. Nicht nur die Arbeitsstelle, sondern auch gleich die passende Wohnung – "

„ – und den passenden Fußballverein", setzte ich fort.

„In gewisser Weise schon. Als Theo gehört hat, dass Roland mal Zweite Bundesliga gespielt hat, hat er ihn sofort abgefischt."

„Dann war er sicher nicht glücklich, dass der Fisch wieder aus dem Netz schwimmen wollte."

Mein Satz hing ein Weilchen in der Luft.

„Wo liegt das Haus, in dem Roland gewohnt hat?"

„Kennst du das nicht?" Silke war überrascht. Typische Reaktion von Leuten, die schon 300 Jahre hier wohnten und sich gar nicht vorstellen konnten, dass Leute, die erst 20 Jahre hier wohnten, keine Ahnung hatten, wer Gerkes Hennes war, wo früher die alte Post gestanden hatte und dass es nach Frielingsen eine Abkürzung gab.

„Das Haus fällt doch sofort auf, wenn man an den Ermeder Fischteichen spazieren geht und dann in diesen holprigen Wirtschaftsweg abbiegt. So eine kleine Hucke aus Fachwerk. Ulla Noltes Elternhaus."

Ich hatte jetzt tatsächlich eine Vorstellung. Alexa und ich waren dort mal mit dem Hund spazieren gegangen.

„Warst du mal drin in dem Haus?"

„Ja, bei einer Vereinsbesprechung. Ist ganz schnucklig, die Hütte, und Ulla Nolte und ihr Bruder haben vor ein paar Jahren auch mal richtig was reingesteckt. Doc Weingarten hat erst eine Weile selbst drin gewohnt, aber dann hat er die alte Hollmann-Villa gekauft und sie als Ärztehaus vermarktet. Dort hat er jetzt seine Praxis und eine schicke Dachgeschosswohnung mit Blick auf den Markt. Ich kann's ihm nicht verdenken. Sein Elternhaus ist nett, aber wohnen wollte ich da nicht: Die Decken total niedrig, die Fenster klein – und man lebt am Ende der Welt. Aber Roland hat es genossen – mitten im Wald und jenseits von allem. Dort konnte er seinen Sport machen – joggen, mountainbiken, klettern ... Er war echt ziemlich fit! Allerdings – was hat es ihm genutzt?" Silkes Stimme bebte. „Jetzt ist er tot."

"Eigentlich ist das ja noch gar nicht endgültig klar", brachte ich vor, obwohl ich selbst auch nicht daran glaubte. „Ich meine, man hat eine Leiche gefunden. Aber soviel ich weiß, ist sie noch gar nicht als Roland Kampmann identifiziert."

Es war ein sanftes Geräusch, das mich herumfahren ließ.

Im Raum stand Paul – im Schlafanzug und auf nackten Füßen. Er sah mich mit großen Augen an. Sein Mund stand offen, als wollte er etwas sagen. Neben ihm sein gelbschwarzes Fußballkuschelkissen. Es war ihm aus den Händen gefallen.

„Paul", sagte ich in den Hörer hinein. „Du bist auf?!"

Er zögerte einen Moment, dann drehte er sich um und lief weg.

6

Paul war am Ende. Zum ersten Mal war der Tod in sein Leben getreten – zwar war da jemand gestorben, den er gar nicht näher kannte, aber es waren die Umstände des Todes, die ihn aufs Heftigste erschütterten. Er saß, in eine Decke gewickelt, auf seinem Bett und versuchte tapfer, keine

Träne zu vergießen. Ich hatte mir seinen Schreibtischstuhl herangezogen und mich vor sein Bett gesetzt.

„Wenn man verbrennt", brachte Paul mit leiser Stimme hervor, „dann verbrennt ja alles mit. Dann sind also auch die roten Turnschuhe verbrannt."

„Vermutlich, ja." Es war befremdlich, sich diese Dinge so konkret vor Augen zu führen.

Paul ging noch weiter. „Und wie fühlt sich das an, wenn man verbrennt?"

„Gott sei Dank weiß ich das nicht."

Paul überlegte schon weiter. „Was ist wohl schlimmer? Zu wissen, dass man gerade brennt – oder die Hitze, die einem Schmerzen bereitet?"

„Wahrscheinlich keins von beiden", gab ich zu bedenken. „Ich könnte mir vorstellen, dass Roland geschlafen hat, als das Feuer ausgebrochen ist. Vermutlich ist er im Schlaf bewusstlos geworden und dann erstickt. Wenn man so will, ist es nicht der allerschlimmste Tod, den man erleiden kann."

„Weil man nichts mitbekommt?"

Ich nickte.

„Trotzdem ist es schlimm." Paul legte sich auf den Rücken und starrte zur Decke. Ich streichelte sein Bein.

„Papa?"

„Ja?"

„Meinst du, jemand hat das Feuer gelegt?"

„Das weiß ich nicht, Paul. Noch hat die Polizei das nicht herausgefunden. Aber es gibt viele Gründe, wie ein Brand entstehen kann. In letzter Zeit hat es wenig geregnet, da reicht manchmal ein Funke, um eine Katastrophe anzurichten. Vielleicht hat Roland eine Zigarette geraucht und ist dabei eingeschlafen. Angeblich hat er auf der Feier ein bisschen was getrunken."

„Es könnte auch der Kamin gebrannt haben", fiel es Paul ein. „Ich meine, es könnte ein Funke aus dem Kamin gesprungen sein – wie bei Tims Opa."

„Theoretisch ja. Allerdings glaube ich nicht, dass Roland im April den Kamin angemacht hat. Aber es gibt noch andere Möglichkeiten", beeilte ich mich zu sagen, „manchmal kommt es zu einem Brand, wenn ein technisches Gerät defekt ist. Ein Fernseher, eine Musikanlage – was auch immer."

„Vielleicht hat er auch eine Kerze angelassen", überlegte Paul.

„Auch das."

„Oder ein Meteorit ist in das Haus eingeschlagen."

„Hmm, ja vielleicht. Ganz vielleicht."

Wir schwiegen eine Weile.

Dann ein einzelner Satz. „Ich glaube, ich muss jetzt mal eine Weile allein sein."

Mein Sohn konnte mich immer wieder überraschen. Er war acht Jahre alt. Er hatte gerade etwas Schreckliches gehört. Er liebte seinen Vater, da war ich mir sicher. Trotzdem musste er jetzt mal eine Weile allein sein.

„In Ordnung, Paul, du weißt ja, wo du mich findest."

Er nickte, ohne mich anzusehen. Ich stand auf und war schon an der Tür, als er doch noch etwas sagte. „Papa, ich hoffe, dass du nicht von einem Meteorit getroffen wirst."

Ich merkte, dass meine Augen feucht wurden, aber ich versuchte tapfer, es mir nicht anmerken zu lassen.

„Das ist schön, Paul. Dasselbe hoffe ich für dich."

7

Das mit dem Meteoriten erledigte sich schnell. Die Information dazu bekam ich vom Sheriff. Der Sheriff war Dieter Rehmes. Zumindest war er der Sheriff unserer Straße. Hauptberuflich war er Feuerwehrmann, wobei Wilma Wortmann behauptete, das sei eigentlich sein Nebenberuf. Sein Hauptberuf sei eben Sheriff.

Feuerwehrleute sind ja bekanntlich souverän, mutig und meist auch noch sehr attraktiv. So attraktiv, dass man ihnen Kalender widmet. Dieter schien mir in jeder Hinsicht ein Gegenbeispiel zu sein. Er stand häufig mit nacktem Oberkörper am Wegrand, gab den Anwohnern Tipps, die sie nicht hören wollten, trug aber im Gegenzug dem alten Kaschulke die Getränkekästen ins Haus.

Unsere Straße war nett – alte Häuser, schöne Gärten, spielende Kinder. Aber richtig liebenswert wurde sie erst durch Originale wie Dieter und seine ab Oktober geschaltete Mega-Weihnachtsbeleuchtung – oder Frau Wortmann, die auf der Straße gern in Schürze und Pantoffeln herumlief.

„So was hab ich noch nicht erlebt."

Das war Dieters Masche. Er stand auf der Straße. Und wenn man unschuldig vorbeikam, sagte er halblaut einen Satz, so dass man sich erkundigen musste, ob er einen angesprochen hatte. So ging es auch mir, als ich mittags mit dem Hund aus dem Wald zurückkam.

„Seit 22 Jahren bin ich im Dienst, aber so was hab ich noch nicht erlebt!"

„Hallo Dieter!" Wir duzten uns seit dem letzten Straßenfest.

„Tach, Vincent! Ich hoffe, wenigstens du hast gut geschlafen heut Nacht!"

Ah ja, Dieter wollte etwas loswerden.

„Ich hab mir ja praktisch die ganze Nacht um die Ohren geschlagen!"

Warum stand er dann hier und quatschte mich voll, anstatt seinen Schlaf nachzuholen?

„Ich hoffe, ihr seid nicht wach geworden, als ich losgefahren bin!"

Ich machte eine Geste, die besagte, dass alles in bester Ordnung war.

„Ich kann dir sagen, so was hab ich noch nicht erlebt."

Dieter schüttelte den Kopf. Wenn ich jetzt nicht bald auf ihn einging, würde wer weiß was passieren.

„Ja, es muss furchtbar gewesen sein. Ich hab's in den Nachrichten gehört."

„Ich meine, sonst hat man ja einen erkennbaren Brandherd.

Unsereins weiß dann, aus welcher Position man das Feuer angreifen kann. Wir sind ja perfekt geschult. Aber heute Nacht, da brannte alles – total gleichmäßig und volles Rohr. Da kannst du dich mit deiner Ausrüstung auf den Kopf stellen, da machst du nichts mehr."

„Kann ich mir vorstellen! Ist ja auch ein Fachwerkhaus gewesen. Das muss gebrannt haben wie Zunder." Ich streichelte Walter das Fell. Er wäre wohl lieber zu seinem Fressnapf geeilt, als sich Dieters Bericht anzuhören.

„Von wegen Fachwerkhaus – da hat jemand ganze Arbeit geleistet!"

„Es war also Brandstiftung?"

„Da lege ich meine Hand für ins Feuer. Wir dürfen nur nichts rausposaunen, solange der Gutachter nicht seinen Senf abgegeben hat."

„Verstehe."

„Absolutes Stillschweigen. Und daran halten wir uns. Wir sind ja geschult."

Dieter war einfach klasse.

„Wenn du mich fragst, waren das Jugendliche!" Mein Nachbar hatte jetzt die Arme vor der Brust verschränkt und stand sehr breitbeinig da. Ein Bilderbuchsheriff!

„Es steht doch jeden Tag in der Zeitung: Die zerstören Spielplätze, knacken in der Innenstadt die Autospiegel ab und prügeln sich vor der Kneipe, bis nichts mehr geht. Meiner Meinung nach haben sich da ein paar Kids Kanister besorgt und mal was richtig Großes versucht."

Interessante Theorie. „Wo bekommt man denn nachts ein paar Kanister her?", wagte ich dennoch einen Einwand. Dieter sah mich ob meiner Sperrigkeit stirnrunzelnd an.

„Die kommen doch heutzutage überall rein. Baumarkt, Autowerkstatt, was auch immer."

„Klar, die sind ja geschult" , rutschte es mir heraus.

„Die haben keine Hemmungen mehr", überhörte Nachbar Dieter meine Bemerkung. „In Brechlingsen sind sie neulich ins Sportheim eingebrochen, nur um ein paar Euro aus der

Getränkekasse zu klauen. Und anschließend haben sie noch an den Toren die Netze zerschnitten."

Da hatte Dieter recht. Das war vor ein paar Wochen durch die Presse gegangen

„Wenn du mich fragst: Zugekiffte Jugendliche haben eurem Trainer das Feuer gelegt."

„Meinst du wirklich?", murmelte ich und machte mich mit Walter langsam davon, „und ich habe gedacht, es wäre ein Meteorit."

Deine Mutter ist den ganzen Sonntag über noch nicht aus ihrem Zimmer gekommen. Sie sagt, sie hat Migräne. Sie sagt auch, der Tod von Roland Kampmann wäre ja wirklich ein furchtbarer Schock. Genaugenommen sitzt sie in ihrem Zimmer und heult.

Auch Lars hat geheult, und selbst Robin wirkte ziemlich verwirrt. Es ist ja auch alles unfassbar. Es ist Horror, das sagst sogar du. Du hoffst einfach, alles wird sich beruhigen. Und vielleicht wird man dann sogar kapieren, dass die Situation so besser ist für euch.

Lars hat eben gefragt, ob du mal wieder eine Schnitzeljagd mit ihm machst. Im Wald!

Du hast ihn angebrüllt, das gäb's nicht mehr – und er hat angefangen zu heulen! Er konnte nichts dafür, aber plötzlich kam alles wieder hoch! Wie du letztes Mal für ihn losgegangen bist, um Aufgaben vorzubereiten. Wie du durchs Unterholz gekrochen bist, über die Kuppe und wie du dann durch die Bäume hindurch das Haus entdeckt hast. Dieses kleine Hutzelhexenhaus und daneben das Auto. Mamas Auto. Wie du dann da rumgeschlichen bist, um zu gucken, was sie da macht. Wie du sogar überlegt hast, einfach zu klingeln. Weil du ja gar nicht wusstest, wer da überhaupt wohnt. Und wie du dann plötzlich dieses Geräusch gehört hast. Dieses Stöhnen. Ihr Schreien. Einen Moment lang hast du gedacht, sie würde gequält – bis du dann kapiert hast ...

Dann bist du nur noch gerannt.

Um diese Scheißerinnerungen wegzukriegen, hast du erst mal gezockt – *GTA*. Du hast ein illegales Autorennen gewonnen und ein Polizeirevier gesprengt.

Dann hat das Telefon geschellt. Lars war wieder als Erster am Hörer, er hat Papa alles erzählt. Papa war völlig geschockt. Er kennt Kampmann ja flüchtig, schließlich hat er früher selber die Erste trainiert. Und natürlich hat er verfolgt, wer den Job nach ihm gemacht hat. Erst Elfer, aber der war nicht so der Bringer – und dann eben Kampmann. Du weißt noch, Papa hat sich anfangs ein, zwei Spiele angeschaut, aber dann hat er gesagt, das sei nicht gut. Jetzt seien andere dran, seine Zeit auf dem Platz sei vorbei.

Auf jeden Fall hat er Kampmann schon mal gesehen. Und war entsprechend geschockt, dass er jetzt tot ist.

„Vielleicht kannst du ja jetzt wieder die Erste trainieren", hast du gesagt.

„Ach, Ole", hat Papa gemeint. Und dann hat er nach Mama gefragt.

Die beiden haben nicht sehr lange gesprochen, aber immerhin: In der Zeit haben sie nicht miteinander gestritten.

Nächste Woche kommt Papa nach Hause. Du denkst: Vielleicht schaffen sie es dann noch mal eine Weile ohne Streit.

8

Es war Max, der mich am späten Nachmittag aus der Arbeit riss. Ich hatte sofort eine Ahnung, was ihn zu mir trieb. Max war schließlich bei der Polizei.

„Dein Besuch ist keine echte Überraschung!", sagte ich daher mit dem Öffnen der Tür.

„Wunderbar, dann ist ja sicher der Kaffee schon fertig."

„Ich korrigiere gerade", nahm ich kein Blatt vor den Mund.

„Aber eine Kaffeepause wird drin sein."

„Zu mehr habe ich eh keine Zeit. Die Ermittlung läuft auf vollen Touren", Max war schon neben unserem Hund in die Küche marschiert. „Wo ist denn der Rest?"

„Alexa ist immer noch auf ihrer Fortbildung. Sie wird in zwei, drei Stunden zurück sein. Und die Kinder sind bei Frau Wortmann zum Memory-Spielen."

„Frau Wortmann ist Tante Wilma?"

„Genau."

„Die mit dem riesigen Gemüsegarten?"

Ich nickte. Max kannte unsere Nachbarin aus den Erzählungen der Kinder. Das konnte eine leibhaftige Begegnung jedoch kein bisschen ersetzen.

„War es tatsächlich Brandstiftung?", kam ich direkt zur Sache, während ich den Kaffeeautomaten bediente. „Das hat mir jedenfalls eben mein Feuerwehr-Nachbar erzählt. Er vermutet, dass es eine Gang von Jugendlichen war, die das Haus angezündet hat."

Max schüttelte den Kopf. „Sehr unwahrscheinlich. Das Haus liegt so weit außerhalb, dass man kaum an einen Streich nach dem Kneipenbesuch glauben mag. Außerdem stand Kampmanns Auto vor der Tür. Die Täter mussten also davon ausgehen, dass tatsächlich jemand im Haus ist. Vorsätzlichen Mord nennt man das. Hört sich für mich nicht nach einer Gruppe Jugendlicher an."

Mein Reden! Ich wartete, dass der Kaffeeautomat mit dem Hauptkrach fertig war.

„Stimmt es denn, dass es Brandstiftung war?"

Max sah mich missmutig an. „Dein Nachbar hätte überhaupt nicht rumquatschen dürfen", schimpfte er. „Die Gutachter sind noch immer nicht fertig. Die haben das komplette Programm aufgefahren. Sogar Hunde wurden eingesetzt."

„Und?", drängte ich.

„Brandstiftung", sagte Max knapp. „Zumindest zu 99 Prozent. Allem Anschein nach hat da jemand Benzin ausgekippt."

Ich musste an die roten Turnschuhe denken. „Und Kampmann

hat es dann im Schlaf erwischt?"

„Das ist gut möglich", Max rieb einen imaginären Fleck von seiner Jeans, „aber nicht sicher. Wir haben seine Leiche im Wohnzimmer gefunden – nicht im oberen Stockwerk."

„Moment", ich hielt in meiner Tätigkeit inne, „das heißt – "

„Das heißt erst mal gar nichts. Roland Kampmann hatte heftig einen im Schuh. Vermutlich ist er auf der Couch eingeschlafen."

„Und hat weitergeschlafen, während man sein Haus in Brand gesteckt hat?" Ich sah Max ungläubig an.

„Im Vollrausch ist das gut möglich."

„Es gibt aber noch eine andere Möglichkeit: Roland Kampmann war tot – oder zumindest bewusstlos, und das Feuer wurde nur gelegt, um Spuren zu verwischen."

„Danke, Watson. Sehr gut kombiniert!"

„Wie sah denn die Leiche aus? Kann man sie noch untersuchen? Kann man feststellen, ob Roland Kampmann vorher schon tot war?"

„Wie die Leiche aussah?", Max räusperte sich. „Die Beschreibung möchte ich dir lieber ersparen."

Okay, ich hatte verstanden.

„Die Geschichte um Kampmanns Rücktritt kennt ihr aber schon?", vergewisserte ich mich, während ich die Tassen hinstellte.

„Klar, wir haben heute Vormittag mit zwei, drei Sportkollegen gesprochen. Unter anderem mit Nolte. Das hat die Chefin persönlich gemacht."

Ich nahm Milch aus dem Kühlschrank und stellte Zucker bereit – wohlwissend, dass Max seinen Kaffee immer unglaublich verseuchte. „Und Nolte wusste tatsächlich nichts von einem beruflichen Wechsel?"

„Angeblich kam die Ansage aus heiterem Himmel."

Ich ließ mich auf meinem Stuhl nieder. „Keine Unstimmigkeiten? Eine Forderung nach mehr Gehalt oder irgendetwas in der Art?"

„Nolte sagt, nein", Max nahm einen Schluck Kaffee. „Er ist

noch immer völlig geschockt. Von dem Mord – und davon, dass Kampmann sich ihm nicht anvertraut hat." Max lehnte sich zurück und streckte seine Beine unterm Küchentisch aus. „Wir müssen dringend jemanden finden, dem Kampmann seine Pläne anvertraut hat. Schriftliche Unterlagen gibt es ja nicht."

„Habt ihr in seinem Büro nichts gefunden?"

„Auf den ersten Blick nur Geschäftsunterlagen. Aber wie lange ermitteln wir jetzt? Nicht mal einen Tag!"

„Ich fänd es jedenfalls schrecklich, wenn der Täter erfolgreich wäre mit seiner Säuberungsaktion.

Max sah mich aufmerksam an. „Die ganze Sache geht dir ziemlich nahe."

„Ja, stimmt." Ich dachte einen Augenblick nach. „Ich habe Kampmann gestern noch erlebt. Ganz nebenbei fühle ich mich Rot-Weiß irgendwie verbunden."

Max schmunzelte. „Vincent entwickelt Vereinsgefühle. Interessant."

Ich überhörte die Bemerkung. „Also, warum wollte Kampmann weg?", kam ich auf die Kernfrage zurück. „Weiß jemand aus seiner Familie etwas darüber?"

„Kampmann war Einzelkind. Die Eltern wohnen in Hallenberg und werden gerade verständigt. Außerdem war Kampmann weder verheiratet noch geschieden – trotz seiner satten 34 Jahre."

„Soll sogar im Sauerland vorkommen", ich grinste meinen Junggesellenkumpel extrasüß an. „Wie sieht's mit einer Freundin aus?"

„Wir haben noch keine aufgetrieben. Seine Sportkollegen wissen von nichts."

Ich rief mir das Bild des Trainers ins Gedächtnis zurück. Seinen durchtrainierten Körper, sein modisch geschnittenes Haar, die roten Turnschuhe zur schneeweißen Hose.

„Es würde mich wundern, wenn es da niemanden gäbe."

Max runzelte die Stirn. „Weil er gut aussah?"

„Ja, und weil er aussah, als würde er modisch beraten."

„Verstehe." Max überlegte einen Moment. „Bei mir würde man das nicht unbedingt denken, was?"

Ich nahm Max unter die Lupe. Trotz fortgeschrittenen Alters sah er immer noch studentisch aus. Runde Brille und extrem kurzgeschnittenes Haar, mit dem er die Geheimratsecken kaschierte. Ein verwaschenes T-Shirt, das man bestenfalls noch zum Sport tragen konnte, ein zeitloses Wrangler-Modell, das so cool war wie ein ausgelatschter Passat, und eine Lederjacke, die trotz ihres Alters kaum als Retrostyle durchging.

„Nein", konstatierte ich knapp. Dann ging mir etwas auf.

„Tut sich etwas bei dir?"

„Nee, gerade nicht, das ist ja das Problem. Sag mal, findest du mich eigentlich zu dick?" Max sah an sich hinunter. Ich sah auch an ihm hinunter. Eins war klar: Wenn Max zu dick war, war ich eine Tonne.

„Auf keinen Fall!", antwortete ich.

Das Klingeln an der Haustür kam leider zum völlig falschen Zeitpunkt. Vor der Tür standen die Kinder, im Gepäck Tante Wilma.

„Tagchen", sagte sie fröhlich.

„Tagchen!", sagte ich.

Sogar Max sagte „Tagchen". Er war mir aus der Küche gefolgt. Und starrte Frau Wortmann unverwandt auf den Busen. Ich konnte es ihm nicht verdenken. Frau Wortmann trug wie fast immer eine Schürze. Und wie fast immer trug diese Schürze auf Busenhöhe eine spaßige Aufschrift. Tante Wilma hatte ein ganzes Pack solcher Haushaltstipp-Schürzen. Diesmal war zu lesen *Schmutziges Geschirr schimmelt nicht, wenn man es in der Gefriertruhe lagert.*

„Ich hab beim *Mensch-ärgere-dich-nicht* gewonnen", strahlte Marie. „Und das ist ein Wunder, denn Tante Wilma hat dauernd geschummelt."

Manchmal war ich nicht sicher, ob unsere Nachbarin der richtige Umgang für die Kinder war.

„Und anschließend hat Tante Wilma uns auch noch *Poker*

gezeigt."

Eigentlich war ich mir sicher, dass Tante Wilma nicht der richtige Umgang für die Kinder war.

„Irgendwann müssen sie das ja lernen", erklärte sie leichthin. Das hatte ich bis dato noch nicht so gesehen.

„Jedenfalls können wir's jetzt." Marie strahlte noch immer. Sie war ein Phänomen. Als sie am Morgen von dem Brand und von Roland Kampmanns Tod gehört hatte, hatte sie geheult wie ein Schlosshund, obwohl sie den Trainer bestenfalls mal auf dem Platz gesehen hatte. Aber sie hatte heftig geweint und ihren Gefühlen freien Lauf gelassen. Dafür war sie eine Stunde später wieder topfit gewesen. Paul dagegen wirkte noch immer betrübt und verschlossen, brachte aber keine Träne über die Wimpern.

Offenbar hatte das auch Max gemerkt, nachdem er sich von Tante Wilmas Busen losgeeist hatte.

„Wie schaut's aus?", hörte ich ihn fragen. „Hast du das Poster aufgehängt, das ich dir letztens geschenkt hab?"

Pauls Augen leuchteten auf. „Klar, willst du mal sehen?"

„Unbedingt!"

Paul schoss nach oben, Max hinterher. Jetzt stand ich hier mit den Damen an der Tür. Und ganz offensichtlich wollte nicht nur Marie nach drinnen. „Haben Sie noch Zeit für einen Kaffee?", fand ich mich innerlich mit einer Nachtschicht ab.

„Wenn Sie so fragen ...", Wilma Wortmann marschierte ins Haus. Sie kannte ja den Weg in die Küche. Marie wiederum stob nach oben, wahrscheinlich mit dem festen Vorsatz, Paul daran zu erinnern, dass sie Max' Patenkind war und nicht er.

„Paul hat erzählt, was passiert ist", kam Frau Wortmann direkt zur Sache, nachdem sie sich auf der Küchenbank niedergelassen hatte. „Man könnte sagen, dem Stäuber geht es nicht gut."

„Ja, es war ein Schock", stimmte ich zu, während ich erneut den Kaffeeautomaten in Betrieb nahm. „Und es wird ein weiterer Schock sein, wenn er erfährt, dass es tatsächlich Brandstiftung war."

„War es das?" Tante Wilmas Stimme konnte manchmal etwas schrill klingen – sogar durch das Gerumpel des Kaffee-automaten hindurch.

„Sagt jedenfalls Dieter." Lieber riss ich Dieter rein, als dass ich Polizeiinformationen ausposaunte.

„Das ist ja dann ein waschechter Mord!" Wilma Wortmann, die mit zweitem Namen Waltraud hieß und deshalb manchmal mit WWW unterschrieb, runzelte die Stirn. „Dann hätt ich jetzt gern einen Schnaps!"

Ich staunte. Wilma Wortmann hatte mich ein ums andere Mal überrascht, aber einen Schnaps am Nachmittag hatte sie noch nie eingefordert. Ich ging nach nebenan und suchte in unserem Spirituosenschrank. Schließlich fand ich eine Williams-Christ-Birne.

Tante Wilma nahm den Schnaps in einem Zug. Danach schien es ihr besser zu gehen.

„Noch einen?", fragte ich nach. Ich war jetzt auf alles gefasst. Auch darauf, dass WWW sich unter meinen Tisch trank und anschließend Nachbar Dieter bat, zu ihren Ehren die Weihnachtsbeleuchtung zu schalten.

„Nee, jetzt nehm ich den Kaffee."

Ich nahm die Tasse unter der Maschine hervor.

„Furchtbarer Krach!", kommentierte Wilma Wortmann unser Gerät. „Ich verstehe nicht, warum heute kein Mensch mehr Filtertüten benutzt."

Frau Wortmann war eingefleischte Gegnerin unseres Kaffee-automaten. Ich verzichtete auf einen Vermittlungsversuch.

„Der Junge denkt sich alles Mögliche aus, wie es zu dem Brand gekommen sein kann", sagte WWW beim ersten geschlürften Schluck Kaffee.

„Ich weiß – ein Meteorit."

„Er sagt, auch eine achtlos aus dem Hubschrauber geworfene Zigarettenkippe sei denkbar."

„Die Polizei wird bald herausfinden, wer das Haus angesteckt hat", entgegnete ich.

WWW sah mich nachdenklich an. „Glauben Sie wirklich?"

„Ganz bestimmt. Jeder Täter hinterlässt Spuren."

„Wenn Sie denn meinen." Jetzt flackerten Frau Wortmanns Augen irgendwie nervös.

Ich stutzte. Mit WWW stimmte etwas nicht. „Alles klar?", versuchte ich es.

„Ja ja, alles klar."

Nichts war klar. Sie war immer noch abwesend.

„Ich denk ja nur so."

„Was denken Sie denn?"

Wilma Wortmann seufzte hörbar. Eigentlich stöhnte sie fast.

„Ich gehe ja für die *Caritas* rum."

Das wusste ich. Wilma Wortmann sammelte regelmäßig Geld. Sie machte das erfolgreich. Vielleicht, weil sie manchmal ein wenig furchteinflößend war.

„Und ich betreue auch ein paar Leute, die nicht recht klarkommen. Die Jägers zum Beispiel. Die Mutter ist derzeit in der Klapse, der Vater säuft wie ein Loch, und Oma hält den Laden zusammen."

Wilma Wortmann bestach nicht gerade durch eine politisch korrekte Ausdrucksweise. Aber immerhin war ich jetzt ganz gut im Bilde.

„Das Problem ist Carsten", setzte WWW fort.

Nach Tante Wilmas Worten hätte ich vermutet, dass es bei den Jägers gleich mehrere Probleme gab.

„Carsten ist der Zweitjüngste. Die beiden Älteren wurden regelmäßig verdroschen und sind längst aus dem Haus. Die Kleine, Annika, ist jetzt 15, und Carsten wird 20."

Das Alter konnte nicht das Problem sein.

„Carsten hat seine Lehre als Bäcker abgebrochen. Seitdem hängt er herum und macht nichts Ordentliches mehr. Auf der Berufsbildenden hat er es ein paar Wochen versucht, aber auch das hingeschmissen. Aber – Carsten spielt Fußball."

Ah, so ging die Geschichte!

„Oder sagen wir besser: er *spielte* Fußball. Und zwar ziemlich gut. Er hat wie Paul nicht hier vor Ort gespielt, sondern in

Ermede – und zwar in der Ersten. Allerdings nur, bis Roland Kampmann kam. Es hat sechs Wochen gedauert, dann war er draußen."

Jetzt wurde es spannend.

„Ich hab Carsten bei meinen Besuchen jedes Mal nach dem Fußball gefragt. Es gab ja sonst wenig, worüber man mit ihm hätte sprechen können. Jedenfalls hat er über den Kampmann geflucht wie ein Wilder. Er fühlte sich rausgedrängt und wie der letzte Dreck behandelt."

„Ist da was dran?"

„Als ich nachgehakt habe, kam raus: Er ist nicht regelmäßig zum Training gegangen. Disziplin ist ja nicht gerade sein hervorstechendster Charakterzug. Wie auch – hat ihm ja niemand vermittelt. Aber Carsten sucht die Schuld für die eigenen Probleme halt immer bei anderen. Er wollte es dem Trainer heimzahlen, hat er gesagt. Der sei sowieso ein ... – na, das sag ich jetzt nicht! Ich habe Carsten zu beruhigen versucht, aber das war nicht so einfach."

„Und jetzt meinen Sie, Carsten hat mit diesem Brand etwas zu tun?"

„Ich halte es nicht für ausgeschlossen – zumal dieser Kampmann als Trainer auch noch Erfolg gehabt hat."

„Verstehe!"

Mir war sofort klar, dass man mit dieser Information nicht hinter dem Berg halten durfte. Ich verstand es daher als ein Zeichen der Fügung, dass just in diesem Augenblick mein Freund Max die Küche betrat.

9

Es war gegen halb zwölf. Die Kinder längst im Bett, und auch Alexa war von ihrer Fortbildung so erschöpft, dass sie sich früh hingelegt hatte. Eine wunderbare Stille im Haus – endlich hatte ich Ruhe für meine Arbeit. Wenn da nicht plötzlich dieses Geräusch gewesen wäre. Eine Tür? Aber dann war sie verdammt leise geöffnet worden. Ich lauschte weiter. Nichts. Vielleicht Alexa, die noch mal zum Klo gegangen war? Jetzt ein Scharren. Der Hund? Quatsch. Walter lag zu meinen Füßen. Es war kein Scharren, es war ein Tapsen. Ich drehte mich in meinem Bürostuhl herum, gerade noch rechtzeitig, um zu bemerken, wie sich langsam die Türklinke senkte. Im Zeitlupentempo öffnete sich nun die Tür, und ein winziger Fuß schob sich hinein. Paul stand im Türrahmen.

Die Nachricht von der Brandstiftung an Roland Kampmanns Haus hatte ihm arg zugesetzt. Er war noch verschlossener geworden, noch verzweifelter, aber selbst Alexa hatte ihn nicht trösten können. Jetzt stand er da. Und sein Körper bebte. Hatte er vorher schon unter Druck gestanden, jetzt schien er fast zu explodieren. Es fehlte offenbar nur ein winziger Funke.

„Paul", ich stand auf, um ihm entgegenzugehen.

„Ich wollte nur was fragen", kiekste er. Seine Stimme war so zittrig, dass man sie kaum verstehen konnte. Er schluckte zweimal und sah mich von unten mit großen Augen an. „Wenn man im Gefängnis ist, darf man dann Fußball spielen?"

Ich bückte mich, um mit ihm auf einer Höhe zu sein. „Paul, wieso fragst du denn das?"

„Weil ich das wissen will", er war kurz vorm Losheulen, „darf man das? Darf man Fußball spielen? Und darf man im Gefängnis auch Gäste haben?" Er zwinkerte jetzt hektisch mit den Augen, als könne er die Tränen so besser zurückhalten. „Geht das? Dass eine ganze Mannschaft ins Gefängnis hineindarf und dann dort trainiert wird?"

„Ach Paul!" Ich zog ihn an mich heran, und endlich ließ er seinen Tränen freien Lauf. Alles, was ihn bedrückte, kam heraus. Und das war eine Menge. Es dauerte gut zehn Minuten, bevor er wieder sprechen konnte. Dann saß er endlich auf meinem Schoß und erklärte, was ihm auf der Seele lag.

„Es war nämlich so, dass Tobi und ich am Samstag Detektiv gespielt haben – mit Spurensuchen und Anschleichen und Belauschen und so." Das Bild der beiden Jungs tauchte in mir auf, wie sie wie Blindschleichen durchs Gras gerobbt waren.

„Deshalb sind wir auch durchs Clubhaus geschlichen, und da haben wir dann Stimmen gehört, und wir haben die Stimmen belauscht, weil wir ja Detektive waren und die machen das ja. Jedenfalls war da ein Streit – zwischen Roland Kampmann und eben – Elfer."

Langsam wurde mir einiges klarer.

„Worum ging es denn in dem Streit?"

„Elfer hat Roland gefragt, ob er Alex einsetzen würde. Und Roland hat gesagt, auf gar keinen Fall, und dann hat Elfer gemeint, er fänd das unmöglich und Roland würde da aus einer Mücke einen Elefanten machen. Es ging immer weiter – ich hab nicht alles verstanden – und irgendwann dann war Elfer fertig mit Brüllen und hat die Tür zugeknallt, so richtig feste, und dann war er weg. Und ich hab ihn nachher auch nicht mehr gesehen."

„Verstehe. Und jetzt denkst du, dass Elfer – ?"

Paul nickte verzweifelt, und ein zweiter Tränenschub deutete sich an. „Und dann muss er ja ins Gefängnis. Und dann kriegt er da viel zu wenig zu essen. Und er kann uns nicht mehr trainieren."

Ich streichelte meinem Sohn beruhigend den Rücken. „Bislang wissen wir ja nur, dass die beiden gestritten haben. Wenn man streitet, heißt das ja nicht, dass man den anderen umbringen will. Traust du Elfer das etwa zu?"

„Darüber hab ich schon nachgedacht. Natürlich traue ich ihm das nicht zu. Aber Elfer kann auch sehr böse werden. Als Leo von Marcel und Lars ausgelacht worden ist wegen seiner billigen Schuhe, da hat er die beiden zusammengebrüllt, das kannst du dir nicht vorstellen."

Innerlich gratulierte ich Elfer zu dieser Aktion, aber darum ging es jetzt nicht.

„Ach Paul, es ist gut, dass du mir das alles erzählt hast."

Er schmiegte sich an mich. „Papa, ich hab so gehofft, dass das Feuer durch etwas anderes angemacht worden wäre – nicht durch einen Mörder."

„Ja, das habe ich auch gehofft", stimmte ich zu.

Und dann schwiegen wir eine Weile. Und hofften gemeinsam, dass die Worte *Mörder* und *Elfer* nicht zusammengehörten.

○

Roland ist tot. Ich sage mir das immer wieder vor. Er ist tot. Er ist tot. Er ist tot. Alles aus und vorbei.

Wie soll es jetzt weitergehen? Ich weiß es nicht. Alles scheint mir unmöglich.

Aufstehen – unmöglich. Die Kinder versorgen – unmöglich. Weiterleben – unmöglich.

Am Morgen hat Ole das Frühstück gemacht, das habe ich aus meinem Zimmer gehört. Ich weiß nicht, was wäre, wenn er sich nicht kümmern würde. Gestern hat er den ganzen Tag mit Lars am Computer gespielt. Und abends stand er sogar mit einer Suppe an meinem Bett.

„Vielleicht hilft das gegen deine Migräne", sagte er, sah mich kurz an und ging dann wieder hinaus.

Er war es auch, der Silke abgewimmelt hat. Sie wollte unbedingt mit mir sprechen.

„Mama hat es richtig erwischt", hat Ole erklärt und sie nicht nach drinnen gelassen. „Wenn ein Migräneschub kommt, ist sie drei Tage außer Gefecht. Die Zeit muss man ihr lassen."

Er spricht wie ein Alter. *„Mama hat es richtig erwischt."*

Natürlich hat es Mama erwischt. Denn Roland ist tot. Und er wird nie wieder lebendig. Seine Hände nicht. Seine Beine nicht. Seine Augen. Alles an Roland ist tot. Und sogar verbrannt. Vielleicht ist das noch schlimmer als tot. Denn jemand, der verbrannt ist, den kann man nicht mehr ansehen. Den kann man nicht mehr küssen. Nicht mal mehr küssen – zum Abschied.

Roland ist tot.

Das Schlimmste ist vielleicht, diesen Schmerz nicht teilen zu können. Das Schlimmste ist, so zu tun, als sei einfach nur Roland Kampmann ums Leben gekommen, der Trainer unseres Vereins. Wie gern würde ich unsere Geschichte rausschreien, würde sagen, dass es *mein* Roland war, der da gegangen ist, dass *ich* es bin, die Grund zur Trauer hat, dass er *mich* geliebt hat, und niemanden sonst. Aber hat er das wirklich? Hat – er – das – wirklich?

„Wir sollten uns eine Weile nicht sehen", hat er am Dienstag gesagt und mir mit diesen Worten das Herz herausgerissen. „Ich bin im Umbruch", hat er gesagt. „Ich stelle mein Leben auf den Prüfstand."

‚Und – halte ich der Prüfung nicht stand?', hätte ich gerne gefragt. Stattdessen hab ich geweint.

„Vielleicht gehst du jetzt besser."

„Aber warum?"

„Vielleicht kümmerst du dich einfach mehr um deine Kinder!"

Schlimmer ging's nicht. So hatte er mich noch nie zurechtgestutzt. Ich hätte ihm am liebsten eine geknallt. Gleichzeitig wusste ich, es geht vorbei. Schon einmal hatte er sich zurückgezogen und war doch wiedergekommen zu mir. Er brauchte mich, und ich brauchte ihn. Ich durfte ihn nicht einengen. Ich wollte abwarten. Sicher stand er unter Druck – wegen des Aufstiegs. Einfach abwarten, dachte ich. Am Samstag würde der Knoten geplatzt sein. Dann kam der Samstag. Und jetzt ist Roland tot.

Gestern hat sich Udo gemeldet. Er hat sich Sorgen gemacht um die Kinder, als er von Ole die Geschichte gehört hat. Er hat gefragt, ob das für die Jungen ein Schock sei. Es ist grotesk. Ich musste meinem Ehemann erklären, dass die Kinder schon klarkommen nach diesem Mord. Ich musste ihm vorspielen, dass es zwar schlimm ist, dass ein Bekannter umgebracht wurde, dass wir aber – wie alle anderen – daran nicht vergehen. Der neue Trainer halt. So gut kannten wir ihn nun auch wieder nicht.

„Dann ist gut", hat Udo gesagt. „Ich komme dann am Wochenende."

Und da war tatsächlich etwas in mir, das sich über diese Worte gefreut hat.

So verloren bin ich. So verloren. Denn Roland ist tot.

Meine Psychologin, die einzige, die etwas weiß von meiner Beziehung, sagte, das Doppelleben werde mich irgendwann spalten. Wahrscheinlich hat es das längst. Es gibt mich zweimal: einmal die Mutter, die ihre Kinder versorgt, die ihrem Ehemann das Gefühl gibt, es wäre vielleicht doch noch etwas zu retten – und dann die Frau, die immer bei ihm ist in ihren Gedanken, die sich hingibt, die sich nach ihm verzehrt. Diese Seite ist nun verstummt, dieser Teil meines Lebens gestorben. Und so ist auch mein Gefühl: Mit Roland hat sich ein Teil von mir aufgelöst. Ein Teil meiner Seele ist verbrannt.

10

„Das also ist Hallenberg", sagte Max, „hier war ich noch nie!"

Seine Kollegin zuckte herablassend die Schultern. „Ich war hier schon mal. Die Stadt der sauerländischen Passionsspiele. Böse Zungen behaupten, wer in Hallenberg lebt, weiß, was Leiden bedeutet."

„Sehr böse Zungen", kommentierte Max. „Ist doch nett hier, wenn man erst mal angekommen ist."

„Du sagst es! Zwei Stunden sind wir jetzt gefahren. Weißt du, wie lange ich ins Elsass fahre? Vier Stunden. Genau das Doppelte. Das Problem ist nur: In Hallenberg ist es nicht halb so schön wie im Elsass."

Max verdrehte die Augen. Ina hatte schon die ganze Zeit über schlechte Laune gehabt. Als sie von der Autobahn heruntergefahren waren, hatte sie gemault, dass die Verkehrsdichte auf der B7 nur durch die Dichte an Imbissbuden übertroffen würde. Anschließend hatte sie gemault, sie fahre nie wieder ohne Navigationsgerät los.

„Was Falsches gefrühstückt?", erkundigte sich Max. „Jetzt sag schon, was los ist!"

„Also gut", grummelte seine Kollegin, „mein vorletzter Freund kam aus Hallenberg. Er hat mich schmählich verlassen."

„Verstehe, dann hat der Ort keine Chance."

„Moment mal!", Ina sah sich suchend um. „Hier stand früher ein Gasthaus-Schild. *Schnitzel-Willi: Futtern wie bei Muttern.* Ist nicht mehr da."

Max grinste. „Schade. Ich liebe Alltagspoesie."

„Leider war mein Freund wenig poetisch. Er hat nach vier Wochen was mit meiner besten Freundin angefangen."

„Dann solltest du auf deine beste Freundin sauer sein – und nicht auf Hallenberg!"

„Alles klar, Papa! Danke für den Tipp!"

Als es an Max' Brust kitzelte, brauchte er einen Moment, bis er wusste, was los war. Sein Handy vibrierte – er hatte es auf lautlos gestellt.

„Gut, dass du bei der Polizei bist", meckerte Ina, als er nach dem Gerät fingerte. Max ignorierte die Bemerkung und fuhr stattdessen rechts ran.

„Vincent, was ist los?"

"Nette Begrüßung!"

"Ich passe mich meiner Kollegin an, die sehr schlecht gelaunt ist und pausenlos über Hallenberg lästert."

„Hallenberg? Ist doch sehr schön. Schnucklig sauerländisch, würde ich sagen."

„Ich werd's ihr ausrichten. Ich fürchte nur, sie ist gerade mit der Frage beschäftigt, wo sie ihren Ex am besten ans Kreuz schlagen kann."

„Ich sehe, ihr seid ernsthaft bei der Arbeit."

„So ist es. Auf dem Wege zu Roland Kampmanns Eltern. Deswegen: Was gibt's?"

„Eine kleine Geschichte. Wahrscheinlich völlig ohne Bedeutung."

„Geschichten, die so anfangen, sind meistens sehr interessant."

„Paul hat am Samstag ein Gespräch belauscht. Roland Kampmann und Elfer haben gestritten. Elfer ist Pauls Trainer. Ernst-Wilhelm Stracke, wenn du den ganzen Namen willst."

„Ernst-Wilhelm! Und auf einmal ist ein Spitzname wie *Elfer* gar nicht mehr schlimm."

„Mir ist eins wichtig: Elfer ist hundertprozentig in Ordnung."

„Danke für den Hinweis. Worüber haben die beiden gestritten?"

„Eine Banalität. Elfer fragte, ob Kampmann einen Spieler namens Alex einsetzen würde, der ließ sich darauf nicht ein."

„Dieser Elfer hat sich also in die Mannschaftsaufstellung eingemischt."

„Nun ja – er hat selbst für ein Jahr die Erste trainiert. Er kennt die Spieler also. Vielleicht hat er Kampmann ein paar Tipps geben wollen."

„Ein paar Tipps, verstehe. Da freut man sich als Trainer! Gibt's noch mehr?"

„Elfer ist irgendwann wütend abgezogen – und hat auch das Spiel nicht geguckt. Mehr weiß ich nicht."

„Alles klar. Ernst-Wilhelm Stracke."

„Genau. Aber du darfst nicht vergessen: – "

„Ich weiß schon: Der Mann ist hundertprozentig in Ordnung."

11

Am Montagmorgen hatte ich in der Schule mit Kopfschmerzen zu kämpfen. Die Nacht war kurz gewesen, und Roland Kampmann, Paul und Elfer geisterten weiterhin in meinen Gedanken herum. Wenigstens hatte ich in der Pause Max angerufen. Ihm nicht von Pauls Lauschmanöver zu erzählen, wäre meines Erachtens nicht in Ordnung gewesen. Ich warf einen Blick auf die Uhr. In zwei Minuten begann die nächste Stunde. Eine Doppelstunde Geschichte in der 12. Ich machte mich auf den Weg und ging noch einmal in Gedanken durch, was ich mit der Gruppe geplant hatte.

„Hallo Herr Jakobs!"

Ich drehte mich um. Matthes. Der Verteidiger von Rot-Weiß Ermede. Er war wie ich auf dem Weg zum Kursraum.

„Hallo Matthes!"

„Sie haben gehört, was passiert ist?"

„Mit Roland Kampmann. Klar, habe ich gehört. Das war ein ziemlicher Schock für euch, nehme ich an."

„Das war es."

Wir gingen nebeneinander zum anderen Gebäude hinüber. Der Schulhof war weitgehend leer, die meisten Schüler schon in den Klassenräumen.

„War er ein guter Trainer?"

„Herr Jakobs, wir haben den Aufstieg geschafft!"

„Ist klar. Aber seid ihr auch gut zurechtgekommen mit ihm – auf der menschlichen Ebene, meine ich jetzt?"

„Er hat was gefordert, aber das war okay. Fast alle haben ohne Murren sein Sondertraining gemacht."

„Wie oft habt ihr trainiert?"

„Zweimal in der Woche, irgendwann kam ein wöchentliches Lauftraining dazu, in den letzten Wochen eine vierte Trainingseinheit, bei der individuelle Fehler ausgemerzt wurden. Roland hat das langsam gesteigert."

„Also habt ihr euch zum Schluss viermal in der Woche getroffen?" Ich schluckte herunter, dass Matthes bei diesen

Voraussetzungen gute Aussichten hatte, die Abi-Zulassung erneut zu verpatzen.

„Es hat Spaß gemacht. Rollo war total motivierend. Und ein richtiger Freund. Er hat aus uns eine super Mannschaft gemacht. Ein paarmal ist er sogar mit uns ins Kino gefahren."

„Mit der ganzen Mannschaft?"

„Na ja, mit dem engsten Kreis. Es hatten ja auch nicht alle gleichermaßen viel Zeit. Hannes Eickler zum Beispiel hatte schon wegen des Trainings andauernd Stress zu Hause."

„Mit seinen Eltern?"

„Nee, mit seiner Freundin. Die beiden haben letztes Jahr ein Baby gekriegt, ziemlich überraschend, könnte man sagen. Hannes ist erst 23. Jedenfalls findet seine Freundin es nicht so toll, dass Hannes andauernd zum Training verschwindet. Aber was soll's, jetzt ist ja eh alles vorbei."

„Wisst ihr schon – wie es weitergeht, mit welchem Trainer, meine ich jetzt?"

„Bisschen früh, das zu planen. Aber ich nehme an, dass Elfer uns jetzt übernimmt. Zumindest als Interimstrainer. Hat er ja auch früher schon mal gemacht."

„Und ist dann von Roland Kampmann abgelöst worden."

„Genau, und das war eine gute Entscheidung. Ich hab Elfer gern und als Jugendtrainer ist er sicher in Ordnung, aber für die Erste war Roland eindeutig der bessere Mann."

„Hatte Elfer damit ein Problem?"

Matthes zuckte die Achseln. „Selbst wenn – was sollte er machen? Nolte wollte Rollo unbedingt haben – dagegen konnte Elfer nicht meckern. Er ist ja auch bei Nolte angestellt."

Ich wahr ehrlich überrascht. „Elfer arbeitet auch bei Nolte?"

„Klar, Fußball und Job gehen bei vielen Hand in Hand."

„Was genau macht Elfer denn bei Nolte?"

„Er ist Fahrer. Nolte hat einen Riesenschlachtbetrieb und beliefert Metzgereien in ganz Nordrhein-Westfalen."

Wir näherten uns jetzt dem Neubau des Schulgebäudes.

Matthes hielt mir die Tür auf.

„Kennen Sie Carsten Jäger?", fragte ich schnell, bevor wir den Kursraum erreichten.

„Carsten, klar. Der spielte bei uns, bis Rollo ihn rausgeschmissen hat. Er ist fast nie zum Training erschienen. Als er einmal halbbesoffen zum Spiel kam, hat Roland ihm klargemacht, er könne wiederkommen, wenn er die passende Einstellung habe."

„Und das hat Carsten geschluckt?", fragte ich wider besseres Wissen.

„Nicht wirklich! Er ist abgezogen und hat rumgebrüllt, man wolle ihn ja eh nicht. Rot-Weiß Ermede sei seit Roland sowieso ein Eliteverein."

„Ist das so?"

„Nicht die Spur, nur seit Roland das Ruder übernommen hatte, herrschte mehr Disziplin. Roland hat vielen vor den Koffer gehauen. Mit Alex Paschewski hat er sich noch in der letzten Woche gestritten, weil seine Einstellung nicht stimmte."

Alex Paschewski! Der Anlass für Kampmanns Streit mit Elfer.

„Ich find das okay", fuhr Matthes fort, bevor ich nachhaken konnte, „Roland hatte seine Prinzipien. *Ihr habt 90 Minuten Zeit, euch zu beweisen*, hat er immer gesagt. Und: *Wenn man etwas erreichen will, muss man auch was dafür tun.*"

„Super Einstellung!" Inzwischen hatten wir den Kursraum erreicht. Die Schüler, die noch auf dem Flur gestanden hatten, gingen vor uns ins den Raum. „Vor allem, da Sie nun ebenfalls 90 Minuten haben, um sich zu beweisen. Zum Beispiel, indem Sie die Hausaufgaben vortragen."

„Wegen der Hausaufgaben, Herr Jakobs", ich hörte schon an Matthes' Druckserei, was jetzt kam, „der ganze Stress jetzt am Wochenende: das Spiel, dann dieser schreckliche Mord – ich hatte einfach nicht den Kopf dafür frei."

„Tut mir leid", grummelte ich, „kann ich nicht durchgehen lassen. Wenn man etwas erreichen will, muss man auch was dafür tun!"

12

Er fuhr gern ohne Navi. So dauerte es zwar länger, aber Max fand das gar nicht so schlimm. Gerade waren sie an einem Schild abgebogen, das sie *Zur Ziegenhelle* führte. Das Wohngebiet war angenehm idyllisch und ruhig.

„Dahinten ist die Straße!", rief Ina jetzt. „*Heiligenhaus.* Komischer Name."

Nach dem Aussteigen blieb Max noch einen Augenblick am Auto stehen und blickte sich um. „Hier kann man Kinder großziehen", sagte er schließlich.

Inas Blick war besorgt. „Alles in Ordnung?"

„Ja klar", er lächelte gequält. „Ich will nur sagen, dass es hier schön ist. Nicht weit zum Wald, toller Blick – das ist für Kinder doch toll."

„Also, ich habe als Kind nicht so viel Wert auf einen tollen Ausblick gelegt", schnodderte Ina. „Ich glaube, du hast etwas romantische Vorstellungen vom Familienleben. Wenn du die Kids hier fragst, womit sie sich die Zeit vertreiben, sitzen sie wahrscheinlich genau so oft vorm PC wie die Kinder in Herne."

„Ach Ina!", Max gab dem Autodach einen Klaps. „Wie schön, dass du mich immer wieder auf den Boden zurückholst."

Das Haus stammte aus den 50er Jahren und war renovierungsbedürftig. Am Eingang hing ein Stück Regenrinne herunter, am Treppenaufgang war eine Stufe gebrochen.

Es dauerte ewig, bis jemand öffnete. Werner Kampmann war ein alter Mann. Älter als Max vermutet hätte bei einem Sohn Mitte Dreißig.

„Sie sind von der Polizei?" Kampmann mochte alt wirken, aber er hatte sehr wache Augen.

„Das ist richtig", Ina zeigte ihren Ausweis. „Mein Name ist Ina Rüther, und das ist der Kollege Max Schneidt." Kampmann sah gar nicht hin, sondern war schon wieder auf dem Weg nach drinnen.

„Ich bin gerade am Füttern", rief er, während Max und seine

Kollegin ihm zögernd in die Küche folgten. Dort saß eine Frau. Max sah sofort, was los war. Alzheimer.

„Guten Morgen, Frau Kampmann", brachte er heraus. Sie schaute tatsächlich hoch. Und doch durch ihn hindurch. Ihre Augen flackerten verloren herum.

„Wir haben Besuch, Else", trällerte indes ihr Mann. „Das sind die Herrschaften von der Polizei. Ist das nicht schön?"

Ina warf Max einen fragenden Blick zu.

„Setzen Sie sich doch, dann können wir uns ein wenig unterhalten!" Kampmann schaute sie nicht an. Er sprach mit ihnen, ohne mit ihnen zu sprechen. Max kannte auch das. Alles drehte sich nur noch um den Kranken. Die Aufmerksamkeit des Pflegenden war immer gefragt. Er hatte größten Respekt.

„Vielen Dank, Herr Kampmann, dass Sie sich Zeit für uns nehmen", sagte Ina, während sie auf einem Küchenstuhl Platz nahm.

„Das ist doch selbstverständlich", trällerte Kampmann. „Was sein muss, muss sein." Ein Singsang. Max war sicher, so sprach Kampmann den ganzen Tag über mit seiner Frau. Es war ein Tonfall, der von größter Anspannung zeugte. Ein Tonfall gleichzeitig, der beschwor, dass man sich nicht unterkriegen ließ.

„Es tut uns sehr leid, was mit Ihrem Sohn passiert ist", hörte Max seine Kollegin standardmäßig sagen, „dennoch sind wir darauf angewiesen, Ihnen einige Fragen zu stellen."

„Wir tun, was wir können, nicht wahr, Else? Wenn wir helfen können, tun wir das gern!"

Max warf einen Blick auf den Brei, mit dem Frau Kampmann gefüttert wurde. Banane schätzte er. Gequetschte Banane. Auf dem Tisch stand ein Glas mit Wasser – und am Trinkrand ebenfalls gequetschte Banane.

„Herr Kampmann, wann hatten Sie zum letzten Mal Kontakt zu Ihrem Sohn?"

„Hast du gehört, Else? Die Dame fragt, wann wir Kontakt hatten zu unserem Sohn. Das ist für uns immer schwer zu beantworten, woll? Wenn ein Nachbar fragt, was denn unser Roland so treibt, dann antworten wir: ‚Oh, wir haben lange nichts gehört! Ein paar Wochen vielleicht. Eher noch ist es Monate her, dass der Junge angerufen hat.'"

Ina war irritiert. „Das heißt, Sie hatten überhaupt keinen regelmäßigen Kontakt?"

„Hatten wir regelmäßigen Kontakt, Else? Das kann man so sicher nicht sagen. Hat er sich zu deinem letzten Geburtstag gemeldet, Else? Ich glaube fast, nicht. Er hat viel zu tun, woll? Sicher hat er eine Menge zu tun. Und wir kommen ja zurecht, nicht wahr, meine Liebe, wir kommen zurecht."

Ina sah Max fragend an. Was hier lief, war ein Film. Ein schlechter Film. Ein Drama, um genau zu sein. Ina wandte sich jetzt wieder ihrem Gesprächspartner zu.

„Herr Kampmann, ich will nicht unhöflich sein, aber dieses Gespräch ist sehr wichtig für uns. Ist es wohl denkbar, ohne Ihre Frau – ich meine – "

„Hast du gehört, Else? Sie wollen dich ins Bett stecken. Aber da machen wir nicht mit. Erst um ein Uhr ist Bettzeit. So lange bleiben wir noch auf. Sonst haben wir bald wieder offene Stellen – und dann kriegen wir Ärger mit der Pflegerin."

Ina sah den alten Kampmann ungläubig an. Dann lehnte sie sich resigniert zurück.

„Sie haben einen sehr schönen Garten", versuchte jetzt Max sein Glück. „Eine richtig große Wiese, hab ich gesehen. Ich nehme an, Roland hat als Kind dort Fußball gespielt."

„Das hat er, nicht wahr, Else? Immer Fußball, Fußball, Fußball. Mit seinen Kumpels. Wer war das noch, Else, wer war alles dabei? Kaisers Bernd natürlich, dann der Zweite von Schäfers – wie hieß der noch gleich? Ingo? Genau – Schäfers Ingo! Der hat sich doch später die Bänder gerissen, woll? Kein Wunder – immer nur Fußball. Hinterm Haus, auf dem Bolzplatz, im Verein. Immer nur Fußball."

Unvermittelt klopfte Frau Kampmann mit der Hand auf den Tisch. Dabei spuckte sie den letzten Löffel Brei wieder aus. Sie versuchte etwas zu sagen, es war leider nicht zu verstehen.

„Hoppla", Kampmann griff routiniert nach einem Tuch, „da sind wir etwas übereifrig, was, meine Schöne? Was hat dir nicht gepasst? Habe ich etwas Falsches gesagt? Hätte ich erzählen sollen, dass er mit 16 nach Brilon gewechselt ist, weil man dort hohe Bezirksliga spielte?"

„Er war also richtig gut", versuchte es Max.

„Nicht gut genug, was Else? Nicht gut genug, um damit ehrliches Geld zu verdienen. Und er musste ja noch studieren. Und Musik machen. Und alles auf einmal. Schuster, bleib bei deinen Leisten, haben wir immer gesagt, woll Else?"

Frau Kampmann strich jetzt über den Tisch, als streichelte sie ihn. Max betrachtete sie eine Weile. „Herr Kampmann, wann ist der Kontakt zu Ihrem Sohn abgerissen?"

Kampmann hielt in der Bewegung inne. Der Löffel stand praktisch in der Luft. Zwei Sekunden später hatte er sich wieder unter Kontrolle.

„Kann man das so sagen, Else? Kann man das so ganz genau sagen? Er ist halt ein bisschen wie Friedel, woll? Wie dein Bruder. Der hat auch immer alles auf einmal haben wollen. Der hat auch keine Freunde gekannt. So ist das nun mal. Aber wir können uns keine Vorwürfe machen, nicht wahr? Wir sind immer ein gutes Vorbild gewesen. Ehrlich währt am längsten. So ist das nun mal."

Kampmann fütterte mittlerweile Luft. Das Schälchen war leer, aber er kratzte mit jedem Löffel ein paar allerletzte Bananenrestchen zusammen, um bloß weiter beschäftigt zu sein.

„Sie hatten Probleme mit der Lebensführung Ihres Sohnes. Sehe ich das richtig?"

Kampmann zögerte einen Moment mit der Antwort. Dann sagte er ganz ohne Singsang: „Er lebte sein eigenes Leben. Umso überraschter waren wir, als er vorletzten Samstag plötzlich bei uns vor der Tür stand."

„Wie bitte?" Ina fuhr hoch. „Er war also doch hier?"

„Er war hier, nicht wahr, Else?" Kampmann war jetzt wieder

in seinem Rhythmus. „Eine ganze Stunde hat er es mit seinen Eltern ausgehalten. Das hat uns überrascht, woll, dass er nach so vielen Monaten doch einmal seine Eltern besucht."

„Moment, Moment", versuchte Ina zu rekonstruieren, „wir reden über den vorletzten Samstag. Den Samstag eine Woche bevor – ?"

„Das tun wir, nicht wahr, meine Liebe? Der Samstag, an dem der SUS Hallenberg sein Hundertjähriges feierte. Er ist hingegangen zur Feier, und er hat vorher noch seine alten Eltern besucht."

„Das heißt, Sie haben mit ihm gesprochen", Ina war jetzt sehr aufgeregt. „Was hat er Ihnen erzählt?"

„Was hat er uns erzählt, Else? Nicht viel, würde ich sagen. Er hat ganz still dagesessen und nur geschaut. Dann ist er durchs Haus gegangen und hat alle Zimmer beguckt. Wir haben noch gescherzt, woll Else? Wir haben gescherzt, ob er vielleicht unser Haus haben will. Aber das brauchen wir ja noch, unser Haus. Das brauchen wir noch. Es ist unser Heim."

„Aber er wird doch irgendetwas erzählt haben", bemühte sich Ina, „etwas über seine Lebensumstände. Ob er eine Freundin hatte, zum Beispiel. Ob er die Stelle wechseln wollte. Etwas in der Art."

„Er hat erzählt, dass er ganz gut zurechtkommt. Das hat er erzählt, woll Else, das hat er erzählt."

„Aber Sie werden doch gefragt haben, wie es ihm geht. Wie es läuft in der Firma. Ob er schon Urlaub geplant hat."

„Haben wir den Jungen so was gefragt? Wir nicht, Else, wir fragen ihn nicht. Er lebt sein eigenes Leben, er muss wissen, wie er zurechtkommt. Er ist alt genug."

„Sie wollen uns weismachen, dass Ihr Sohn nach etlichen Monaten hier zu Besuch war und nichts aus seinem Leben erzählt hat?"

Kampmann lachte schrill auf. „Wollen wir der Dame etwas weismachen, Else? Oh nein, das wollen wir nicht. Wir helfen, wo wir können, aber mehr gibt es da nicht zu sagen. Der

Junge hat noch eine Weile im Garten gesessen, dann ist er schließlich gegangen. So war das, Else, nicht wahr?"

„Herr Kampmann, Sie wissen aber schon, dass Ihr Sohn tot ist?" Ina konnte sich nicht länger beherrschen. „Sie wissen, dass man sein Haus angesteckt hat?"

Kampmann stand auf und trug das Schälchen zur Spüle. „Das wissen wir, woll Else?" Seine Stimme zitterte jetzt. Der ganze Mann schien zu zittern. „Roland ist tot. Aber verlassen hat er uns schon früher, nicht wahr, Else? Er lebte sein eigenes Leben. So ist das nun mal."

Er stand vor der Spüle. Mit dem Rücken zu ihnen. Es sah aus, als wolle er sich auf keinen Fall mehr zu ihnen umdrehen.

Max blickte hilflos zu seiner Kollegin hinüber. Die schüttelte den Kopf. Sie waren am Ende.

„Ich glaube, wir gehen dann mal."

Im selben Moment schien Kampmann zu erwachen. Er drehte sich um und ging zu seiner Frau. „Hast du gehört, Else, der Besuch muss schon gehen. Das ist aber schade, woll? Aber so ist das nun mal." Er nahm ihr das Tuch ab, das sie wie ein Lätzchen um den Hals gebunden trug. „Ziehen Sie doch einfach die Tür zu. Wir haben zu tun."

Er konnte all das sagen, ohne seine Besucher nur einmal anzublicken. Sie verließen wortlos das Haus und hörten ihn noch plappern, als sie draußen nach Luft schnappten.

13

Meine Freistunde wollte ich im Medienraum verbringen. Das kleine Lehrerzimmer verfügte über mehrere Computer mit Internetanschluss sowie drei Tageszeitungen. In der Regel war es gut belegt, diesmal aber hatte ich Glück. Meine Kollegin Roswitha Breding verließ gerade den Raum, als ich mich über den Flur näherte. Sie winkte mir noch zu, verschwand dann aber im Klassenzimmer gegenüber. Mir ging durch den Kopf, dass wir früher häufig Zeit für einen

Plausch gehabt hatten. Da war der Schulalltag aber auch noch ein ganz anderer gewesen.

Ich nahm zunächst die Lokalzeitung zur Hand. *„Die Geschichte einer Tragödie"* lautete die Schlagzeile. Ein riesiges Bild zeigte Roland Kampmann als jubelnden Aufstiegstrainer. Das Foto musste unmittelbar nach dem Entscheidungsspiel gemacht worden sein: Kampmann stürmte mit hochgerissenen Armen aufs Feld. Das zweite Bild zeigte das Brandhaus. Die Außenfassade war zwar halbwegs intakt, aber doch stark angerußt. Statt der Fenster gab es nur schwarze Löcher – man hätte dieses Geisterhaus in Tusche malen können.

Ich las den zugehörigen Artikel flott durch. Es war von Brandstiftung die Rede, nicht aber von der These, dass das Feuer nur gelegt worden war, um Spuren eines Mordes zu verwischen.

Nach der Lektüre setzte ich mich vor den Computer und rief die Seite des Fußballclubs auf. Rot-Weiß Ermede hatte bereits reagiert. Schon die erste Seite war mit einem schwarzen Trauerband versehen: „Wir trauern um den Trainer unserer Ersten, Roland Kampmann", besagte ein schwarz umrandetes Feld. „Roland fiel einem hinterhältigen Brandanschlag zum Opfer. Sein Verein Rot-Weiß Ermede wird ihm auf ewig ein ehrendes Andenken bewahren!" Auf ewig! Große Worte für einen kleinen Verein. Neben der Trauermeldung gab es einen Hinweis auf eine Andacht am heutigen Abend. Um 20 Uhr wollte man sich in der Schützenhalle Ermede versammeln, „um gemeinsam an Roland zu denken". Schützenhalle Ermede. Man rechnete also mit vielen Teilnehmern.

Ich klickte mich weiter durch die Seiten, streifte die Vereinsgeschichte, einen Rumänien-Spendenaufruf und diverse Bildergalerien, bis ich ein Foto von der Ersten zu sehen bekam. Kampmann stand mit ernstem Blick in der hinteren Reihe. Außerdem fand ich Matthes und zwei weitere junge Männer, die ich vom Sehen kannte. Leider waren die Namen der Spieler nicht einzeln aufgeführt. Ich konnte also weder ausmachen, ob Carsten Jäger im Bild war, noch Jung-Vater Hannes oder Alex Paschewski anschauen. Neugierig klickte ich noch die anderen Seiten an – bishin zum Impressum, wo Andreas Spiekermann und Roland Kampmann als Webmaster aufgeführt waren.

Zurück auf der Hauptseite nahm ich die Firmenembleme wahr, die am rechten Bildschirmrand aufgelistet waren. *„Rolladen Schneider"* war offenbar großzügig gewesen, *„Dach & Wand Preuß"*, *„Getränke Klostermann"*, sowie, sehr bescheiden als Letzter, *„Wurst & Fleisch Nolte"*. Als ich mit dem Cursor auf das Emblem klickte, wurde ich automatisch an die Homepage von Nolte weitergeleitet. Ziemlich professionell gemacht, die Seite. Bodenständig und gleichzeitig edel. Auf dem anthrazitfarbenen Hintergrund ein Bild von Nolte in Metzgerkluft, darunter die Worte: *„Ein Mann aus Fleisch und Blut: Theo Nolte*!" Ich musste lachen. Ich musste sogar ziemlich laut lachen und merkte deshalb nicht sofort, dass sich die Tür geöffnet hatte.

„Na, Hauptsache, Sie haben Spaß!" Schwester Gertrudis stand in der Tür

„Auf jeden Fall", bestätigte ich und klickte Noltes Homepage weg. „Schön, Sie mal wieder zu sehen!"

Die taffe Sekretariatsnonne hatte vor zwei Jahren ihren Dienst an der Front quittiert und kümmerte sich nun um andere Aufgaben in dem von einem Schwesternorden geführten Gymnasium. Dazu gehörte die Schlüsselverwaltung sowie die Bestellung der Schulbücher. Das Surfen im Internet gehörte nicht dazu, das betrieb Gertrudis in ihrer Freizeit – und die war immer dann, wenn gerade der Medienraum frei war.

„Müssen Sie noch Unterricht vorbereiten?"

„Nicht direkt. Ich habe mir eine Fußballseite angeschaut."

„Sie – eine Fußballseite?" Schwester Gertrudis kam überrascht in den Raum und schloss so vertraulich die Tür, als wollte ich ihr jetzt die Hintergründe meiner Scheidung erläutern. Gertrudis war eingefleischte Anhängerin von Borussia Dortmund. Seitdem die Schwarzgelben so überaus erfolgreich agierten, gab es im Leben der Nonne eine Vielzahl von

Höhepunkten, an denen sie mich gelegentlich teilhaben ließ. Manchmal erlaubte ich mir den Gedanken, dass Gertrudis exklusiv beim Anblick von Dortmunds knackigem Trainer ihr Gelübde bereute.

„Wie Sie wissen, bin ich fußballerisch vor allem lokal interessiert", gab ich an.

„Wie ich weiß, sind Sie fußballerisch überhaupt nicht interessiert", schnodderte Gertrudis und brachte mich darauf, dass ich die Nonne mal zusammen mit Frau Wortmann zum Kaffee einladen sollte.

„Erstens", erklärte ich, „bin ich in gewisser Weise Fan vom 1. FC Köln –"

„Auch ein Schicksal", unterbrach mich Schwester Gertrudis. Ich war es gewohnt, dass man die Mannschaft meiner Ex-Heimat nicht ernst nahm. Schwester Gertrudis legte schon nach: „Was ist der Unterschied zwischen Düsseldorf und Köln?"

Ich antwortete nicht.

„Köln verliert samstags, Düsseldorf sonntags."

Haha.

„Sie wollten zweitens noch sagen."

Ich sah Schwester Gertrudis leicht vergrätzt an.

„Sie sind an Fußball interessiert", half sie mir auf die Sprünge, „erstens als Fan vom 1. FC Karneval – zweitens ...?"

„Ach so", grummelte ich, „zweitens unterstütze ich den Sport meines Sohnes, wo ich nur kann. Ich fahre Paul jede Woche zum Training und verbringe ganze Samstage auf sauerländischen Sportanlagen. Namen wie Bleiwäsche, Schliprüthen oder Holzpfosten Schwerte sind für mich nicht etwa erfundene Spaßnamen, sondern ernstzunehmende sportliche Gegner."

Schweigen! Jetzt hatte ich es meiner Fußball-Schwester aber gezeigt!

Leider wirkte sie wenig beeindruckt. „Sie schauen bestimmt wegen des Mordes, habe ich recht?" Sie nickte zu meinem Bildschirm herüber.

„Stimmt", ich atmete durch. „Ich war am Samstag beim Aufstiegsspiel dabei und habe Roland Kampmann gesehen. Ein paar Stunden später war er dann tot."

„Furchtbare Sache", gab Gertrudis zu, „da hört der Spaß wirklich auf."

Das hätte ich nun wirklich blind unterschrieben.

„Wenn das mal nicht seine eigenen Spieler waren!", erklärte Gertrudis mit wissender Miene. „Dieser Kampmann hat ja nach dem Sieg einfach die Brocken geschmissen. Das macht man auch nicht."

Aha! Ein klares Wertesystem.

„Na ja", wandte ich ein, „falls Kampmann sich beruflich neu orientiert hat, blieb ihm vermutlich nichts anderes übrig, als den Verein zu verlassen."

„Und das verkündet er drei Stunden nach dem Spiel auf einer Feier?"

„Okay, er hätte eine geschicktere Form wählen können", gab ich zu. „Besser, er hätte mit den Spielern alleine gesprochen."

„Wissen Sie, woran mich das erinnert?", überging Schwester Gertrudis meinen wertvollen Beitrag. „An Jürgen Klinsmann – und seinen Abgang aus der Nationalelf. Wobei – eigentlich ist es bei diesem Kampmann noch schlimmer. Ich meine, in der Nationalelf spielen Profis. Für die ist das das übliche Geschäft. Aber für die Ermeder Jungs ist das vermutlich viel mehr als ein Geschäft. Es ist die gemeinsame Sache – und die schmeißt er einfach hin!"

„Nun ja, einen Brandanschlag rechtfertigt das noch lange nicht", stellte ich klar.

„Trotzdem! Wie kann man so etwas machen?", schimpfte Gertrudis weiter. „Angeblich hat er ja sogar seinen Arbeitgeber völlig im Dunkeln gelassen."

„Theo Nolte – Sie sind gut informiert!"

„Ich habe Beziehungen. Seine Frau schickt uns an Weihnachten immer einen Präsentkorb. Das find ich sehr nett."

„Einen Präsentkorb? Warum?"

„Sie war bei uns an der Schule. Eine Ehemalige."

Da hatte aber noch jemand einen engen Bezug zur Schule!

„Ulla Nolte hat immer gesagt, wenn sie mal Kinder hat, schickt sie sie natürlich zu uns. Leider hat das nicht geklappt. Die Noltes sind kinderlos geblieben. Schade eigentlich."

Moment, das war interessant! Das war sogar sehr interessant.

„Wenn die Noltes kinderlos sind", führte ich Gertrudis' Aussage weiter, „wer übernimmt dann später die Firma?"

Schwester Gertrudis' Augen verengten sich. „Angeblich hat Roland Kampmann Interesse gehabt."

Sieh an! So kurz in der Firma, und schon den Thron im Visier!

„Sie sind dann jetzt fertig?" Gertrudis rückte mir plötzlich auf die Pelle. Es gab zehn Computer im Raum, aber bei ihren Fußballrecherchen war die Nonne am liebsten allein.

„Ich bin dann jetzt fertig", bestätigte ich und überließ Gertrudis Feld und Computer.

Als ich beim Schließen der Tür noch einen Blick in den Raum warf, sah ich auf dem Bildschirm bereits ein sattes Schwarzgelb.

14

Eigentlich hätte es ein schöner Moment sein können. Sonne im Gesicht. Einen Capuccino zur Hand. Und den Blick auf das Hallenberger Zentrum gerichtet. Wenn man es denn so nennen wollte. Jedenfalls stand dort eine hübsche Kirche mit einem noch hübscheren Steinmäuerchen. Außerdem hatte Max den sogenannten Petrusbrunnen im Blick und ein altes Fachwerkhaus, dessen Haustür von Blattwerk umkränzt war. Der historische Platz nannte sich Kump.

Ina hatte gemault, weil das Café im Sparkassengebäude untergebracht war. Aber die Terrasse und die Tatsache, dass sie hatte austreten müssen, hatten sie dann nicht länger herumsuchen lassen. Es hätte Entspannung einkehren können. Wenn ihnen der Besuch beim Ehepaar Kampmann nicht so in den Gliedern gesteckt hätte.

„Ist Alzheimer eigentlich ansteckend?"

Max schaute seine Kollegin irritiert an.

„Sollte ein Witz sein. Aber nach dieser Begegnung lässt sich doch ehrlich nicht sagen, wer kränker ist, er oder sie."

„Der Mann pflegt seit Jahren seine Frau", brummte Max. „Er weiß genau: Wenn er kräftemäßig einbricht, kommt sie ins Heim. Und er vermutlich gleich mit. Ganz nebenbei ist vor zwei Tagen sein Sohn gestorben. Ich finde, er hat allen Grund, neben der Spur zu sein."

„Jaja", Ina lehnte sich beleidigt zurück.

„Jedenfalls musst du zugeben, dass Hallenberg eigentlich schön ist", versuchte Max wieder gute Stimmung zu machen. „Alles in Schiefer und Fachwerk, drüben schlurft gerade ein alter Mann über den Dorfplatz und hinter dir hängt ein Plakat vom FC Nuhnetal."

„Jaja", brummelte Ina erneut. „Ich weiß, hier kann man Kinder großziehen."

„Seien wir doch mal ehrlich, Ina: Wenn du danach gingest, wo du schlechte Erfahrungen mit Männern gemacht hast, wäre wahrscheinlich ganz Deutschland ein Horrortrip für dich."

Seine Kollegin sah ihn verdattert an. „Du tust, als wär ich eine Nymphomanin."

„Das nicht, aber ich finde, du hast mit Männern über die Maßen oft Pech."

Er merkte zu spät, dass er zu weit gegangen war. Er merkte es daran, dass sich Inas Körperhaltung plötzlich veränderte. Sie ging in Stellung. Sie holte zum Gegenschlag aus.

„Max, soll ich dir was sagen? Ich bin ganz froh, dass bei mir überhaupt noch etwas passiert! Wenn du als Unbeteiligter ein Problem damit hast, tut es mir leid."

Das saß. Tiefes Schweigen setzte ein. Max nahm einen Schluck Capuccino, Ina schloss demonstrativ die Augen und sonnte sich pseudoentspannt.

Im Grunde hatte Ina ja recht. Max' Privatleben hatte in letzter Zeit zölibatäre Züge angenommen. Er kannte das bereits aus früheren Lebensphasen, wollte diese aber eigentlich nicht wiederholen. Deswegen hatte er nach langem Zögern dieses Thema tatsächlich in Angriff genommen. Just für diesen Abend hatte er etwas geplant – etwas ziemlich Verrücktes. Andererseits steckte er in einer Mordermittlung. Er musste fit sein. Er konnte abends nicht großartig ausgehen – und wer wusste schon, wie lange das ging?

„Wie gehen wir weiter vor?" Inas Stimme riss ihn aus seinen Gedanken. Seine Kollegin hatte ihr Sonnenbad beendet und wollte nun offenbar tun, als sei nichts gewesen.

„Zurück ins Präsidium, würd ich mal sagen."

„Okay, dann lass uns zahlen." Ina winkte der Kellnerin.

Als sie in ihrer Handtasche kramte, nahm Max für den Bruchteil einer Sekunde eine Tamponpackung wahr. Ah ja, so war das. Nicht nur der Ex, sondern auch die Hormone machten Ina zu schaffen. Das kannte er schon. Am besten würde er mal einen Kalender führen, damit er Inas Reaktionen besser einordnen konnte. Alle vier Wochen würde er dann eine Rakete eintragen. Max fand nämlich, dass eine geöffnete Packung Tampons aussah wie eine Batterie von Sprengköpfen, die den anstehenden Krieg bereits ankündigte.

Sie bezahlten getrennt. Als Max endlich fertig war, war die Aufmerksamkeit seiner Kollegin anderweitig in Anspruch genommen.

„Wie hießen die Kumpels von Roland Kampmann?", fragte sie übergangslos und mit Blick quer über den Marktplatz.

„Hab's mir aufgeschrieben", murrte Max und zog seine Mappe heraus. „Bernd Kaiser und Ingo Schäfers."

„Schau mal dahinten!" Ina deutete in die Richtung, in die sie schon seit geraumer Zeit starrte. Er brauchte einen Moment, bis er fand, was sie meinte. Ein Versicherungsbüro. Untergebracht in einem der schnuckligen Fachwerkhäuser am Markt. „Bernd Kaiser", stand in gut lesbarer Größe am Fenster.

„Meinst du, in einem Ort wie Hallenberg gibt es zwei Menschen, die Bernd Kaiser heißen?"

Max zuckte mit den Achseln. „Wir sollten es probieren. Und wenn's der Falsche ist, lassen wir uns einfach unverbindlich beraten."

Ina nickte und ein Lächeln zog sich ihre Mundwinkel hoch. Max fasste sie unter. „Wir sind schon ein schräges Paar, findest du nicht?"

Es war ein gutes Gefühl, als Ina ihm einen Kuss auf die Wange drückte. So gut, dass Max nun noch sicherer war: Er würde am Abend nach Arnsberg fahren und sein Privatleben pflegen.

15

„Hallo, Herr Kaiser!"

Der Herr Kaiser, der in dem Ladenlokal seinen Arbeitsplatz hatte, war ähnlich smart wie der Versicherungs-Kaiser aus dem Werbeclip der 80er Jahre: groß und schlank, blaugestreiftes Oberhemd, Stoffhose, gut frisiertes Haar, randlose Brille. Ein Schwiegermutterliebling mit einem ausgeprägten Rasierwasserduft.

„Guten Tag zusammen!" Eine sehr klare Verkäuferstimme und ein sympathisches Lächeln, immerhin. „Was kann ich für Sie tun?"

„Wir hätten gern eine Auskunft."

„*Okaaay.*"

Oh nein! Max verzog den Mund. Wenn er etwas nicht haben konnte, dann war es dieses langgezogene *Okaaay*, das man jetzt überall hörte. Dieses *Okaaay*, bei dem die Stimme am Ende so seltsam nach oben ging. Es war ähnlich schlimm, wie das *Gern!*, das mittlerweile das bodenständige *Bitte!* ersetzte.

„Setzen Sie sich doch!"

Bernd Kaiser hielt sie für ein Paar, ganz klar. Wahrscheinlich ging er gerade in Gedanken durch, was er ihnen alles andrehen konnte. Haftpflicht, Rechtsschutz, Hausrat ...

„Wir hätten da ein paar Fragen ...", begann Ina das Gespräch.

„*Okaaay.*"

„Kannten Sie Roland Kampmann?"

Es war der richtige Bernd Kaiser. Denn das Lächeln auf dem Gesicht des Versicherungskaufmanns verschwand von einem Moment auf den anderen. „Sie sind von der Polizei?"

„So ist es." Ina zückte ihren Dienstausweis. „Sie haben schon von Kampmanns Tod gehört?"

„Das ging ja durch die Presse", Kaiser strich sich nervös durch die Haare, „außerdem ist es natürlich hier im Ort ein Thema. Sie wissen ja, wie das ist."

„Keine Ahnung", Ina setzte ihr liebenswürdigstes Lächeln auf. „Wie ist das denn?"

„Na ja, ein kleiner Ort – die Eltern leben nach wie vor hier, und es gibt genug Leute vor Ort, die Roland noch kennen."

„Sie zum Beispiel."

Bernd Kaiser nickte. Er war, so konnte man sagen, auf dem Gipfel der Unsicherheit angekommen.

„Aus der Schule?"

„Nein, Roland war auf der Realschule, ich auf dem Gymnasium. Wir kannten uns vom Fußball. Wir haben beide in derselben Jugendmannschaft gekickt."

„Hier in Hallenberg?"

„Genau, und später in Brilon. Roland hat nach seiner Ausbildung Fachabi gemacht und in Münster studiert, an der FH. Das passte ganz gut, denn er konnte dadurch in Ahlen trainieren – das war damals was."

Ina sah Kaiser interessiert an. „Ahlen spielt höherklassig?"

Kaiser nickte. „Damals zweite Liga. Jetzt dritte. Wissen Sie das nicht?"

„Nee. Gerade nicht." Ina warf den Kopf zurück. „Sie haben auch in Münster studiert?"

„Nein nein, ich habe nach der Bundeswehr mein Studium

in Frankfurt begonnen – und da bin ich Roland dann auch wieder begegnet. Er hat nach zwei Jahren in Münster ebenfalls nach Frankfurt gewechselt."

„Wegen des Studiums?"

„Eher wegen des Fußballs. Ich hatte über die Bundeswehr Kontakte nach Frankfurt und habe dort meine große Chance bekommen. Zu der Zeit war dort alles im Umbruch, man spielte zweite Liga und hatte erhebliche finanzielle Probleme. Folglich wurden junge, billige Spieler gesucht – solche wie Roland und ich."

„Mit der Profikarriere hat es dann aber doch nicht geklappt?"

„Wir waren viel zu alt, um richtig durchzustarten. Ich bin schon nach einem halben Jahr rausgeflogen. Leistungsbedingt. Roland hat sich länger gehalten, hat aber in der Regel bei den Amateuren gespielt."

„Haben Sie zusammen gewohnt?"

„Das nicht. Ich hatte ein Apartment. Roland war in einem Studentenwohnheim untergebracht." Kaiser wurde jetzt ruhiger. Max kannte das. Allein die Tatsache, mit der Polizei sprechen zu müssen, brachte einige Leute total aus dem Konzept. Wenn sie dann merkten, dass man ihnen nur ein paar Fragen stellen wollte, wurde es besser.

„Vermutlich sind Sie immer zusammen nach Hause gefahren?", fiel es Max plötzlich ein. „Wie man das als Sauerländer Student am Wochenende so macht."

„Gelegentlich", Kaisers Blickte täuschte Gleichgültigkeit vor. „Aber Roland ist gar nicht regelmäßig nach Hause gefahren." Ina griff sofort zu. „Warum?"

Kaiser zögerte. Dann hatte er offenbar die Antwort für sich formuliert. „Roland zog es nicht hierher."

„Woran lag das?"

„Wie soll ich das sagen? Es war ihm – zu klein – zu spießig. Irgendwie so."

„Roland träumte von etwas anderem?"

„Ja, das kann man so sagen. Wissen Sie, seine Eltern hatten

ein Geschäft hier am Ort. Ein Schreibwarengeschäft. Na ja, eigentlich war es mehr ein Pruselladen, wo man alles bekam. Schulhefte. Kitschromane, Lottoannahmestelle. Wenn Sie mich fragen: Die beiden haben sich totgearbeitet für wenig Geld. Roland hatte dafür wenig Verständnis."

„Hatten seine Eltern gehofft, er würde den Laden übernehmen?"

„Das nicht unbedingt. Aber Roland hat auf seine Eltern hinabgeblickt, und ich fürchte, das haben sie gespürt."

Ina dachte einen Moment nach. Sicher rekapitulierte sie, was Rolands Eltern gesagt hatten – von wegen ehrliche Arbeit.

„Okay, Sie haben gemeinsam in Frankfurt studiert. Wie ging es dann weiter?"

„Ich habe mein Studium abgeschlossen und bin nach Hallenberg zurückgekommen."

„Und Roland?"

„Hat weiter Fußball gespielt. Und weiter studiert. Mehr oder weniger."

„Aber Sie hatten nach wie vor Kontakt?"

„Nein, überhaupt nicht. Schon in Frankfurt nicht mehr."

„Warum?"

Kaiser wurde verlegen. „Das hat sich halt auseinanderentwickelt."

„Einfach so."

„Herrgott. Wir hatten beide zu tun. Mit Studium und Fußball und allem."

„Zu beschäftigt, verstehe."

„Wir hatten unterschiedliche Ziele. Ich habe hier mein Büro aufgebaut, habe geheiratet und Kinder gekriegt. Roland hat wer weiß was gemacht. Der war ja über 30, als er endlich seinen Abschluss gemacht hat."

„Das wissen Sie dann aber doch ziemlich genau!", Ina runzelte die Stirn. „Ich dachte, Sie hätten keinen Kontakt mehr gehabt."

Kaiser wirkte ertappt. „Das haben mir die Eltern erzählt", sagte er dann. „Außerdem habe ich Roland vorletzten Samstag wiedergetroffen – nach etlichen Jahren."

„Beim Fußball-Jubiläum, nehme ich an."

„Richtig. Der SUS Hallenberg ist hundert geworden. Inzwischen heißt der Verein FC Nuhnetal – man hat sich mit dem Nachbarort Liesen vereinigt, aber gefeiert wurde trotzdem, dass man hundert Jahre existiert."

„Spielen Sie immer noch Fußball?" Die Frage war Max ganz plötzlich gekommen.

Bernd Kaiser zögerte. „Schon lange nicht mehr", sagte er schließlich. „Auch meine Kinder nicht. Sie sind beide beim Tennis."

„Kommen wir auf Roland Kampmann zurück", sagte Ina leicht ungeduldig. „Sie haben ihn wiedergetroffen. Was hat er Ihnen erzählt?"

Wieder zögerte Kaiser. „Es war eine kurze Begegnung", sagte er schließlich. „Ich habe nicht lange mit Roland gesprochen."

„Und das, obwohl Sie sich viele Jahre nicht gesehen haben?"

„Wahrscheinlich deshalb. Wir haben uns nicht mehr so ganz viel zu sagen. Außer: Hallo, wie geht's?"

„Er hat Ihnen nicht erzählt, wie er jetzt lebt?"

„Wie gesagt: Die Begegnung war kurz."

„Wo er arbeitet, ob er liiert ist, was er in seiner Freizeit so treibt?"

„Dass er bei dieser Wurstfabrik war, wusste ich von seinen Eltern. Ich besuche sie manchmal, wenn ich mit dem Hund dort vorbeigehe. Sie kommen ja nicht mehr hinaus. Sitzen immer auf der Bude, haben alle Kontakte verloren – das ist doch kein Leben."

„Uns interessiert, was Sie mit Roland Kampmann besprochen haben", insistierte Ina. „Nicht mit seinen Eltern."

„Genau das!", sagte Kaiser.

„Was soll das heißen – genau das?"

„Ich hab ihn eingemacht. Ich hab ihm gesagt, dass er rücksichtslos ist", Kaiser suchte nach Worten. „Mein Gott, sein Vater bricht unter der Last der Pflege zusammen, und

Roland interessiert das nicht die Bohne."

„Und? Was hat er dagegengehalten?"

„Nichts. Er hat gesagt, ich hätte wohl recht. Dann hab ich mich umgedreht und bin nach Hause gegangen. Der Abend war für mich gelaufen. Ich hatte keinen Bock, mich länger mit Roland zu streiten."

Eine Stille trat ein. Kaisers Ärger breitete sich im Raum aus. Zumindest war das Max' Gefühl.

„Warum", fragte er schließlich, „warum war der Kontakt zwischen Roland und seinen Eltern so schlecht?"

Kaiser schien irritiert. „Roland war eben so. Er tat immer nur, was ihm nützte. Die Eltern zu besuchen gehörte nicht dazu. Damals wie heute."

„Heute ist er tot", sagte Ina knapp.

„Ich weiß", Kaiser sah auf seine Uhr. „Trotzdem habe ich jetzt einen Termin."

„Mit wem hat Roland noch gesprochen auf diesem Sportfest?", fiel es Max ein.

„Mit allen und jedem. Keine Ahnung", Kaiser stand auf.

„Sagen Sie uns einen Namen."

Kaiser überlegte. Max war nicht sicher, ob über den Namen oder ob er überhaupt antworten sollte.

„Annabell Schüngel."

Eine Frau. Ina und Max waren gleichermaßen überrascht. Sie hatten alte Fußballkumpane erwartet.

Kaiser schien ihre Gedanken zu erraten. „Eine Mitschülerin", sagte er. "Und jetzt muss ich los."

Ina verabschiedete sich. „Dann danken wir sehr für Ihre Bereitschaft, mit uns zu sprechen."

Max erwartete, dass von Kaiser jetzt ein sattes *Okaaay* kam, aber da lag er falsch.

„Gern", sagte Kaiser.

Max sagte nichts.

◇

Endlich! Die Wohnungstür und dann Lars' Gebrabbel. Du weißt nicht, ob du es noch lange ausgehalten hättest in der Stille der Wohnung. Du hast die Musik voll aufgedreht, um irgendetwas zu hören. Und trotzdem hörst du viel lauter die innere Stimme, die sagt: *Du hast Scheiße gebaut!*

Lars steht im Türrahmen und plappert sofort los. „Robin ist mit mir eisessen gefahren. Ich habe einen Riiiesenerdbeerbecher gekriegt."

Du bist verwundert! Deine Brüder sind eisessen gefahren? Unfassbar! Robin kümmert sich sonst nie um den Kurzen. Nie.

„Spielst du mit mir *Spore*?", fragt der Kleine als Nächstes.

„Hast du schon Hausaufgaben gemacht?", hältst du dagegen.

Er zögert einen Moment, grinst. „Fast alles."

„Mach erst fertig", sagst du. „Danach darfst du kommen."

Schon mault er. „Aber Sachkunde ist gar nicht wichtig."

„Erst fertigmachen, dann kannst du kommen."

Ein Stöhnen, dann zieht er die Tür zu.

Als du ins Wohnzimmer gehst, liegt Robin auf dem Sofa und hat die Augen geschlossen.

„Hast du heute deinen Sozialen?", fragst du.

Er macht sich nicht die Mühe, die Augen zu öffnen. „Halt einfach das Maul!"

„Zu viel Geld?"

Jetzt öffnet er doch die Augen – und mehr noch: Er springt hoch!

„Hast du ein Problem damit, wenn ich mit unserem Bruder was mache?"

Du gehst einen Schritt zurück. Robin ist zwanzigmal stärker als du.

„Ich mein ja nur. Das machst du sonst nie!"

„Ja und? Er hat ja auch noch nie so viel Scheiße erlebt!"

„Meinst du das mit Herrn Kampmann?"

Er schaut dich an – ungläubig irgendwie – dann beginnt er zu lachen. „Herr Kampmann! Ole, du weißt gar nicht, wie panne du bist."

Immer noch lachend geht er in die Küche und holt sich etwas zu trinken.

Du weißt nicht, warum du ihn fragst, als er zurückkommt. Du könntest es im Computer nachgucken, aber etwas in dir möchte sich mit ihm besprechen.

„Wie lange ist eigentlich die Strecke von Frankfurt hierher?"

Er stutzt. „Warum willst du das wissen?"

„Einfach nur so."

„Zwei Stunden – was weiß ich. Aber jetzt sag: Warum willst du das wissen?"

Da ist sie wieder, die innere Stimme.

„Egal", sagst du und gehst aus dem Zimmer.

16

Alle waren da, soweit ich das überblicken konnte: Die Spieler nicht nur der Ersten, sondern sämtlicher anderer Mannschaften, der gesamte Vorstand, Yannik natürlich, eine Vielzahl von Kindern mit ihren Eltern, darüber hinaus etliche Menschen, die ich nicht kannte. Sie alle waren zur Gedenkstunde in die Schützenhalle gekommen. Nur Elfer nicht. Und ich musste zugeben: Das machte mich nervös.

Ich suchte mir einen Platz im hinteren Teil der Halle und wartete ab. Vorne hatte man einen Tisch aufgebaut und darauf eine Kerze sowie ein großes Foto von Kampmann gestellt. Jemand vom *Sauerländer Anzeiger* war da und knipste herum. Schließlich erhob sich Helmut Preuß und griff nach dem Mikro.

„Sehr geehrte Damen und Herren, liebe Sportsfreunde!" Ich war überrascht. Warum sprach Preuß – und nicht Nolte? „Wir sind zusammengekommen, um an den Mann zu denken, der noch am Samstag in unserer Mitte war." Helmut las jedes Wort ab und hatte trotzdem Probleme mit der Formulierung. Es war ganz deutlich, dass er es nicht gewohnt war, Reden zu halten. Genausowenig, wie er es gewohnt war, einen Anzug zu tragen.

„Roland Kampmann ist bei einer gemeinen Brandattacke ums Leben gekommen. Wir stehen davor und finden keine Erklärung, wir finden nicht einmal die richtigen Gedanken dafür."

Helmut schaute in die Menge. Offenbar hatte er sich vorgenommen, Pausen zu machen. Diese hier war leider etwas zu lang.

„Diese Versammlung ist der Versuch – vielleicht der verzweifelte Versuch – nach diesem unvorstellbaren Schock die ganze Aufregung und Wut beiseitezulegen und stattdessen die Gemeinschaft zu suchen. Herr Pastor Seibert hat sich bereit erklärt, in dieser schweren Stunde bei uns zu sein und mit uns für Roland zu beten." Helmut machte eine Geste in die erste Sitzreihe. Es war ihm anzusehen, wie froh er war, das Wort vorerst abgeben zu können. Jetzt stand Seibert auf. Ich hatte den Priester vorher gar nicht bemerkt. Er war Pastor in unserem Pastoralverbund und bekannt für seine fußballerische Neigung. Es gab keinen Kunstrasenplatz in der Umgebung, den er nicht eigenhändig eingeweiht hatte. Und bei einem Benefizturnier hatte er sogar selbst zum Sportzeug gegriffen. Ein-, zweimal war er mit seinem Schalke-Schal um die Schulter in der Zeitung abgebildet worden. Jetzt trug er stattdessen eine Stola.

Der Priester fand die passenden Worte. Er griff die Bestürzung auf, ohne pathetisch zu werden, anschließend leitete er zu einer Bibelstelle und Gesang über. Die Leute von Rot-Weiß Ermede waren sicher keine passionierten Kirchgänger, hier aber machten sie mit.

Nach dem *Vater unser* und einem Segensgebet gab Seibert das Wort an Helmut Preuß zurück. Der bedankte sich – auch im Namen von Theo Nolte – für die Teilnahme an der Andachtsfeier und verlas dann noch einen Appell: „Roland, das wissen wir alle aus der Zeitung, ist einem Brandattentat zum Opfer gefallen. Wir sollten die Polizei dabei unterstützen, die Täter zu finden. Gleichzeitig sollten wir aber Verdächtigungen unterlassen, die einfach so herausposaunt werden." Helmut warf einen letzten Blick auf den Zettel. „Lasst uns das Band des Vertrauens in unseren Reihen nicht zerreißen!"

Helmut klickte das Mikro aus. Der letzte Satz hatte sehr pathetisch geklungen. Es herrschte eine kurze Stille, dann begann der allgemeine Aufbruch mit Stuhlgeschiebe und Stimmengewirr.

„Herr Jakobs", Matthes stand plötzlich hinter mir. „Bevor Sie fragen: Die Hausaufgaben sind gemacht."

„Sehr gut, Matthes", lobte ich, „auch wenn ich Sie danach jetzt wahrlich nicht gefragt hätte."

„Das war schon ziemlich berührend, nicht wahr?" Mein Schüler deutete nach vorn, wo zuvor Helmut Preuß und Pastor Seibert gesprochen hatten.

„Ja, fand ich auch."

Wir gingen langsam zum Ausgang.

„Und Helmut hat recht. Ich finde es schlimm, was jetzt alles geredet wird."

Ich spitzte die Ohren. „Was wird denn geredet?"

„Na, das mit Elfer."

Allein die Erwähnung des Namens ließ mich zusammenfahren. „Was ist denn mit Elfer?"

„Haben Sie den Quatsch noch nicht gehört?"

„Ich hab keine Ahnung."

„Ist auch völliger Schwachsinn. Ich hab keine Ahnung, wie das aufgekommen ist."

„Was, Matthes, was?" Der Junge kam auch im Unterricht nie auf den Punkt.

„Na ja", er wand sich. Offenbar war es in mehrfacher Hinsicht unangenehm. „Na, dass Elfer Jungs angefasst haben soll – und dass Roland das mitgekriegt hat und deshalb dran glauben musste."

Ich blieb abrupt stehen. Die Nachricht war ungeheuerlich.

„Wer sagt denn so was?"

„Na ja, Elfer ist verschwunden. Das ist schon mal das Erste. Dann hat irgendjemand gehört, wie er sich mit Roland darüber unterhalten hat."

„Worüber?"

„Über Missbrauch und so."

„Wie – unterhalten?"

Matthes hob entschuldigend die Hände. „Herr Jakobs, ich weiß auch nicht das meiste. Auf jeden Fall will jetzt jeder etwas gesehen haben. Einmal hat er angeblich einen seiner Jungs auf dem Schoß sitzen gehabt, einmal ist er mit ihnen zum Duschen gegangen ..."

Das hörte sich alles sehr schwammig an. Keiner wusste etwas Konkretes, aber alle redeten mit. Das ärgerte mich – und trotzdem ertappte ich mich bei der Frage, ob ich Elfer das zutraute.

„Insofern finde ich es schon gut, was Helmut gesagt hat", setzte Matthes fort, „dass man nichts überstürzen sollte mit Verdächtigungen und so."

„Da haben Sie recht, Matthes – bis morgen!"

Ich eilte nach draußen. Vor der Tür verabschiedete sich das Ehepaar Nolte gerade vom Zweiten Vorsitzenden.

„Ich danke dir, Helmut", hörte ich den Metzgerkönig sagen. „Ich hätte es heute wirklich nicht auf die Kette gekriegt."

„Ist schon in Ordnung!"

Noch ein kurzes Gemurmel, dann gingen Noltes zu ihrem Wagen. Ich zögerte einen Moment, schließlich ergriff ich die Gelegenheit, um Helmut noch ein paar Worte zu sagen.

„Das hast du gut gemacht, Helmut!"

Ein zaghaftes Lächeln. „Danke, Vincent, das tut gut!"

„Ich hätte nicht mit dir tauschen wollen."

Helmut atmete tief aus. „Im Moment reißt sich keiner darum, in der ersten Reihe zu stehen." Ich hörte einen Hauch von Bitterkeit heraus. Kein Wunder! Helmuts Position war immer die des zweiten Mannes gewesen – nicht wenn es um Arbeit, wohl aber wenn es um Entscheidungen und Repräsentations-pflichten ging. Jetzt allerdings, da es unangenehm wurde, zog sich Nolte zurück.

Helmut schien meine Gedanken zu erraten. „Nun ja, es geht ihm nicht gut. Herztechnisch, meine ich jetzt." Er machte eine Kopfbewegung hin zu der Stelle, wo eben noch Noltes Benz gestanden hatte. „Erst dieser Mord – jetzt das Gerede über Elfer."

„Ich hab's gerade gehört", gab ich zu. „Mal ehrlich: Da ist doch nichts dran?" Es klang mehr wie eine Bitte denn wie eine Feststellung.

Helmut sah mich stirnrunzelnd an. Allein sein Blick sorgte dafür, dass ich mich fühlte wie ein Verräter. „Da bin ich ganz sicher."

„Wie kommt dann so was auf?"

„Janine Wissmann hat die beiden streiten hören."

Janine Wissmann! Die Frau war doof wie ein Stuhl!

„Angeblich hat Roland Elfer angeschissen, er solle endlich aufhören, seine Jungs anzufassen und sich stattdessen eine Frau suchen. Damit ging's los. Und jetzt hat natürlich jeder etwas beizutragen." Helmut schüttelte unwillig den Kopf. „Es ist einfach unfair, wie jetzt alle über ihn herfallen. Dabei hat Elfer so einen guten Draht zu den Jungs. Überleg mal, wie viele von denen nur bei ihrer Mutter aufwachsen. Und im Kindergarten und in der Grundschule treffen sie auch auf keinen Mann. Der Fußballtrainer ist für solche Jungs die wichtigste männliche Bezugsperson. Elfer hat das gut ausgefüllt, finde ich."

Da konnte ich ihm eigentlich nur zustimmen.

„Elfer ist so einer, über den viel gewitzelt wird", redete Helmut sich weiter in Rage. „Er hat kein Glück bei den Mädchen, er ist noch nicht verheiratet, er lebt bei der Mutter – aber dass ihm jetzt nachgesagt wird – "

„Helmut, kommst du mal rein?" Es war Andi, der da rief. Er trug seine kurzgeschnittenen Locken heute mit extra viel

Gel. Bei seinem Schnäuzer hatte er darauf glücklicherweise verzichtet. „Die Leute von der Presse würden gern mit dir reden."

„Ja klar, ich komme, Andi!" Helmut wandte sich trotzdem noch einmal an mich. „Fußball ist Querschnitt", erklärte er. „In einer Jugendmannschaft hast du es mit Kevins und Jan-Frederics und Alis zu tun. Und mit deren Eltern! Einer beschwert sich, dass der Sohn nicht Sturm spielt, ein anderer mault wegen Fahrdienst. Elfer hat das alles astrein gemeistert."

Jetzt kam Grundsätzliches. Nur hatte das nichts mit der Sache zu tun.

„Ich muss!" Helmut hob entschuldigend die Hand und verschwand in der Halle. Andi folgte ihm nicht, sondern kam stattdessen nach draußen zu mir.

„Die frische Luft tut gut", sagte er und dehnte seine Arme über dem Kopf. „Ziemlich stickig dort drinnen."

Mir fiel keine sinnvolle Bemerkung ein. Für Smalltalk hatte ich zu viel anderes im Kopf. Andi schien das zu merken.

„Ziemlicher Mist das alles, was?"

„Kann man so sagen."

„Ich hoffe, es kehrt bald Ruhe ein im Verein. Diese Aufregung tut niemandem gut. Roland hätte das sicher auch nicht gewollt."

Ich sparte mir die Bemerkung, dass Roland sicher auch gern auf seine Ermordung verzichtet hätte.

„Hat Roland eigentlich eine Freundin gehabt?", beendete ich das Geplänkel und platzierte eine Frage, die ich eigentlich noch Helmut hatte stellen wollen.

„Eine Freundin?" Andis linkes Auge zuckte. „Wieso fragst du mich das?" Ich musste zugeben, der Themenwechsel war ziemlich abrupt, dennoch war ich sicher, Andis plötzliche Unsicherheit hatte nicht nur damit zu tun.

„Na ja, weil ich mich das selbst schon gefragt hab. Er war ein attraktiver Typ. Es wäre ein Wunder, wenn die Frauen ihm nicht scharenweise nachgelaufen wären."

Andi sah an mir vorbei, als stünde dort jemand, der das besser beurteilen konnte.

„Ich sag da nichts zu." Die Antwort war knapp. Auffallend knapp, wie ich fand.

„Er hatte also eine Freundin."

Andi begann, mit seinem Schuh im Schotter herumzustochern.

„Ich weiß ja gar nicht, ob sie richtig zusammen waren. Ich hab sie einfach nur mal zusammen gesehen. Sie sind spazieren gegangen. Gut, sie sind nicht nur spazieren gegangen. Sie waren eng umschlungen."

„Andi, von wem sprichst du?"

„Es war ziemlich eindeutig, aber vielleicht ja nur von kurzer Dauer."

Ich fasste Andi am Oberarm und zwang ihn so, mich anzusehen. „Du musst es mir nicht sagen", stellte ich klar. „Aber es wäre gut, wenn du es der Polizei sagen würdest."

Der Jugendwart sah mich widerwillig an. „Ja, du hast schon recht." Dann konzentrierte er sich wieder auf den Schotter und schoss einen Stein mit Wucht in die Rabatten. Ein exzellenter Schuss.

„Sag mal, spielst du eigentlich Fußball?" Aha, zum Abschluss noch einmal Smalltalk, um die gute Beziehung zu stärken.

„Nicht mehr", log ich. Irgendwie hat ja jeder mal gespielt. Und ich hatte nun tatsächlich als Zwölfjähriger mehrere Trainingseinheiten geschafft.

„Komm doch mal zu den Alten Herren. Elfer macht da ein lockeres Training – ich spiele dort auch. Und da auch Helmut mitmacht, siehst du, dass es nach unten keine Leistungsgrenze gibt." Er grinste und schlug mir jovial auf die Schulter.

„Das ist schon die zweite Einladung", murmelte ich ebenfalls jovial. Dann brach ich auf.

Auf dem Weg zum Auto war ich in Gedanken versunken. Mit wem hatte Andi Roland Kampmann gesehen? Und was war mit Elfer?

Ich erschrak zu Tode, als plötzlich eine Gestalt neben mir stand.

„Yannik, hast du mich erschreckt!"

„Das wollte ich nicht!" Yannik sah ein wenig betrübt aus.

„Alexa ist nicht da, woll?"

„Nein, leider nicht."

„Ich dachte nur so."

„Soll ich sie grüßen?"

Yannik nickte nur.

„Was machst du denn hier auf dem Parkplatz?"

„Ich lauf hier rum." Dann zeigte er auf ein Auto. „Ich find den Aufkleber gut."

Ich ging mit ihm die paar Schritte zum Wagen.

„Fußball ist nicht das Wichtigste im Leben, es ist das Einzige."

Nun ja, etwas übertrieben für jemanden wie mich. „Originell!", lobte ich trotzdem.

„Findest du? Ich find ihn gut." Dann kramte Yannik unvermittelt in seiner Tasche. „Ich hab auch noch das Autogramm. Das Autogramm von Rollo."

„Stimmt, du hast es mir am Samstag schon gezeigt!"

„Jetzt ist er tot." Yannik zog die Nase hoch. Dann hielt er mir das Autogramm ein weiteres Mal unter die Nase. Seine Augen waren groß wie zwei Teller. Als Nächstes stellte er eine Frage, die bemerkenswert war: „Meinst du, durch den Mord ist es wertvoll geworden?"

17

Unsicher strich Max an der alten Bruchsteinmauer entlang. Das *Alte Backhaus* war gar keine Kneipe, sondern ein Speiserestaurant. Unsicher ging er ein paar Schritte in das sich anschließende Gässchen hinein, um einen Blick in den Biergarten zu werfen. Gerammelt voll! Waren das alles potenzielle Kandidaten? Oder hatte er sich im Datum vertan und es saßen nur harmlose Gäste herum, die das Frühlingswetter genossen? Er blieb stehen und lehnte sich gegen den kalten Bruchstein. Wahrscheinlich war das Ganze eine absolute Schrott-Idee! Wahrscheinlich blamierte er sich gleich zu Tode! Wahrscheinlich war er nach dem stressigen Tag viel zu müde für ein solches Abenteuer! Dann dachte er an das, was Alexa ihm am Telefon gesagt hatte. „Wahrscheinlich ist es einfach ganz lustig!"

Er warf einen letzten Blick auf den Flyer, den er bei einem Besuch des Arnsberger Sauerland-Theaters eingesteckt hatte. Tag und Uhrzeit stimmten schon mal. Alles andere erschien ihm auf einmal sehr abenteuerlich: *„SAU-Speed – 7 Leute und 7 Minuten! SAUerländisches Speed-Dating – jeden ersten Montag im Monat um 21 Uhr"* Erst hatte er das Event nur witzig gefunden. Dann hatte er überlegt, tatsächlich hinzugehen. Jetzt war er hier.

„Wahrscheinlich ist es einfach ganz lustig!" Max atmete tief durch. Zumindest hineingehen konnte er ja!

Das Innere gefiel ihm auf Anhieb. Die alten Balken, die moderne Einrichtung, der ganze Knusperhauscharme. Max wählte einen Zweiertisch am Fenster und sah sich um. Am Nachbartisch saß ein älteres Paar, hinter ihm eine Gruppe von vier Männern, die etwas Juristisches diskutierten. Normale Gäste oder eine ganze Horde von Kontrahenten?

Er konnte darüber nicht länger grübeln, weil sich jetzt ein Kellner näherte.

„Sie sind bestimmt zum SAU-Speed gekommen", er zündete die Kerze auf dem Tisch an und strahlte dabei. Max wäre am liebsten im Erdboden versunken. Sah man ihm auf den ersten Blick an, dass er auf der Suche war?

„Ach, findet das heute statt?" Er war ein so schlechter Lügner. Wenn er jemals von der Polizei vernommen würde und etwas zu verbergen hätte – er würde nach zehn Sekunden auffliegen.

„Ja, das findet heute statt!" Der Kellner lächelte dezent.

„Ich weiß nicht …" Er wusste es wirklich nicht mehr. Schon jetzt war alles so peinlich, dass er eigentlich nur wegwollte.

„Das ist lustig!", sagte der Kellner und lächelte aufmunternd.

„Und kein bisschen blöd."

Kein bisschen blöd. Das war ziemlich überzeugend.

„Ich glaube ... dann mach ich das mal. Nur so aus Spaß."

„Super, dann schreib ich Sie auf. Wir haben sowieso immer Männerunterhang."

„Männerunterhang?"

„Zu viele Frauen."

Jetzt stellte er sich auch noch begriffsstutzig an. Wenn es so weiterging, konnte er gleich einpacken.

„Möchten Sie vorher noch essen?"

„Unbedingt. Und etwas trinken. Ein Bier. Ein großes Bier."

Der Kellner lächelte noch einmal. Ein charmanter Typ. Als Teilnehmer eines Speed-Datings hätte er bestimmt alle Chancen.

Die Karte war aus Holz und genauso urig wie das ganze Lokal. Max bestellte ein Backhausschnitzel und gegen jede Vernunft ein weiteres Bier. Im schlimmsten Fall war er schon dicht, bevor es überhaupt losging.

Man hatte ihm gerade das Essen serviert, als sich plötzlich eine Frau näherte.

„Darf ich?" Sie setzte sich ihm gegenüber. Max war irritiert. Ging so Speed-Dating in diesem Laden?

„Hallo, ich bin Karla", stellte sich die Frau vor, „ich hab gehört, du machst beim SAU-Speed mit. Darf ich vielleicht kurz ein paar Sachen aufschreiben?"

Max war überrumpelt und nickte.

„Lass dich beim Essen nicht stören."

Das war gar nicht so einfach – und das lag an der Frau, die ihm jetzt gegenübersaß. Oder vielmehr an ihren Augen. Grüne Augen, die wie Pfeile blitzten und ihn schwer irritierten. Wenn das gleich beim SAU-Speed auch so ging, würde das nichts werden. Offenbar war Max den Umgang mit schönen Frauen nicht mehr gewohnt – es sei denn sie waren Kolleginnen und schnodderten ihn den ganzen Tag an.

„Sagst du mir grad deinen Namen?"

Max genoss es, einfach so geduzt zu werden. Vielleicht sah er ja doch noch nicht so alt aus, wie er sich fühlte. Oder war das Du Teil des SAU-Speed-Wohlfühl-Programms? Ähnlich wie bei IKEA? Oder wie bei den *1000 ganz legalen Steuertricks?*

„Max", beeilte er sich zu sagen.

„Dann brauche ich noch dein Alter und deine Handy-Nummer."

So mussten sich die Leute fühlen, die auf dem Präsidium ihre Angaben machten. Max gab artig Auskunft. Sein Alter war ihm fast etwas peinlich. Was, wenn er der einzige über 40 war und alle anderen 20 Jahre jünger?

„Das SAU-Speed findet nachher in der *Backstube* statt", erklärte Karla.

„Das ist das Häuschen da draußen?" Max zeigte aus dem Fenster hinaus in den Garten. Dort stand ein uraltes Bruchsteingebäude in der Größe eines Stromhäuschens.

„Nee, das ist das alte Zollhaus", erklärte Karla, „dort wurde früher den Leuten das Geld abgeknöpft. Es gehört zwar auch zum Restaurant, aber für unsere Zwecke ist es leider zu klein. Die *Alte Backstube* liegt im hinteren Teil des Hauses. Etwas größer – und trotzdem ist man für sich."

„Verstehe!"

Karla blickte auf Max' Teller. „Willst du nicht essen?"

„Doch natürlich!" Max verhampelte sich mit dem Besteck.

Karla schmunzelte. „Ich lass dich mal lieber allein", sagte sie dann und stand auf. „Wir sehen uns später."

„Schade!", sagte Max.

Die grünen Blitze blickten ihn erstaunt an.

Erst als Karla weg war, merkte Max, dass man ihn hatte missverstehen können.

18

Als Max in den Raum trat, war er mächtig nervös. Sieben Tische, jeder versehen mit zwei gegenüberliegenden Stühlen. Max hätte sich liebend gern auf Blitz-Schach eingelassen

– ein Duell in Beziehungsgedöns war ihm hingegen wenig geheuer. Da schien er nicht der einzige zu sein. Es hatten sich tatsächlich nur fünf Männer hergetraut. Denen standen sieben Frauen gegenüber.

„Hallo zusammen! Schön, dass ihr hier seid!"

Karlas Stimme. Max fand sie hinter einem Stehpult am Kopfende des Saals.

„Ich habe ja schon mit jedem von euch ein paar Worte gewechselt. Für alle, die es vergessen haben: Mein Name ist Karla und ich führe euch hier durch den Abend. Dabei will ich gar nicht lange reden. Wir fangen direkt an. Liebe Damen, setzt euch bitte auf diese Seite der Tische."

Gekicher war zu hören. Es kam von zwei Frauen, die offenbar gemeinsam gekommen waren und sich austauschten wie Schulmädchen. Es dauerte eine Weile, dann hatten sich die Ladys endlich auf der einen Seite der Tische verteilt.

„Wie ihr seht, können nicht alle Plätze auf der Gegenseite besetzt werden", erklärte Karla jetzt. „Die Herren lassen also bitte zwei Plätze zwischendrin frei, dann haben die Damen während des Speed-Datings zwei kurze Pausen. Alles klar?"

Die Männer ließen sich nieder, wo sie gerade standen. Das ging ruckzuck. Bei „Reise nach Jerusalem" wäre man den Frauen eindeutig überlegen gewesen. Max war auf dem Platz ganz rechts gelandet.

„Wer schon mal mitgemacht hat, weiß ja, wie's geht. Ich betätige gleich diese Klingel." Zu Vorführzwecken tat Karla das auch. Die Klingel hätte an der Rezeption eines uralten Hotels stehen können. Eine wunderbare Antiquität. „Dann habt ihr sieben Minuten Zeit, mit eurem Gegenüber zu sprechen. Lernt euch kennen! Unterhaltet euch! Scherzt miteinander – bis ich wieder die Klingel betätige. Dann rutschen die Herren einen Platz nach links und haben eine neue Partnerin. Du", sie wandte sich an den Typen, der am linken Rand saß und daher schwerlich nach links rutschen konnte, „du schließt dich hinten in der Reihe an. Ist ja klar."

„So was von", sagte der Typ. Offenbar waren alle gleichermaßen nervös und neigten zu unlustigen Bemerkungen.

„Jetzt bekommt jeder von euch einen Aufkleber mit einer Nummer, den ihr euch bitte an die Brust klebt."

Wieder ein Kichern. *Brust* schien ein Wort zu sein, das die beiden Kicherfrauen zum Totlachen animierte. Max versuchte sie zu ignorieren und sich nicht vorzustellen, dass er gleich mit ihnen ein Gespräch führen musste. Karla verteilte die Aufkleber – rote für die Frauen, blaue für die Männer. Da er ganz am Rand saß, bekam Max die letzte männliche Ziffer, eine blaue 5.

„Wenn der SAU-Speed vorbei ist, gebt ihr bei mir an, ob und mit welchem eurer Gesprächspartner ihr gerne Kontakt aufnehmen würdet. Ihr habt ja alle eure Handy-Nummer angegeben. Nur, wenn von zwei Beteiligten *beide* Kontakt haben möchten, geben wir die Handy-Nummern heraus."

„Wie jetzt – verstehe ich nicht!" Eine der beiden Kicherfrauen.

Karla schaute hoch. „Machen wir ein Beispiel." Jetzt kam die Kindergartenversion. Max wusste schon jetzt, welche Handynummer er auf keinen Fall wollte. Karla erklärte alles noch einmal ausführlich, die Angesprochenen kicherten erneut, schienen aber endlich alles verstanden zu haben.

„Dann geht's jetzt los. Entspannt euch! Nichts kann passieren. Außer dass ihr gleich ein paar nette Menschen kennenlernt. Auf geht's." Sie schlug auf die Klingel. Max brach der Schweiß aus.

„Hallo", sagte er.

„Hallo", sagte die rote 7.

„Ja dann ..."

Verlegenheit auf beiden Seiten. Die rote 7 hatte langes schwarzes Haar, was wie eine Haube aussah, und schöne braune Augen. Ein bisschen hatte sie etwas von einer ägyptischen Schönheit. Nur, dass sie insgesamt nicht ganz so schön war wie eine ägyptische Schönheit. Ein weiblicher Typ. Aber nicht sein Typ.

„Hast du das schon mal gemacht?", eröffnete Max.

„Noch nie."

„Schade, sonst hätten wir jetzt auf deine Erfahrungen zurückgreifen können."

Die rote 7 lachte. „Wie heißt du denn?"

„Max."

„Wie Max und Moritz."

„Nein, wie Maxi-Cosi."

Oh nein! Offenbar setzte das Adrenalin Peinlichkeitshormone in ihm frei. Und zwar nicht zu knapp.

„So eine Bemerkung würde ich im Normalfall nicht machen", erklärte er. „Maxi-Cosi. Eine völlig beknackte Assoziation."

„Wer weiß, was Freud da hochgespült hat. Hast du Kinder?"

„Wegen des Maxi-Cosi?"

„Auch so."

„Ich glaube nicht. Nein, ich hab keine", verbesserte er sich.

„Du?"

„Nein, und zwar sicher."

Pause. Aber keine Stille. Die anderen hatten sich offenbar mehr zu erzählen. Im Saal hallte das Stimmengewirr laut wider.

Max hatte sich so viele Gedanken gemacht. Fragen überlegt. Hobbys, Musikgeschmack, Urlaubsgewohnheiten, Alter ... wobei – Alter lieber nicht.

„Was machst du an einem verregneten Freitagabend zu Haus?", fragte die rote 7.

Max überlegte. Er kannte kaum verregnete Freitage zu Hause. Er arbeitete meist. „An einem verregneten Freitagabend", begann er ...

Ihm fiel nichts ein. Oder anders: Was ihm einfiel, konnte er nicht sagen.

Erfahrungsgemäß schlief er freitagabends vorm Fernseher ein, hin und wieder ging er in die Kneipe. Einmal war beides zusammengekommen – er war in der Kneipe eingepennt.

„An einem verregneten Freitag ...", wiederholte er verzweifelt. Was sagte man in dieser Situation? Dass man romantische Strandspaziergänge liebte, zum Beispiel am Lennestrand entlang? Dass man auf Essen bei Kerzenschein stand?

Die Klingel ging. Max wusste nicht, ob er das gut oder schlecht finden sollte. Klar, er war aus der Nummer raus. Aber er hatte es nicht einmal geschafft, den Namen der roten 7 zu erfragen.

Keine Zeit, dem lange nachzuhängen. Neben ihm stand schon sein Nachfolger. Er rutschte einen Stuhl weiter.

„Hallo", sagte die rote 6. Eine der Kicherfrauen.

„Hallo", sagte Max und hoffte, dass er nicht zu verzweifelt klang.

Die rote 6 hatte mittellanges Haar und Locken, die unter Umständen von einer Dauerwelle stammten. Sie trug eine violette Bluse, darüber ein violettes Jäckchen. Die Frau war insgesamt ziemlich violett.

„Bist du auch so aufgeregt?", wollte die rote 6 wissen. „Ich meine, weil sich ja in diesen Sekunden das ganze Leben ändern kann."

Max hoffte, dass das nicht der Fall war, zumal er gerade Violettas Schlüsselbund auf dem Tisch entdeckt hatte. Er bestand nicht nur aus Schlüsseln, er bestand auch aus einem Schlüsselanhänger. Ein kleines Tierchen. Vielleicht ein Bär. Vielleicht ein Känguruh. Auf jeden Fall pelzig. Und violett.

„Wie heißt du eigentlich?"

„Max", wollte Max sagen, kam aber nicht dazu.

„Ich heiße ja Melli. Eigentlich heiße ich natürlich Melanie. Aber alle nennen mich Melli. Was machst du eigentlich beruflich? Ich bin ja Lehrerin. An der Grundschule. Ich habe eine zweite Klasse, die sind sooo süß. Ich meine, es ist heute natürlich schon anders als früher. Man hat ja viele Problemkinder in der Klasse, aber hier im Sauerland ist es natürlich noch besser als anderswo. Ich würd nicht im Ruhrgebiet als Lehrerin arbeiten wollen. Da geht es ja drunter und drüber. Eine Mitreferendarin von mir hat eine Stelle in Bochum, da wollte ich ja im Leben nicht hin."

„Ich hab in Bochum studiert."

„Ach! Na ja, mag ja auch schöne Ecken dort geben. Und man kann sich das ja auch nicht immer aussuchen. Ich find's jedenfalls hier schön. Ich bleib auch hier. Das sage ich gleich mal vorweg. Ich würde nicht wegziehen wollen – wegen Beziehung oder so. Deswegen mache ich das Ganze ja hier mit, weil ich hierbleiben will."

„Verstehe."

„Das wäre aber okay für dich?"

„Was jetzt?"

„Hier zu wohnen."

„In Arnsberg? Ich weiß nicht. Es ist eher Zufall, dass ich – "

„Gut, man kann ja auch fahren. Obwohl ich sagen muss, ich hätte auch keine Lust, jeden Tag stundenlang im Auto zu sitzen. Ich meine, das ist ja verlorene Zeit. Was machst du eigentlich beruflich?"

„Taxi fahren."

„Ach!"

Max genoss die Stille. Sie dauerte genau acht Sekunden. Dann ertönte die Klingel. Weiterrutschen.

Über die rote 5 gab es vor allem eines zu sagen: Sie hatte einen riesigen Busen, den sie auf dem Tisch vor sich abgelegt hatte.

„Hallo!"

„Jaa." Zu mehr sah Max sich nicht in der Lage.

„Du wirkst ja ziemlich müde."

„Jaa."

„Hat die Melli dich so rangenommen?" Die rote 5 hielt sich kokett die Hand vor den Mund ob dieser doppeleindeutigen Bemerkung.

Man kicherte. Die rote 5 – deren Busen dabei ordentlich in Wallung geriet – und Melli gleich mit.

„Eigentlich konnte ich mich ganz gut erholen." Max schluckte den Zusatz „weil sie die ganze Zeit geredet hat" herunter.

„*Okaaay.*"

Max zuckte zusammen – da war es wieder: *Okaaay!*

In einem Anflug von Resignation ließ er die rote 5 reden, bis es klingelte. Das Ganze war eine SAUmäßig doofe Idee gewesen.

Die rote 4 sagte fast gar nichts. Sehr verhuscht, unsicher, ein Mauerblümchen, das man gern in den Arm genommen hätte, um ihm Selbstvertrauen zu geben, aber nicht, weil man wirklich etwas von ihm wollte.

Die rote 3 hätte Max' Tochter sein können – und das sagte sie auch gleich. Der ganze Abend sei für sie eine herbe Enttäuschung. Max konnte das verstehen, aber jünger machen konnte er sich auch nicht.

Richtig wach wurde er erst wieder, als er zur roten 2 gerutscht war. Die hatte es in sich.

„Hallo!", sagte sie.

„Guten Abend", sagte Max, allein um mal die Anrede zu variieren.

„Ich will dir jetzt nicht zu nahe treten", sagte die rote 2, „aber du siehst ziemlich fertig aus."

„Äh – danke."

„Hast du einen langen Tag gehabt?"

„Genau. Einen langen Tag – hab ich gehabt."

„Mir gefällt es, wenn Männer viel arbeiten", sagte die rote 2. „Ich stehe auf Männer, die wissen, was sie wollen und dafür etwas tun."

Max hätte gern gesagt, dass er dann wahrscheinlich nicht der Richtige für die rote 2 war, denn er war jahrelang Taxi gefahren, weil er nicht gewusst hatte, was er mit sich anfangen sollte. Später war er eher zufällig in den Polizeidienst gerutscht.

„Hast du einen Bausparvertrag?"

„Wie bitte?"

„Hast du einen Bausparvertrag?"

„Nein."

„Ich frage, weil das viel über einen Mann aussagt. Wie steht es mit Kindern?"

„Wie soll es da stehen?"

„Willst du welche? Ich meine, du bist schon ziemlich alt."

„Danke."

„Um Vater zu werden, meine ich jetzt."

„Danke."

„Wie jetzt? Willst du noch Kinder oder nicht?"

„Ich weiß nicht ...", die Frau brachte Max echt aus der Fassung. Er war sauerländische Direktheit durchaus gewohnt. Er schätzte sie sogar, aber in dieser Form hatte er das noch nicht erlebt, „kommt ganz darauf an, schätze ich."

„Worauf?"

„Auf die Frau. Auf die Mutter. Ich kann's mir jedenfalls vorstellen – obwohl ich natürlich schon ziemlich alt bin."

„Apropos Mutter: Leben deine Eltern noch – und hast du ein gutes Verhältnis zu ihnen?"

„Wie bitte?"

„Ich finde, das sagt ebenfalls viel über einen Menschen aus. Bist du ein Familienmensch?"

„Ich bin ein – ich weiß nicht."

„Besuchst du sie oft?"

„Wen?"

„Deine Eltern."

„Wie viel ist oft? Ich meine – hin und wieder. Vielleicht einmal im Monat."

„Das ist ja nicht viel."

„Neulich bin ich mit meiner Mutter im Theater gewesen", rechtfertigte sich Max. „Ich hatte es ihr zum Geburtstag geschenkt."

„Ah ja. Ich habe eine Einliegerwohnung im Haus meiner Eltern. Versteht sich ja von selbst, dass man dann viel zusammen ist."

„Klar."

Brauchte die rote 2 den Bausparvertrag, um sich aus den Klauen ihrer Eltern zu befreien? Oder wollte sie vielmehr klarmachen, dass dank Bausparvertrag im Garten der Schwiegereltern gebaut werden konnte? Was auch immer es war – die rote 2 hatte klare Vorstellungen.

„Hast du Hobbys?"

„Ähm ..." Zum ersten Mal hatte Max eine Vorstellung davon, wie sich eine Vernehmung anfühlen mochte. Kaum Zeit zum

Atmen und schon wurde einem die nächste Frage um die Ohren geknallt. „Nicht direkt."

„Ich bin im Kegelverein *Sauer macht lustig. Sauer* wegen Sauerland. Aber auch, weil wir gern Limonenschnaps trinken."

„Verstehe."

„Der Kegelclub ist mir wichtig. Den würde ich nicht aufgeben wollen. Kegelst du auch?"

Max erinnerte sich, dass er an Maries vorletztem Geburtstag mit auf der Bowlingbahn gewesen war.

„Gelegentlich", improvisierte er.

„Es gibt bei uns im Dorf auch einen Männerclub. Da sind die Ehemänner von uns Frauen drin – sofern wir welche haben."

„Aha."

„Rate mal, wie der heißt!"

„Puh ..." Das war ziemlich viel verlangt. Vielleicht das Gegenteil vom Frauenverein: *Lustig macht sauer?*

„Ich habe keine Ahnung", gab Max zu.

„Hau weg den Scheiß!"

Das klang sehr charmant.

„Mein Kegelclub ist wie eine Familie für mich", erklärte die rote 2. „Mit ein paar von meinen Kegelschwestern habe ich auch den letzten Urlaub verbracht."

„Verstehe", sagte Max. Vor seinem inneren Auge tat sich unweigerlich ein vollgequetschter Mallorca-Strand auf. Oder war man nur bis zum Sauerlandstern gekommen?

„Wir haben eine Wandertour durchs Sauerland gemacht." Max nahm in Windeseile alles zurück. Wandern im Sauerland war nun wirklich eine sinnvolle Freizeitbeschäftigung. Wunderbare Wanderwege, tolle Übernachtungsmöglich-keiten, eine herrliche Landschaft ... „Wir sind das Zoff-Lied abgewandert."

„Das Zoff-Lied?" Erinnerungsfetzen stiegen in Max hoch. Durchschwofte Nächte auf der Tanzfläche – viel Bier und die Sauerland-Hymne alle zwei Stunden. Das war verdammt lange her!

„Die Sauerland-Hymne. Wir hatten in der Zeitung gelesen, dass ein paar Frauen die Strecke mit Pferden abgeritten sind. Daraufhin wollten wir es erst mit E-Bikes angehen, am Ende haben wir gedacht: Wir machen das zu Fuß."

„Verstehe ich das richtig? Ihr seid die Orte abgegangen, die in dem Lied vorkommen?"

„Genau, Finnentrop, Schmallenberg, Hundesossen – "

„Stimmt, da wird ja auf Touristen geschossen", kramte Max den Liedtext aus seinem Gedächtnis hervor.

„ – Küntrop, Winterberg, Züschen – "

Züschen! Da ging sich ein Zwerg einen zischen – oder so ähnlich.

„Verrückte Idee", sagte Max. Die rote 2 antwortete nicht. Stattdessen begann sie zu singen:

„Sauerland, mein Herz schlägt für das Sauerland, begrabt mich mal am Lennestrand. Wo die Misthaufen qualmen, da gibt's keine Palmen – "

Max wusste nicht, ob er die Frau auf der anderen Seite des Tisches für originell oder bekloppt halten sollte. Er hatte auch nicht viel Zeit darüber nachzudenken. Die anderen Teilnehmer von SAU-Speed hatten längst ihre Gespräche abgebrochen und schauten überrascht zur roten 2 herüber. Die beiden Kicherfreundinnen fielen sogar in ihren Gesang ein:

„Sauerland, mein Herz schlägt für das Sauerland, vergrabt mein Herz im Lennesand, wo die Mädchen noch wilder als die Kühe sind."

Anschließend wurde geklatscht. Max fiel zögernd ein. SAU-Speed war tatsächlich eine ziemlich verrückte Geschichte. Er hatte nicht im Traum gedacht, dass es so anstrengend werden würde, Frauen kennenzulernen. Dann ertönte die Klingel.

Die letzte Nummer. Sozusagen.

Die rote 1 hatte einen flotten Kurzhaarschnitt und eine sehnige Figur unter einem schlichten dunkelgrünen T-Shirt. An der Hand ein Freundschaftsbändchen, das schon etwas abgeleiert war.

„Hallo", sagte Max.

„Hallo", antwortete die Frau mit dem Freundschaftsbändchen.

„Bei euch war ja gerade ziemlich viel los."

„Stimmt, aber ich glaube, ich habe nicht viel dazu beigetragen."

„Ich heiße Silvia", sagte die rote 1.

„Sylvia", wiederholte Max. Es klag etwas dümmlich, wie er
sofort merkte, aber Hopfen und Malz waren sowieso verloren.

„Mit i wie Silvia Neid."

„Wer ist Silvia Neid?"

„Das ist jetzt nicht dein Ernst", die rote 1 sah ihn entsetzt an.

Max durchstreifte hektisch sein Gehirn. Silvia Neid – der
Name kam ihm bekannt vor. Eine Spitzenkandidatin der
Grünen? Eine Schauspielerin? Eine Biathletin?

„Schon mal was von Frauenfußball gehört? National-
mannschaft? Bundestrainerin?"

Ach du liebe Güte! Er hatte sich mit dem ganzen Körper in
einen Fettnapf gesetzt.

„Es ist ehrlich unfassbar. Die Frauennationalmannschaft
feiert Wahnsinnserfolge – und man kennt noch nicht mal die
Nationaltrainerin! Ich nehme an, im Männerfußball kannst
du die Bundesliga rauf- und runterbeten."

„Ehrlich gesagt – nein. Ich hab nur so ein marginales
Interesse."

„Aber wenn, dann Männerfußball, nehme ich an."

Es wurde immer besser. Zum guten Schluss musste er sich
noch rechtfertigen, dass er nicht die *Kickerin* las.

„Ich gebe dir recht", fuhr Max den Schmusekurs, „der
Frauenfußball ist total unterschätzt und viel zu wenig be-
achtet. Ich nehme an, du spielst selbst?"

„Ich habe Bundesliga gespielt. Inzwischen aber trainiere ich
nur noch. Ich habe eine Mannschaft in Finnentrop."

„Dort wohnst du?", versuchte Max das Gespräch ein wenig
umzudirigieren.

„Genau, denn im Kreis Olpe ist der Frauen- und Mädchenfußball ziemlich gut entwickelt."

Max machte sich eine Notiz im Kopf, dass er dies bei seinem nächsten Umzug unbedingt berücksichtigen musste.

„Finnentrop ist insgesamt nett", sagte Silvia wie Silvia Neid. „Kann ich empfehlen. Neben Fußball mache ich noch Drachenfliegen. Da gibt's in der Umgebung einige phantastische Flugmöglichkeiten."

Fußball und Drachenfliegen. Max hatte das Gefühl, dass er der roten 1 kein bisschen gewachsen war. Sein letztes Sporterlebnis war ein Benefiz-Tennisturnier der Polizei gewesen. Max hatte einige Mal vorher trainiert und tatsächlich an seine Jugenderfolge anknüpfen können – kurz: seine gute Vorhand hatte er immer noch drauf. Dann allerdings hatte er gegen einen Zwölfjährigen gespielt, der nicht nur über eine gute Vorhand verfügte, sondern ein Tennis-Wunderkind war. Max war badengegangen. Das Schlimmste aber: Als er beim Stand von 0:6 und 0:3 sein erstes Spiel hatte gewinnen können, war der Knirps zu seiner Mutter gelaufen und hatte geheult, er habe gegen einen alten Mann ein Spiel abgegeben. Danach hatte Max nur noch eine Frage beschäftigt: Kriegte man mildernde Umstände, wenn man solch einem Scheißer den Hals umdrehte?

„Ich lebe in Finnentrop, seitdem ich dort eine Stelle bei Metten habe."

„Metten? Die mit den Würstchen?"

„Genau. Allerdings noch ein bisschen mehr als Würstchen. Ein Riesenbetrieb. Ich arbeite da im Controlling."

Max hatte nur eine diffuse Ahnung, was das bedeutete.

„Was machst du denn beruflich?"

Max warf einen Blick nach rechts. Er hoffte, dass die rote 6 ihn nicht hörte. „Ich bin bei der Polizei."

„Bei der Polizei?", Silvia war sehr interessiert. „Ich dachte, die müssten total fit sein."

„Danke." Max fragte sich, wie viele total fitte Polizisten er kannte. „Kommt vielleicht ein bisschen auf den Einsatzbereich an."

„Und der ist bei dir welcher?"

„Kripo."

„Echt?" Noch mehr Interesse. Vielleicht auch noch mehr Verwunderung. Mussten die bei der Kripo nicht noch mehr als total fit sein? „Woran arbeitest du denn grad?"

„Hmm, darüber darf ich natürlich nicht sprechen. Aber wie das Leben so spielt: Es hat tatsächlich mit Fußball zu tun. Allerdings mit Männerfußball", fügte Max ironisch hinzu.

Silvia sah ihn freundlich an, dann veränderte sich ihr Gesichtsausdruck plötzlich. „Moment mal", sagte sie ernst. „Du hast doch nicht etwa ... mit diesem Brand zu tun? Mit dem Mord an Roland Kampmann?"

Max war auf der Hut. „Wieso?"

„Na, das war doch in der Presse."

„Stimmt."

„Stimmt, dass es in der Presse war, oder stimmt, dass du an dem Fall arbeitest?"

„Beides". Max hatte entschieden, dass er damit nicht zu viel verriet.

Silvia wie Silvia Neid wirkte jetzt sehr betroffen. „Ich kannte den."

„Du kanntest Roland Kampmann?"

„Ein bisschen zumindest. Aus meiner Frankfurter Zeit. Er hatte mal was mit einer Frau aus meiner Mannschaft."

„Kannst du irgendetwas über ihn sagen? Wie er war? Wen er kannte?"

„Er sah verteufelt gut aus. Und er spielte im Sturm. Richtigen Kontakt hatten wir nicht. Mir ist halt nur der Name aufgefallen, als ich heute die Zeitung aufschlug. Und ich hab ihn sogar auf dem Foto erkannt. Ehrlich gesagt wusste ich gar nicht, dass es ihn ins Sauerland verschlagen hat."

„Verstehe." Max erschrak, als plötzlich die Klingel ertönte.

„Vorbei", konstatierte Silvia, „sagst du mir vielleicht grad noch deinen Namen?"

„Max. Mit x übrigens. Genau wie Max Schmeling."

19

Alexa war schon im Bett, als ich nach Hause kam. Ich warf einen Blick auf die Uhr. Kurz nach neun! Sie musste mit den Kindern nach oben gegangen sein.

„Alles in Ordnung?", fragte ich, als ich sie lesend im Bett fand.

„Alles bestens", sie lächelte mich an. „Ich bin nur ziemlich müde, immer noch, komischerweise. Außerdem verzehre ich mich nach meinem Buch."

„Ach so, ich dachte, du verzehrst dich nach mir."

„Das natürlich auch", Alexa lächelte erneut. Ein müdes Lächeln. Wie man eben über eine solche Bemerkung lächelt, wenn man fast zwölf Jahre verheiratet ist.

„Wie war's?"

„Beschissen", ich ging zum Bett hinüber und legte mich mit Klamotten auf meine Seite, allerdings nicht ohne Alexa meine Hand hinüberzustrecken. Sie nahm sie und legte ihren Kopf darauf.

„Warum beschissen?"

Ich erzählte von den Gerüchten um Elfer.

„Das kann nicht wahr sein", sagte sie fassungslos, während sie sich zu mir herumkugelte.

„Du kennst ihn besser als ich", stellte ich fest. „Was hast du für einen Eindruck von ihm? Wie ist er als Typ?"

Alexa nahm sich Zeit für die Antwort. „Er hat einen guten Umgang mit seiner Mannschaft", sagte sie schließlich. „Er lässt sich nicht auf der Nase herumtanzen, ist aber im Prinzip ein Kumpeltyp – ein großer Freund für die Jungs. Das sieht man auch äußerlich, find ich. Als Frau würde ich sagen: ein Teddybär – ein Mann zum Knuddeln, wenn man so etwas mag."

Ich rief mir Elfers Bild vor Augen. Ja, da war etwas dran.

„Allerdings hat er sich in letzter Zeit etwas verändert", fiel es meiner Frau plötzlich ein. Sie schien selbst überrascht über diese Erkenntnis, „Elfer ist straffer geworden. Bislang wirkte er immer leicht übergewichtig. Jetzt ist er zwar nicht dünner, aber irgendwie kompakter geworden. Ich schätze, er macht Krafttraining."

„Meinst du?" Ich stellte mir Elfer in der Muckibude vor. Aber gut. Da musste ja auch jemand hingehen. „Vielleicht hat er eine Freundin", mutmaßte ich, „das führt ja manchmal zu erheblichen Veränderungen." Ich dachte an das Gespräch, das ich mit meinem Kumpel geführt hatte.

„Was ist eigentlich mit Max los?", fragte ich deshalb.

Alexa lächelte wissend. „Was soll mit ihm sein?"

„Er ist irgendwie seltsam – und er wollte dich unbedingt sprechen."

„Er hat mich gesprochen – wir haben telefoniert."

„Und? Sag schon!"

„Er brauchte weiblichen Rat, aber ich darf nichts erzählen." Ich drehte mich zu Alexa herum. „So geheim?"

„Allerdings", Alexa schmunzelte und rückte ein wenig näher. Ihr Kopf lag jetzt an meiner Brust. „Die Sache ist ziemlich verrückt."

„Jetzt hast du mich neugierig gemacht."

"Tut mir leid. Aber wir waren sowieso bei Elfer stehengeblieben. Vielmehr bei der Frage, ob er eine Freundin hat."

„Oder einen Freund", setzte ich hinzu.

Alexa war überrascht. „Glaubst du, Elfer ist schwul?"

„Keine Ahnung. Aber unmöglich ist es ja nicht. Helmut Preuß meinte, er lebe noch bei seiner Mutter und habe kein Glück bei den Frauen. Vielleicht hat er ja mehr Glück bei Männern."

„Hm, ich weiß nicht." Alexa legte ihre Stirn in Falten. „Normalerweise habe ich ein gutes Gespür dafür, ob jemand schwul ist. Dann fehlt nämlich das erotische Element. Dieser kleine Funke, den es sonst zwischen Mann und Frau schon mal gibt." Alexa legte mir die Hand auf den Bauch. Ich hoffte, sie maß nicht heimlich meinen Bauchumfang. „Verstehst du, was ich meine?"

„Natürlich, Alexa", sagte ich. „Und es macht mir Freude,

mir diesen Funken vorzustellen, der zwischen dir und jedem Hetero-Mann existiert."

Alexa gab mir einen Klaps. „Du weißt schon, wie ich's meine."

Wir lagen eine Weile da und genossen die Stille und unsere Berührung. Ich hatte mal in einem spanischen Roman gelesen, dass die größte Nähe eines Paares im Bett nicht dadurch zustande kommt, dass sie miteinander schlafen, sondern dadurch, dass sie sich dort austauschen und über alles sprechen. Diese Wahrheit hatte mich damals sehr berührt, weil ich es genauso erlebte.

„Das ist alles unlogisch", nahm ich irgendwann den Faden wieder auf, „nur mal angenommen, es stimmte, was da im Verein herumerzählt wird: Elfer hätte sich tatsächlich an seinen Spielern vergangen und Kampmann wäre dahintergekommen – dann hätte Elfer doch nicht ernsthaft glauben können, mit einem Mord die Geschichte unterm Teppich halten zu können. Schließlich gäbe es dann Opfer – nämlich die betroffenen Jungs."

Alexa ließ sich auf mein Gedankenspiel ein. „Könnte es nicht sein, dass er ausgerastet ist, als Kampmann ihn deswegen angegangen hat? Dass es zu einer Kurzschlussreaktion gekommen ist?"

Ich seufzte. „Das möchte ich mir nicht vorstellen. Ich will schließlich, dass Elfer weiter unseren Sohn im Fußball trainiert."

Meine Frau kniff mir sanft in den Bauch. „Dann fahr morgen hin und frag ihn!"

„Wie bitte?"

Alexa schaute zu mir hoch. „Vielleicht ist er ja da. Vielleicht ist er gar nicht verschwunden. Und dann kannst du ihn fragen. Womöglich weiß er gar nichts von den ganzen Gerüchten. Du weißt doch, wie so etwas geht."

„Meinst du?"

„Alle sprechen über Elfer, aber keiner mit ihm. Das ist nicht in Ordnung! Frag ihn einfach, was Roland gesagt hat.

Womöglich klärt sich mit ein paar Sätzen alles auf!"
„Vielleicht hast du recht."
Ich spürte beim Sprechen Alexas Haare an den Lippen. Sanft küsste ich sie auf den Kopf.
Wenige Minuten später war ich eingeschlafen. In meinen Sachen.

20

Der Stromstoß erwischte ihn völlig unvorbereitet. Wie viel Elektrizität wurde ihm da gerade durch den Körper gejagt? Und warum wurde er überhaupt reanimiert? Hatte sein Herz ausgesetzt? Da, schon wieder ein Impuls an der Brust! Wie lange sollte das so weitergehen?
Es dauerte etliche Sekunden, bis Max vollständig wach war. Dann endlich wusste er, wer oder was ihn wiederbelebt hatte. Sein Handy, das auf Vibration geschaltet war und wie immer in seiner Brusttasche klebte. Während er das Mobiltelefon aus der Tasche klaubte, sah er sich verwirrt um. Er lag auf einer Couch. Einer Couch, die er nicht kannte. In einem Raum, den er nicht kannte. Er warf ein Blick auf sein Handy. Auch ohne Brille konnte er erkennen, was das Display ihm zeigte. Ina war am Apparat.
„Ja?" Seine Stimme klang heiser.
„Max, wo bist du?" Inas Stimme dagegen klang unverschämt wach. Und unverhohlen vorwurfsvoll.
„Um ehrlich zu sein: Ich hab keine Ahnung."
Ina stutzte. „Was soll das heißen?"
„Ich weiß es nicht. Ich war gestern Abend in einer Kneipe. Und ich glaube ... ich denke ..."
„Du hast dich zulaufen lassen."
„Das ist ein unschöner Ausdruck, aber ich fürchte, er trifft zu."
„Max, weißt du, wie spät es ist?"
Max fuhr hoch. Es hätte ihm zu denken geben sollen, dass

das Zimmer taghell war.

„Keine Ahnung!"

„Halb zehn. Wir sitzen in der Dienstbesprechung. Und die Chefin tobt, weil du nicht da bist."

Max ließ sich zurücksinken. Eine tobende Chefin konnte er sich hervorragend vorstellen. Marlene Oberste hasste Unzuverlässigkeit. Sie ließ keine Nachlässigkeiten durchgehen, wenn es um Disziplin und Pünktlichkeit ging. Am allerwenigsten ließ Marlene sie bei Max durchgehen. Das hatte persönliche Gründe.

„Was soll ich ihr sagen?"

„Sag, ich bin krank. Sag, ich muss vorm Dienst noch zum Arzt."

„Weswegen?"

„Lass dir was einfallen! Irgendwas, was harmlos, aber nicht ganz angenehm ist."

Ina seufzte. „Wir sollen uns Nolte noch einmal vornehmen. Wann kannst du in Ermede sein?"

„In einer Stunde."

„Alles klar. Wir treffen uns direkt an der Firma." Max wollte schon wegdrücken, als er Ina doch noch einmal hörte. „Ach, Max?"

„Ja?"

„War es wenigstens schön?"

Max schnaubte. „Tut mir leid, Ina. Ich habe echt keine Ahnung!"

21

Ernst-Wilhelm Stracke wohnte *Am Kalkofen.* Jedenfalls stand es so im Telefonbuch, das ich mir im Sekretariat ausgeborgt hatte. Angegeben war nur eine Handy-Nummer, also genau die Nummer, die Elfer uns Fußball-Eltern gegeben hatte, für den Fall, dass wir unsere Jungs kurzfristig vom Spiel abmelden mussten. Unter dieser Nummer war Elfer nicht zu erreichen. Das hatte ich in den Pausen oft genug probiert.

„Kennen Sie die Straße *Am Kalkofen*?", wandte ich mich an Uschi Reimers, die Schwester Gertrudis seit einer Weile ersetzte.

„*Am Kalkofen* – ist das nicht in Ermede?", die Schulsekretärin dachte laut nach. „Diese Ministichstraße, die vom *Dunklen Weg* abgeht?"

„Ah ja", jetzt hatte ich eine Vorstellung.

Nachdenklich warf ich einen Blick auf die Uhr. Noch 30 Minuten, bis meine nächste Stunde anfing. Zwei mal fünf Minuten Fahrt, blieben 20 Minuten zum Reden. Das müsste reichen, schätzte ich. Für ein par Fußballthemen allemal.

22

Er sah sich um. Der Parkplatz war voll, Inas Wagen allerdings konnte er nirgends entdecken. Stattdessen mehrere Firmenwagen von Nolte – allesamt nett aufgemacht. Ein Bild von Max und Moritz beim Hähnchen-durch-den-Schornstein-Angeln – darunter der Spruch *Auch Witwe Bolte kauft bei Nolte.*

Max warf einen Blick auf die Uhr. Jetzt war es Ina, die unpünktlich war. Aber gut, dann konnte er noch ein wenig entspannen. Er zog den Schlüssel aus dem Zündschloss, lehnte den Kopf zurück und dachte nach.

Eins war schon mal klar: Er war ein Idiot! Als vor einer guten Stunde plötzlich Karla vor seiner Übernachtungscouch gestanden hatte, war alles schiefgelaufen. Sie hatte gefragt, ob er noch frühstücken wolle. Er hatte gefragt, wie er überhaupt hierhergelangt sei.

Gut, er wusste, dass er nach dem SAU-Speed ganz schnell die Flucht ergriffen hatte und in einem Pub gelandet war. Dort hatte er angefangen, *Kilkenny* zu trinken. Irgendwann an dem Abend erlosch die Erinnerung.

Angeblich hatte er um zwei Uhr in der Fußgängerzone gestanden und war dort Karla begegnet, auf dem Weg in ihre Wohnung. Er hatte nach einem Hotel gefragt, das jetzt noch Gäste aufnahm, und sie hatte ihm kurzerhand ihre Couch angeboten. Dort war er sieben Stunden später aufgewacht mit einem Hammerschädel, dem Bewusstsein, dass der Film bereits gegen zehn gerissen war, und dem Gefühl, dass man viel peinlicher eigentlich nicht auftreten konnte. Dass es doch noch peinlicher ging, hatte er dann zwei Minuten später bewiesen – beim Abschied, als ihm mit Blick auf die Couch plötzlich etwas in den Sinn gekommen war. „Ähm, eins noch", hatte er herumgedruckst, „falls ich heute Nacht irgendwas getan habe, womit ich dir zu nahe getreten bin – nimm's nicht persönlich!"

Darauf hatte Karla ihn angestarrt, zwei grüne Hammerblitze geschossen und ihn kurzerhand aus der Wohnung gesetzt.

Nimm's nicht persönlich! Max ließ seinen Kopf aufs Lenkrad fallen.

Dann ging sein Handy. Ina.

„Max?" Ihre Stimme war aufgeregt. „Du musst sofort kommen! Hier ist ganz viel Blut!"

Max war mit einem Schlag hellwach. „Wo bist du? Ich stehe auf dem Parkplatz und warte auf dich!"

„Ich bin schon im Gebäude. Und um mich herum ganz viele Tote!"

23

Sie hatte recht gehabt. Ziemlich viel Blut. Und nicht nur Blut. Auch Augen – und Ohren – und Gewebefetzen lagen herum. Es wurden Rinder geschlachtet.

Max war einiges gewohnt, aber in einem Schlachthaus war er noch nie gewesen. Er hatte es sich ganz anders vorgestellt. Klinisch. Unpersönlich. Blitzblank. Er wusste, es wurde getötet, aber doch bestimmt so, dass es kaum jemand merkte! Er war einem Irrtum erlegen. Hier wurden Rinder geschlachtet, und das merkte man auch.

Ina stand da in Einwegkittel, Einwegüberschuhen und mit einer Einwegmütze auf und hätte nicht unglücklicher aussehen können. Er selbst hatte sich das Zeugs auch anziehen müssen, als er am Vertriebsbüro vorbei seiner Kollegin in das Innere von *Fleisch und Wurst Nolte* gefolgt war.

„Was machst du denn hier?"

Ina sah nicht so aus, als würde sie noch lange in der Senkrechten stehen. Just im Moment rümpfte sie die Nase. Kein Wunder. Es roch hier leicht süß und metallisch. Es roch hier nach Blut.

„Christian hat mich hier abgesetzt, damit wir gemeinsam zurückfahren können. Ich war zu früh da und dachte, ich seh mich ein bisschen um, bis du kommst."

Sie flüsterten beide, obwohl ein Heidenkrach um sie herum war. Überall wurde geschnitten, gesägt und gewerkelt. Es wurde an toten Tieren geschnitten, gesägt und gewerkelt. Das hinterließ Spuren. Ohren und Augen und Gewebe zum Beispiel.

Die Schlachter waren in riesige Gummischürzen gehüllt, standen mit ihren Stiefeln im Blut und sahen Ina und ihn über ihre Arbeit hinweg neugierig an. Es hatte ein bisschen was von Kettensägenmassaker.

„Und die haben dich hier einfach reingelassen?"

„Ich hab meinen Ausweis gezeigt und auf wichtig gemacht. Nolte ist hierher unterwegs. So lange wollte ich mir den Laden mal anschauen."

Plötzlich ein dumpfer Knall.

„Was war das?" Ina sah Max mit großen Augen an.

„Ein Bolzenschussgerät, nehme ich an"

Inas Augen wurden noch größer. Zur Tötungsstelle war sie offenbar noch nicht vorgedrungen.

„Da sind Sie!"

Max und Ina drehten sich gleichzeitig um. Theo Nolte in Textilkittel und Schuhüberziehern. Max erwartete einen Anschiss. Nolte konnte nicht wünschen, dass die Polizei im Herzen seines Betriebs zwischen Tierteilen herumwatete. Er sollte sich täuschen.

„Sie wollten mich sprechen?", fragte er munter. „Darf ich Ihnen dann vorher noch den Betrieb präsentieren?"

Wieder ein dumpfer Knall. Der nächste Bolzenschuss.

Ina zuckte zusammen, bekam aber mit Mühe ein Lächeln zustande. „Sehr freundlich, Herr Nolte. Aber vielleicht können wir uns irgendwo ungestört unterhalten?"

24

Der Bürotrakt war durchaus repräsentativ. Keine Tierhälften, keine Kittel, und nur noch ein minimaler Geruch.

Sie hatten ihre Schutzkleidung abgestreift und mit Nolte den Hof überquert. Er hatte ein bisschen erzählt – über den Betrieb mit 2000 Schlachtungen pro Tag, über die Wurst- und Fleischproduktion, über die Logistik und über den neuen Bürotrakt. Max wurde erst jetzt richtig klar, dass Nolte viel mehr war als die Würstchenbude auf dem Schützenfest und die Metzgerei in der Stadt. Es arbeiteten mehr als 150 Leute bei Nolte.

„Schöne Bilder", sagte Ina einigermaßen erholt, als sie schließlich einen Flur entlanggingen. Max warf einen Blick auf die Fotos. Tatsächlich, nicht schlecht gemacht. Schwarz-Weiß-Aufnahmen, auf denen sogar die Schlachter in ihren Kitteln gut aussahen. Oder zumindest künstlerisch wertvoll.

„Dann mal hinein in die gute Stube!", Nolte führte sie in sein Büro. „Und setzen dürfen Sie sich auch. Kostet nichts extra."

Nolte gab sich gutgelaunt. Allerdings war er durch den kurzen Gang ins Schwitzen geraten. Seine Stirn war feucht. Oder besser: Seine komplette Halbglatze glänzte.

„Schön haben Sie's hier", Ina warf einen Blick aus dem Fenster. Man hatte einen guten Überblick über den Platz mit seinen drei Betriebshallen. Nolte saß in einer Art Kommandozentrale.

„Ja, wir haben vor ein paar Jahren alles neugemacht", sagte Nolte. „Man muss ja was tun. Modernisieren. Sonst zieht der Markt an einem vorbei. Kann ich Ihnen was zu trinken anbieten?"

Max wollte gerade begeistert zustimmen, als Ina „Nein, danke" sagte. Wahrscheinlich hatten die Kollegen schon bei der Dienstbesprechung literweise Kaffee in sich hineingeschüttet. Na gut, musste das Frühstück halt noch etwas warten. Max zog stattdessen Block und Stift aus der Tasche. Ina war mit Sicherheit in der Dienstrunde eingewiesen worden, er selbst hatte keine Ahnung, warum sie überhaupt hier waren.

„Herr Nolte, wie lange hat Herr Kampmann in Ihrem Betrieb gearbeitet?", begann Ina das Gespräch.

„Das haben am Sonntag schon Ihre Kollegen gefragt."

„Macht nichts. Beantworten Sie es einfach noch einmal!"

„Im Sommer wären es zwei Jahre geworden", antwortete Nolte.

„Vorher war er wo?"

„Er hat ein halbes Jahr in Frankfurt gearbeitet, die Firma hieß Blattner, glaube ich. Ich könnte es in den Unterlagen nachsehen. Papierverarbeitung."

„Papierverarbeitung?", Ina runzelte die Stirn. „Wieso landet er dann als Nächstes beim Fleisch?"

„Roland Kampmann ist Betriebswirt gewesen. Da ist es egal, ob man Papier, Wurst oder Sonnenhüte verkauft." Nolte sprach mit Ina wie mit einem kleinen Mädchen. Mal abwarten, ob das so blieb.

„Warum ist er von Frankfurt nach Ermede gewechselt? Hat er Ihnen seine Gründe dargelegt?"

„Er wollte zurück ins Sauerland", erklärte Nolte, „das kann man ja niemandem verdenken."

„Natürlich nicht", Ina lächelte zuckersüß. Wahrscheinlich dachte sie gerade an Hallenberg.

„Herr Nolte, wie hat sich Roland Kampmann in Ihrer Firma

gemacht?"

„Gut."

„Na, das ist ja mal eine erschöpfende Antwort. Es gab also keine Probleme?"

„Überhaupt nicht", Nolte wischte sich mit einem Taschentuch die Stirn. Der Mann machte einen ungesunden Eindruck. Er sollte selbst mal eine Runde auf dem Fußballplatz drehen anstatt nur auf der Bank rumzuhängen.

„Im Gegenteil. Kampmann war ein Topmitarbeiter. Tüchtig. Motiviert. Er hat unsere Erwartungen weit übertroffen."

„War ihm das bewusst?"

„Was meinen Sie?"

„Hat er gemerkt, dass er gut einschlägt? Hat er mehr Geld haben wollen? Eine bessere Stellung?"

„Das ist es ja gerade", Nolte wirkte fast ein bisschen unwirsch, nicht gegenüber Ina, sondern gegenüber Kampmann. So, als fühle er sich von dem Toten gründlich verarscht. „Er hat nie ein Wort gesagt. Ich hätte geschworen, der Mann ist zufrieden."

„Keine Anzeichen? Gespräche mit fremden Firmen?"

Nolte schüttelte den Kopf. „Ihre Kollegen haben ja seinen Computer mitgenommen, den aus seinem Büro. Haben sie da nichts gefunden?"

„Nichts, was uns weitergeholfen hätte."

Nolte schüttelte den Kopf. „Er hatte die letzte Woche frei. Ob ihn in der Zeit jemand angesprochen hat?"

„Ein Headhunter, meinen Sie?"

„Zum Beispiel."

„Nun ja", mischte sich Max ein, „wahrscheinlich waren seine Aufstiegschancen hier doch sehr begrenzt, oder?"

Nolte sah ihn mürrisch an. Mürrisch und fragend.

„Der Betrieb ist nicht so groß, dass er mehr hätte werden können, oder sehe ich das falsch?"

„Muss man immer was Größeres werden?", stieß Nolte hervor. „Uns hat er den Eindruck vermittelt: Es ist alles gut, so wie es ist. Er hat an allen Sitzungen des Geschäftsführungsteams teilgenommen – das ist nach knapp zwei Jahren nicht selbstverständlich."

„Wer ist denn sonst noch im Geschäftsführungsteam?" Ina sagte das Wort, als könne man sich daran anstecken.

„Andi Spiekermann natürlich – der ist im Einkauf und in der Buchhaltung tätig, Harald Brinker ebenfalls Buchhaltung, Günter Paschewski im Vertrieb – und dann natürlich ich selbst. Ich kümmere mich um den Verkauf. Manchmal ist auch meine Frau mit dabei."

„Was genau war dann Kampmanns Job?"

„Kontakt zu den Filialen und Marketing."

„Und das lief? Ich meine, es gab keinen Stress im Geschäftsführungsteam?"

„Stress gab es viel", Nolte lachte – ein irgendwie künstliches Lachen. „Wenn wir keinen Stress mehr haben, haben wir nichts mehr zu tun. Ärger allerdings gab es kaum. Bei uns geht man ehrlich miteinander um."

„Verstehe." Ina klang ein klein wenig skeptisch. Trotzdem entschied sie sich, das Thema vorerst ruhen zu lassen. „Was wissen Sie über Roland Kampmanns Privatleben?"

„Na ja, ich weiß nur was über den Fußball."

„Wie kam es, dass Kampmann Trainer bei Rot-Weiß Ermede wurde?"

„Wir haben häufiger über Fußball gesprochen. Wie man halt so spricht. Dabei hat er erwähnt, dass er selbst mal Zweite Bundesliga gespielt hat. Da bin ich natürlich drauf angesprungen. Ich hab gemerkt, dass er Ahnung hat. Und dass seine Einstellung stimmt. Ich dachte, der könnte es bringen. Der könnte es hinkriegen, dass Ermede endlich aufsteigt."

„Und dann haben Sie den vorherigen Trainer abserviert?" Max hielt den Kopf schief, um seine Frage etwas abzudämpfen.

„Wieso abserviert?"

„Ich nehme an, Herr Stracke hätte die Erste gern noch länger trainiert."

„Neineinein!", Nolte schüttelte den Kopf. „Elfer war von Anfang an nur als Interimstrainer gedacht. Es war völlig klar, dass ein neuer kommen würde."

„Also keine Probleme zwischen Stracke und Kampmann?"

„Meine Herrschaften", Nolte bewegte unwillig seinen massigen Oberkörper. „Fußball ist ein Männersport. Klar hat Elfer rumgestänkert. Aber das gehört doch dazu. Damit muss man leben."

Männersport! Max schickte einen Gruß an Silvia wie Silvia Neid.

„Roland Kampmann wollte unbedingt aufsteigen. Um Ihnen zu gefallen?"

Nolte witterte ein Fangfrage. „Er war selbst sehr ehrgeizig."

„Aber ihm war schon klar, dass er als Trainer eingesetzt worden war, um den Aufstieg zu schaffen, oder nicht? Eingesetzt von seinem Chef?"

„Himmelherrgott. Wer mich kennt, weiß, dass mein Herz am Fußball hängt. Dass mein Herz an Ermede hängt. Trotzdem weiß ich, wo wir stehen. Wir werden nicht in die Landesliga aufsteigen. Nicht jetzt und auch nicht später."

„Wenn Kampmann den Aufstieg nicht geschafft hätte, wäre das also auch kein Beinbruch gewesen?"

„Natürlich nicht!"

Max ließ das so stehen.

„Hatte er im Verein private Kontakte?"

„Selbstverständlich. So ein Dorfverein ist wie eine große Familie. Da kennt jeder jeden. Da hilft jeder jedem. Das war ein Grund, warum ich ihn drinhaben wollte. Der Junge kannte hier doch niemanden. Da kann ein Sportverein enorm helfen."

„Roland Kampmann hatte also Freunde im Verein?"

„Freunde – Bekannte – so genau weiß ich das nicht."

„Ich dachte, der Verein ist eine Familie."

„Sie wissen schon, wie ich das meine", Nolte wirkte jetzt etwas ungehalten. „Wer dem Verein verbunden ist, hilft mit. Heinz Schneider hat neulich die Rollade im Vereinsheim erneuert. Wenn jemand Probleme mit dem Auto hat, geht er zu Frank Neuhaus. Wenn jemand einen Arzt braucht, fragt er meinen Schwager. Wenn einer ein Haus baut, helfen alle mit."

„Sie meinen, der Verein verhilft zu Kontakten?"

„Das auch", Nolte ranterte unwillig in seinem Sessel herum – so, als könnte er nicht mehr sitzen – oder als fühlte er sich unverstanden. Oder mehr noch: als hätte er das Gefühl, dass man ihn nicht verstehen wollte. „Man gehört halt irgendwo dazu. Man hat seine Leute. Das ist doch wichtig in der heutigen Zeit."

Aha, dachte Max, konnte sich aber nicht mehr äußern. Plötzlich wurde die Tür aufgerissen, und Noltes Frau stand im Türrahmen.

„Hallo", sagte sie.

Max dachte an SAU-Speed und antwortete nicht.

„Ich will nicht stören ..."

Warum tun Sie es dann, hätte Max am liebsten gefragt. Aber er hielt sich zurück.

„Vielleicht können Sie uns ja weiterhelfen", band Ina sie ein.

„Ich wollte eigentlich nur gucken, wie es meinem Mann geht." Sie schloss die Tür und kam in den Raum. „Theo, geht es dir gut?"

„Jaja", tat er ab.

Sie stellte sich hinter seinen Sessel und streichelte seine Wange. „Hast du deine Tablette genommen?"

„Jaa."

„Ich will doch nur – "

„Ist ja schon gut." Er fasste ihre Hand und hielt sie fest.

Max beobachtete die beiden. Sie waren ein gutes Team, schätzte er. Sie hatte Temperament und war eine Art Motor. Er steuerte Bodenständigkeit bei, außerdem Fleiß und Kontinuität.

„Mein Mann hat mit dem Herzen zu tun", erklärte Frau Nolte. „Ich mache mir deshalb große Sorgen."

„Sie arbeiten auch hier?", erkundigte sich Ina.

„Nein, nicht richtig", antwortete sie.

„Sei nicht so bescheiden", Noltes kräftige Hände klatschten auf ihren Arm. „Sie macht allerhand für die Firma."

„Na ja, die Werbung und so was." Frau Nolte kam um den Sessel ihres Mannes herum und ließ sich neben Max auf der Ledercouch nieder. Ganz vorn auf der Kante.

„Die *Witwe Bolte* ist also von Ihnen", erkundigte sich Max.

„Ja", Ulla Nolte lächelte matt. „Und das *Schwein gehabt* auch."

„Hatten Sie auch mit Roland Kampmann zu tun?"

„Na ja, hier und da."

„Ihr habt zusammen die Flurgestaltung gemacht", warf Nolte ein. „Außerdem hat er dir bei der Internetseite geholfen. Gib zu, das hättest du allein nicht geschafft."

„Das stimmt", Ulla Nolte ging sich mit der Hand durchs kastanienrote Haar. Sie war ein kumpelhafter Typ – die ideale Partnerin für Theo Nolte. „Diese ganze Techniksache, damit kenne ich mich nicht aus. Jedenfalls nicht gut genug. Dabei hat mir Herr Kampmann geholfen."

„Siezen Sie sich?" Die Frage kam Max sehr spontan.

Ulla Nolte sah zu ihrem Gatten hinüber. „Mein Mann hat ihm vor einiger Zeit das Du angeboten, da habe ich mich angeschlossen. Wissen Sie, es ist vor allem der Fußball, der für das Du sorgt."

„Wir haben vorhin über Herrn Kampmanns Privatleben gesprochen. Leider war das nicht sehr ergiebig. Wissen Sie, was Herr Kampmann in seiner Freizeit gemacht hat?"

Frau Nolte pustete Luft in den Raum. Eine Geste, die offenbar sagen sollte, dass sie da überfragt war.

„Er war sehr sportlich", sagte sie dann. „Er kam immer mit dem Fahrrad zur Arbeit, und er ging häufig joggen."

„Und sonst?"

„Seine Spieler haben mal erzählt, dass sie gemeinsam etwas unternommen haben. Sie sind zusammen auf Schalke gewesen, im Kino, in der Sauna. Aber darüber hinaus ..."

Sie sah zu ihrem Mann hinüber, als könne der noch etwas beitragen.

„Ach ja, dann noch dieses *geo caching*."

„Dieses was?" Ina sah kariert drein.

„*Geo caching!*", wiederholte Max. „Das ist so eine Art elektronische Schatzsuche. Man versteckt einen *cache* – und gibt die geographischen Daten im Internet preis."

„Was für geographische Daten?"

„Längen- und Breitengrad. Auf jeden Fall kann dann jeder, der ein GPS-Gerät hat, diesen Schatz suchen und sich ins Logbuch eintragen. Manchmal ist der Schatz so groß wie ein Eimer, manchmal so klein wie ein Überraschungsei. Meist liegt etwas drin: eine Murmel, ein Buch – irgendetwas."

Ina sah noch immer wenig überzeugt aus. „Und das machen Erwachsene?"

Ulla Nolte lächelte flüchtig. „Ich konnte damit auch nicht viel anfangen. Aber Roland war ganz versessen darauf. Er hat oft erzählt, dass er mit seinem Mountainbike unterwegs war, um solch ein Versteck zu suchen. Wo war er noch überall, Theo? Am Biggesee, im Kloster Bredelaer, in Arnsberg auf dem Schlossberg ..."

„Keine Ahnung – mich interessiert das nicht", brummelte Nolte. Der Firmenchef schien ähnlich begeistert von *geo caching* wie Ina.

„Hat er auch mal von Hallenberg erzählt?", fragte die jetzt. „Da wohnen ja seine Eltern."

„Ehrlich gesagt hat er nie von seinen Eltern erzählt. Oder hat er bei dir mal was gesagt, Theo?"

Ihr Mann schüttelte den Kopf. „Er war nicht geschwätzig", sagte er. „Er hat nicht viel über sein Privatleben erzählt."

„Dann wissen Sie auch nichts über eine Freundin, nehme ich an?"

Beide verneinten spontan. „Er war natürlich beliebt bei den Frauen", erklärte Ulla Nolte dann, „kein Wunder – so, wie er aussah. Aber er war vorsichtig. So würde ich das beschreiben. Ja, er war vorsichtig. Er bändelte nicht leichtfertig an."

„Haben Sie eine Ahnung, warum?"

„Nun ja, im Verein sind die meisten Frauen verheiratet – und die jungen wenigstens befreundet. Er hat offenbar nicht die richtige gefunden."

Ina fragte nicht weiter. Sie sah Max an. Der reagierte nicht. Offenbar waren sie durch. Und zwar mit einem niederschmetternden Ergebnis. Blieb noch die Standardfrage.

„Können Sie mir sagen, wo Sie sich in der Nacht von Samstag auf Sonntag aufgehalten haben?"

Eine kurze Stille setzte ein.

„Nach der Aufstiegsfeier?", Ulla Nolte klang pikiert. „Das haben Ihre Kollegen bereits erfragt, und es hat sich seitdem nicht geändert. Wir waren im Bett."

„Sie sind wann genau nach Hause gefahren?"

„Um viertel vor zwölf. Mit dem Taxi. Das können Sie gern nachprüfen, wir sind mit Hackmeyer gefahren. Ich habe den Wagen mit meinem Handy gerufen."

„Sie hätten wahrscheinlich auch laufen können, nicht wahr?", bohrte Ina nach. „Wenn ich richtig informiert bin, steht nicht nur Ihre Firma, sondern auch Ihr Wohnhaus hier in Ermede."

„Wir wohnen einen guten Kilometer vom Sportplatz entfernt, aber meinem Mann ging es nicht gut. Diese Sache mit Roland Kampmann hat ihn furchtbar aufgeregt." Frau Nolte warf ihrem Gatten auch jetzt einen besorgten Blick zu. „Deshalb habe ich uns das Taxi besorgt. Damit waren wir um kurz vor zwölf zu Hause. Dort haben wir noch ein Weilchen über die ganze Sache geredet. Dann sind wir ins Bett gegangen. Stimmt doch, Schatz, oder?"

Nolte nickte. „Schlimm genug, dass Kampmann uns diese Ansage vor den Kopf geknallt hat", brummte er. „Jetzt müssen wir uns auch noch rechtfertigen, was wir zur Tatzeit gemacht haben."

„Wir fragen alle Beteiligten nach ihrem Alibi", erwiderte Ina gelassen. „Im Übrigen glaube ich, dass Roland Kampmann Ihnen diese Rechtfertigung gerne erspart hätte – wenn er dafür jetzt noch am Leben sein dürfte."

Das saß. Nolte hielt den Mund.

„Wir halten also fest", setzte Ina fort. „Sie sind um kurz nach zwölf zu Bett gegangen und dort auch bis zum Morgen geblieben."

„Warst du zwischendurch auf der Toilette, Schatz?" Ulla Noltes Frage tropfte vor Ironie. Ihr Mann grunzte unwillig.

Ina überging die Nickeligkeit souverän. „Ich denke, dann wären wir durch. Oder gibt es von Ihrer Seite noch etwas? Fällt Ihnen bei genauerem Nachdenken jemand ein, mit dem Roland Kampmann im Streit war?"

Theo Nolte brachte durch seine Körperhaltung deutlich zum Ausdruck, dass er bereits genug nachgedacht hatte. Aber wenigstens seine Frau schien sich noch mal zu konzentrieren. Sie blickte auf ihre Hände.

„Roland war sehr ausgeglichen", sagte sie schließlich. „Immer freundlich und kompetent."

Ein Mann ohne Eigenschaften, dachte Max leicht resigniert. Und vor allem: Ein Mann ohne Fehler.

„Mal abgesehen von seinem Verhältnis zu Elfer." Ulla Nolte sah vorsichtig auf.

„Das Thema hatten wir schon", fuhr ihr Mann sie an. „Ich habe gesagt, dass die beiden sich schon mal angeraunzt haben – wegen Fußball und so."

„Dann ist ja gut."

„Es ist Ihnen also auch aufgefallen", hakte Ina nach, „dass Herr Kampmann und Herr Stracke Probleme hatten."

„Fußballstreitereien", Ulla Nolte wirkte verunsichert, „das Übliche halt."

„Da sehen Sie's: Nichts von Belang", grätzte Nolte. „Elfer arbeitet seit mehr als zehn Jahren bei mir. Er hat keinen Tag gefehlt. Er hat sich nichts erlaubt. Er hat immer zuverlässig seine Arbeit gemacht. Man kann über den Mann nichts Schlechtes sagen."

Ina lächelte freundlich. „Dann macht es Ihnen doch sicher nichts aus, wenn wir jetzt einen Moment mit ihm sprechen."

Nolte sagte nichts. Er schnaufte – und blickte zu Boden.

„Herr Nolte?"

„Das geht nicht", sagte er dann und atmete schwer. „Herr Stracke ist heute leider krank."

25

Es war ein Siedlungshäuschen. Ein Siedlungsdoppelhäuschen. Ein Siedlungsdoppelhäuschen, das von zwei Parteien bewohnt wurde: Stracke und Stracke. Ich entschied mich für Stracke und musste nicht lange warten.

Die Frau war zwischen sechzig und siebzig und sah irgendwie trutschig aus.

Ihr Blick sagte mir, dass sie mich entweder den Zeugen Jehowas zurechnete oder erwartete, dass ich für einen Zirkus sammelte.

„Ich würde gern mit – " – ja, mit wem eigentlich sprechen? Elfer? Herrn Stracke?

„ – mit Elfer sprechen. Ihr Sohn?", fragte ich nach.

„Ernst-Wilhem ist krank", sagte sie mit einer Stimme, die einem auf die Nerven gehen konnte.

Krank. Immerhin erklärte das, warum Elfer bei der Andacht für Roland nicht dabei gewesen war. Oder war er gar nicht richtig krank?

„Meinen Sie, ich kann mit ihm sprechen?"

Elfers Mutter sah mich an, als sei sie noch immer nicht sicher, ob ich gleich den *Wachtturm* oder die Spendendose zückte.

„Wir kennen uns vom Fußball", versicherte ich.

Das schien eine Größe zu sein, mit der Frau Stracke umgehen konnte.

„Ernst-Wilhelm ist schwindlig. Und Kopfschmerzen hat er auch. Ich glaube nicht, dass es gut ist, wenn er sich unterhält."

„Wer ist denn da, Mama?"

Da war er, der Bengel. Und schon wieder aus dem Bett entwischt. Mama schüttelte den Kopf. „Wegen Fußball", sagte sie.

Elfer stand oben auf dem Treppenabsatz. In Trainingshose, T-Shirt und Adiletten. Wahrscheinlich trug er immer einen Sportdress. Beim Training, bei der Arbeit, im Bett.

Er kam zwei Stufen herunter und sah mich stirnrunzelnd an. „Du hier?" stand zwischen seinen Augen.

„Hallo Elfer! Ich würd gern mit dir sprechen."

„Er ist krank", sagte Mama, „ich weiß gar nicht, ob man das darf. Besuch empfangen, wenn man krankgeschrieben ist."

„Doch, darf man", entgegnete ich, „das heißt dann Krankenbesuch."

„Komm doch rein", sagte Elfer. „Am besten nach oben."

„Auf keinen Fall", Mutter Stracke schlug die Hände über dem Kopf zusammen, „du kannst doch den Besuch nicht in dein Zimmer führen. Was denkst du dir denn?"

Was war das Problem? Lag in Elfers Zimmer ein Paar Socken herum? War nicht gelüftet? Hatte er drei Blondinen im Bett?

„Geht am besten in die Küche! Dann kannst du auch was anbieten, Ernst!"

Elfer ergab sich. Oder besser: Er hatte gar nicht an Widerstand gedacht. Wie alt war der Knabe noch? Über 30! Auf dem Platz war er sehr souverän, hier zu Hause wirkte er, als könne er nicht drei und drei zusammenzählen. Ich dachte an die Gerüchte – und ob vielleicht doch etwas dran war.

Die Küche stammte aus einer Zeit, als dunkelbraune Tapete noch topaktuell war. Nichts bei Depressionen wahrscheinlich. Allerdings sorgte der satte Bratenton dafür, dass Spritzer beim Kochen unsichtbar blieben. Natürlich war alles topgepflegt. Wer schon die Mülltonne in der Einfahrt zum Glänzen brachte, für den war die Küche eine Sache der Ehre.

Der Toaster blitzte wie Hölle, die Kaffeemaschine sah quasi unbenutzt aus, der Messerblock stand in optimalem Abstand zur Wand. An Letzterem blieb mein Blick hängen: *„Schneiden Sie sich nicht ins eigene Fleisch! Guten Appetit wünscht Metzgerei Nolte!"* Ein Werbegeschenk.

„Möchten Sie etwas trinken?" Wie schön! Mutter Stracke verwöhnte uns noch länger mit ihrer Anwesenheit.

„Nein danke! Ich hab nicht viel Zeit."

„Aber du, Ernst! Ein Glas Traubensaft? Oder willst du dein Energiezeugs trinken?"

„Danke, Mama, jetzt nicht! Vielleicht lässt du uns eine Weile allein?"

Sie murmelte noch etwas, dann zog sie ab.

Wir setzten uns nicht. Mir war das recht. Meine Zeit lief, und die dunkelbraune Küchengarnitur sah nicht wirklich einladend aus. Alles Ton in Ton. Vielleicht wurde man selbst auch braun, wenn man dort saß.

„Du bist krank?", begann ich das Gespräch.

„Ja, ein bisschen schwindelig und so." Elfer rieb sich die Stirn.

„Warst du beim Arzt?"

„Ja, war ich. Gestern Nachmittag. Ich soll mir mal die Ruhe antun."

Die Ruhe antun, aha. Das hatte mir noch nie der Doktor gesagt. Aber vielleicht war der Fahrerjob bei Nolte und das Trainieren einer Jugendmannschaft anstrengender, als ich mir bislang ausgemalt hatte. Egal – mir blieben noch genau zwölf Minuten für mein Gespräch.

„Hast du von den Gerüchten gehört?"

„Was für Gerüchte?"

„Gerüchte um deine Person."

Elfer runzelte die Stirn. Es hatte tatsächlich niemand mit ihm gesprochen. Es war also richtig, dass ich hier war. Sagte ich mir.

„Es wird erzählt, du hättest Streit mit Roland gehabt."

„Ja und? Hatte ich auch. Immer wieder!" Elfer verschränkte trotzig die Arme vor der Brust. Alexa hatte recht. Elfer war derzeit ziemlich in Form. Sein Oberkörper kantig wie ein Block. Wie ein Messerblock vielleicht.

„Wir hatten völlig unterschiedliche Ansätze. Ich möchte den Breitensport fördern, er seine Meistermannschaft voran-bringen."

„Nun ja", wandte ich ein, „ist nicht beides wichtig in so

einem Verein?"

„Mag sein, aber es lässt sich nicht immer vereinbaren. Roland wollte, dass sich alles der Ersten unterordnete. Wenn er den Platz brauchte, kriegte er den Platz. Wenn er Geld brauchte, dann kriegte er Geld. Theo Nolte war immer auf seiner Seite."

Da sprach der Frust. Elfer, der machte und tat. Roland, der abgesahnt hatte.

„Roland Kampmann ist sehr erfolgreich gewesen", warf ich vorsichtig ein.

„Das ist auch nicht schwer, wenn man fette Einkäufe macht." Elfer sah mich missmutig an.

„Wie bitte?"

„Nolte hat ihm zwei gute Leute von außen geholt."

„Na ja, so ungewöhnlich ist das nicht, oder? Auch in dieser Leistungsklasse, meine ich jetzt." Transfergeschäfte gab es sogar schon in der Kreisklasse, hatte mir Alexas Bruder erzählt. Die Spieler bekamen ein Handgeld, damit sie den Verein wechselten.

„Außerdem fand ich es unmöglich, wie Roland mit seinen Leuten umging. Ich kenn die ja alle. Ich hab die ja selber trainiert."

Ein weiteres Puzzleteil gekränkter Eitelkeit schimmerte durch.

„Was meinst du damit – wie er mit den Leuten umging?"

„Carsten hat er schon vor Wochen nach Hause geschickt. Alle anderen machte er heiß, sie müssten trainieren, was das Zeug hält. Und am Ende setzte er sie nicht ein."

„Ich nehme an, auch in Ermede dürfen immer nur elf auf den Platz."

Elfer funkelte mich an. „Trotzdem, so kann man Leute nicht vor den Kopf stoßen."

„Wen meinst du konkret?"

„Hannes zum Beispiel. Der hatte wegen dem Training tierisch Stress mit seiner Freundin. Das war Roland egal. Oder Alex. Der hat echt alles gemacht. Aber Roland wollte ihn irgendwann nicht mehr dabeihaben."

Alex – da war er wieder! „Warum nicht?"

Elfer runzelte die Stirn. „Na ja, er hat im Kraftraum trainiert. Roland hatte damit ein Problem."

„Roland hatte ein Problem mit Krafttraining?" Nicht, dass mir das unsympathisch war. Es wunderte mich nur.

„Roland wollte, dass man dem Fußball alles unterordnete. Er meinte, wenn man viermal in der Woche im Kraftraum trainiere, könne man auf dem Platz nicht mehr ausreichend Leistung bringen. Überanstrengung halt."

Noch sieben Minuten.

„Das sind aber nicht die Gerüchte", erklärte ich. „Im Club wird erzählt, Roland und du, ihr hättet über etwas anderes gestritten."

Elfer sah mich misstrauisch an. Ich holte tief Luft. „Man sagt, du hättest dich an deinen Spielern vergangen."

Elfer brauchte eine Weile, um den Satz zu erfassen. „Ich hätte – was?"

„Es heißt, du hättest Zoff mit Roland gehabt – und dabei hätte er gebrüllt, du würdest deine Spieler anfassen."

Elfer starrte mich einfach nur an. Dabei lief er dunkelrot an. „Das gibt's nicht!"

Er hielt sich am Küchentisch fest. Was hatte Mutter Stracke gesagt? Kopfschmerz? Schwindel? Nicht, dass mir der Junge in die Arme fiel.

„Setz dich erst mal!" Ich versuchte ihn zu beruhigen und auf einen Stuhl zu lotsen. Aber Elfer wischte meine Hand weg.

„Bist du bescheuert? Das hat Roland niemals zu mir gesagt!"

„Elfer, ich bin nicht hier, weil ich dir etwas anhängen will. Im Gegenteil: Ich finde es unfair, wenn so etwas über dich erzählt wird und du nichts davon weißt."

Elfers Stirn war feucht. Sein Atem hektisch. Ich wusste nicht, ob das gefährlich war.

Jetzt schloss er die Augen und atmete tief ein und aus. Offenbar versuchte er zur Ruhe zu kommen. Dann öffnete er plötzlich die Augen. „Sind die verrückt ... die meinen doch nicht ... ?"

Jetzt setzte er sich doch. Er war mit einem Mal nicht mehr paralysiert, sondern erregt. „Die meinen bestimmt ... damals auf dem Platz ... aber das war doch ganz anders ..."

Ich verstand kein Wort, und ich hatte noch exakt vier Minuten, wenn ich pünktlich vor der Klasse stehen wollte. „Was meinst du, Elfer?"

Ich setzte mich ebenfalls und vermittelte das Gefühl, jetzt sei der Zeitpunkt, alles zu sagen.

„Das war vor ein paar Wochen beim Training", erklärte Elfer erregt, „Roland brauchte mal wieder den Platz für ein Sondertraining, deshalb sollte ich mit meiner Mannschaft eine Viertelstunde eher Schluss machen. Ich hab gemosert, weil Roland immer eine Extrawurst wollte. Er hat gemeint, ich sollte mit den Jungs einen Waldlauf anhängen, aber ich hab gesagt, bei der Hitze ginge das nicht – und dass ich selbst auch keinen Bock hätte. Wir haben uns ziemlich gefetzt – er hat gemeint, der Aufstieg sei für den ganzen Verein gut. Und was das Laufen anginge, das würden meine Jungs schon schaffen. Ich fasste sie sowieso viel zu weich an. Ich solle sie mehr fordern. Danach hat er mich noch persönlich angegriffen. Ich sei viel zu massig. Und ich sähe aus wie eine Frau."

„Das hat er gesagt?"

„Das hat er gesagt – unser Rollo." Verbitterung klang mit. Und Bilder zogen an mir vorbei. Ein strahlender Roland, den die Frauen anhimmelten. Und ein Elfer, der mit Muttern in einer Schokoküche saß.

„Wenn das so ist, Elfer, ist das alles ein saudummes Missverständnis. Und dann musst du das aufklären. Ich weiß nicht, was es mit deiner Krankheit auf sich hat. Aber grundsätzlich ist es nicht gut, wenn du dich zurückziehst. So, als hättest du etwas zu verbergen."

Elfer nickte stumm. Noch exakt null Minuten. Ich stand auf.

„Ernst-Wilhelm!" Ödipussis Mutti stand plötzlich in der Tür und warf mir einen Blick zu, als hätte ich ihrem Jungen das Lineal weggenommen. „Du bist ganz rot im Gesicht!"
Ich sah Elfer aufmunternd an. „Ich muss sowieso gehen."
Elfer nickte wieder, ich ging alleine zur Tür.
Als ich fast draußen war, hörte ich ihn noch etwas rufen. Etwas lahm, aber trotzdem freute es mich: „Schöne Grüße an Paul!"
Dann hörte ich noch seine Mutter. Ich glaube, sie sagte: „Abmarsch ins Bett!"

Als du deine Zimmertür öffnest, sitzt er an deinem PC! Du stürzt auf ihn los, prügelst auf ihn ein. Er darf nicht an deinen PC, das weiß er genau.
„Hau ab!", schreist du. „Verpiss dich!", obwohl du zuvor in der Wohnung ganz leise gewesen bist, damit deine Mutter nicht wach wird.
Er ist stärker als du. Er schmeißt dich halb durchs Zimmer – auf's Bett.
„Fass mich nicht an!", brüllt er. „Und dann erklär mir diesen Scheiß!" Er zeigt auf den Bildschirm. Dir bricht der Schweiß aus. Er hat deinen Code geknackt. Er schaut im Verlauf nach, auf welchen Seiten du warst.
„Ich wusste ja, dass du panne bist", sagt er mit überheblichem Blick. „Man muss nur dein Zimmer sehen, um das zu wissen. Alles bis ins Letzte geordnet, nichts liegt herum, die Socken im Schrank nach Farben.sortiert. Total krank! Aber dass du soo fertig bist, hätte selbst ich nicht gedacht."
Er setzt sich wieder an den PC. „Du hast das Internet nach Roland Kampmann durchwühlt. Warum?"
In dir keimt Hoffnung auf. Er hat alles Mögliche gefunden, aber nicht die Zusammenhänge gecheckt.
„Jetzt sag schon! Wolltest du Mama seinen Lebenslauf vor-

legen?"

Du machst große Augen. „Du weißt, dass Mama und er ... ?"

Robin sieht dich an und lacht. „Ja, meinst du, ich bin blind? Meinst du, ich kriege nichts mit?"

„Und es ist dir egal?"

Robin hört auf zu lachen. „Sag mal, Ole, wo lebst du eigentlich? Mama vögelt einen anderen. Ja und? Papa und sie sind seit Ewigkeiten nur noch pseudomäßig zusammen. Papa hat bestimmt in Halle längst eine Freundin. Du kannst doch nicht ernsthaft glauben, Mama und Papa kämen noch mal zusammen."

„Warum nicht?"

Robin scheint regelrecht geschockt. „Das denkst du nicht wirklich, oder? Papa und Mama sind zusammengekommen, als Mama 18 war. Ein halbes Jahr später war sie schwanger. Die sind sich leid. Kapierst du das nicht?"

Du kannst nichts dafür. Die Tränen kommen einfach. Du kannst sie nicht zurückhalten.

„Du willst es ja gar nicht", sagst du zu ihm. „Du willst gar nicht, dass Papa zurückkommt."

Sein Gesicht verzieht sich. Du siehst es genau.

„Im Grunde hast du Angst vor ihm! Du hast Angst, weil du es ihm nicht rechtmachen kannst. So wie beim Fußball!"

„Halt's Maul!"

„Stimmt doch!" Deine Stimme schäumt über vor Tränen und Zorn. „Es stimmt, was Papa gesagt hat: Du bist ein Drückeberger. Du kannst rennen, aber dir fehlt der Killerinstinkt!"

„Schluss jetzt!" Er sieht dich wutentbrannt an. „Halt einfach die Fresse! Und heul nicht herum! Sag mir lieber, was es mit diesem Chat auf sich hat."

Er hat ihn gefunden. Alles andere wäre auch ein Wunder gewesen. Er blättert herum. Du willst aufstehen, ihn wegreißen, den Stecker rausziehen, aber es fehlt dir die Kraft. Es fehlt dir sogar die Kraft weiterzuweinen. Du bist wie versteinert.

Jetzt gibt er etwas ein. Einen Suchbefehl vielleicht. Wenn er jetzt den Namen suchen lässt ...

Er hat ihn. Er beginnt zu lesen. Er versteht nicht, was er da liest. Er liest es noch einmal.

„Da ist ein neuer Eintrag im Chat", sagt er ganz ruhig. „Stammt der von dir?"

Du antwortest nicht. Du konzentrierst dich darauf, nicht zu reagieren.

„Ole, hör mir zu", seine Augen sind blau und eiskalt. „Dieser Chat hier ist alt. Zwei Jahre ist es her, dass sich diese Schwachköpfe über Roland Kampmann ausgetauscht haben. Aber dieser andere Eintrag ist frisch. Und ich frage dich jetzt nur ein einziges Mal: Ist – der – von –dir?"

Du antwortest nicht. Schaust ihn einfach nur an, ohne ihn wirklich zu sehen. Nutzt das metallische Blau seiner Augen, um wegzuschwimmen, abzutauchen, zu verschwinden ohne ein Wort.

„Du warst das!" Er schmeißt sich an die Rückenlehne des Bürostuhls. Seine Stimme ist jetzt anders. Sie ist nicht cool. Sie ist nicht hart. Sie ist einfach nur verwirrt. „Ich fass es einfach nicht!"

„Deswegen", du testest deine Stimme, und sie funktioniert, „deswegen wollte ich wissen, wie lange man von Frankfurt hierherfährt."

Robin starrt dich an. Sekunden. Minuten. So scheint es dir zumindest.

„Meinst du, sie finden mich?", flüsterst du. „Meinst du, die killen mich, weil ich ein Mitwisser bin?" Es tut gut zu sprechen. Es tut gut, die Albträume beim Namen zu nennen. „Meinst du, die kommen hierher und fackeln uns das Haus ab?"

Er starrt dich immer noch an. Du hast ihn noch nie so fassungslos gesehen.

Dann endlich sagt er etwas. „Hast du wirklich geglaubt, du könntest Mama und Papa wieder vereinen?"

Und dann – ganz plötzlich – beginnt er zu lachen. Er lacht

laut und geradezu irre. Du hasst ihn dafür. Und auf einmal ist sie wieder da, deine Kraft. Du springst auf und gehst auf ihn los. Du schlägst auf ihn ein. Wie ein Verrückter schlägst du auf ihn ein.

„Hört auf!" Eine ängstliche Stimme. Etwas hängt an dir. Lars ist ins Zimmer gekommen und hängt an deinem Arm. Er heult und er schreit. „Hört auf zu streiten!"

Du lässt ab von deinem Bruder.

„Ist ja gut, Lars!", sagt Robin. „Es ist alles gut."

Er nimmt ihn in den Arm. Jahrelang hat er sich nicht um den Kurzen gekümmert. Jetzt macht er auf Bruder.

„Lass uns was spielen!", sagt er zu Lars. Sein Lachen ist verstummt. Ein letztes Mal schaut er dich an. Ungläubig irgendwie. Verwirrt. Dann gehen sie raus. Und du bist allein.

26

Max wusste: Wenn er nicht bald einen Kaffee bekam, kippte er um. Ina hatte unbedingt noch Kampmanns Büro sehen wollen. Dabei hatten die Kollegen hier doch schon alles gefilzt.

Jetzt blätterte sie in Kampmanns Personalunterlagen herum. Und viel schlimmer: Sie wollte noch mehr: „Hätten Sie die von Herrn Stracke vielleicht auch noch zur Hand?"

„Natürlich." Frau Nolte ging sofort los.

Max seufzte. Das konnte noch dauern.

Wahrscheinlich wollte Ina die Noltes unter Stress setzen. Bei Theo war das eindeutig gelungen. Er hatte sich auf einen Stuhl an der Wand gesetzt und wirkte völlig fertig. Seine Frau hatte ihn nach Haus bringen wollen, er selbst aber hatte sich dem widersetzt. Am Ende hatte Ulla Nolte tatsächlich ihren Bruder angerufen, damit er in sportlicher Verbundenheit nach Schwager Theo sah. Fehlte nur noch, dass hier gleich ein Krankenwagen mit Blaulicht aufkreuzte.

Plötzlich hörte man Stimmen im Flur. Also doch kein Blaulichteinsatz.

„Wo ist er denn?"

„Gut, dass du da bist", Ulla Noltes Stimme, „ich habe überhaupt kein gutes Gefühl."

Dr. Weingarten bog um die Ecke, an der Hand seine Arzttasche.

„Großer Bahnhof", kommentierte er erstaunt das Geschehen. Dann wandte er sich eilig an seinen Schwager. „Was ist los, Theo?"

„Bisschen schlecht", brummelte Nolte. „Bist du jetzt extra hergekommen?" Er warf seiner Frau einen düsteren Blick zu.

„Nur für dich!", sagte Weingarten heiter. „Kein Problem, die Sprechstunde war gerade zu Ende." Dann drehte er sich zu Max und seiner Kollegin. „Wenn ich Sie dann nach draußen bitten dürfte. Ich würde meinen Schwager jetzt gern untersuchen."

„Kein Problem!", Ina ließ ihre Mappe zuklappen und lächelte freundlich. „Wir warten gern auf dem Flur."

Die Tür blieb halboffen stehen, so dass sie Anteil hatten an dem Geschehen in Kampmanns Büro. Weingarten begann offenbar, Theo Nolte abzuhorchen. Ina las ungerührt in Strackes Personalunterlagen, die Ulla Nolte ihr missmutig in die Hand gedrückt hatte.

Max wiederum schaute herum und ließ die Parallelwelten auf sich wirken.

„Ab in die Klinik!", hörte man Weingarten nach wenigen Minuten sagen.

„Nichts da!", bollerte Nolte dagegen.

„Theo, das sollte sich ein Kardiologe angucken."

„Dann gehe ich zu Dr. Wenniges. Aber nicht ins Krankenhaus!"

Eine Pause. Weingarten schien zu überlegen. „Von mir aus."

„Ich hole das Auto!", Ulla Nolte kam aus dem Büro herausgeeilt. Im Vorbeilaufen warf sie Ina einen bitterbösen Blick zu. Er perlte an ihr ab wie ein rohes Ei an einer Ritterrüstung.

„Wollen wir gehen?", flüsterte Max.

„Warum? Ist doch nicht uninteressant."

Manchmal verstand er seine Kollegin einfach nicht.

Drinnen hörten sie Gemurmel. Oder anders. Weingarten murmelte, Theo Nolte verstand man trotz Herzkaspers ziemlich gut. „Du musst Andi Bescheid sagen!", ordnete er an. Dann kam Ulla Nolte zurück.

„Ich kann selber laufen", bölkte Nolte jetzt herum. Offenbar hatte ihm seine Frau Hilfe angeboten. Dann öffnete sich die Bürotür vollständig und der Firmenchef kam heraus. Er würdigte Max und Ina keines Blickes. Dr. Weingarten tat das umso mehr. „Sie sind immer noch hier?"

„Wir haben uns Sorgen gemacht." Ina war eine Schlange.

Weingarten folgte den Noltes, dann drehte der Alte sich um.

„Du gehst zu Andi", sagte er knapp. „Ulla bringt mich zu Dr. Wenniges."

Dann war das schon mal klar. Weingarten blieb im Flur zurück. Mit seiner Arzttasche an der Hand. Als die Noltes weg waren, sah er sich unschlüssig um.

„Ich soll noch einen Mitarbeiter verständigen", erklärte er.

„Kam ja auch alles ziemlich plötzlich", entgegnete Ina. „Ist das schon öfter passiert?"

„Nun ja, er hat schon eine Herzinsuffizienz, aber er ist gut eingestellt. Ich hab ihn nur sicherheitshalber weitergeschickt."

„Ich nehme an, die Sache mit Kampmann belastet ihn sehr."

„Wundert einen das?", Weingarten nahm die Tasche in die andere Hand. „Am Samstag war er völlig am Ende."

„Sie waren auch auf der Aufstiegsfeier?"

„Oh ja, obwohl ich eigentlich zu einem Klassentreffen wollte. Ich bin länger in Ermede hängengeblieben, als ich eigentlich wollte. Als Roland allerdings diesen Abgang hingelegt hat, war die Stimmung dahin. Da bin ich dann zu *Oberkirch* gefahren." *Oberkirch* – Max wusste Bescheid – die Gaststätte direkt an der Stadtkirche. Dort fanden 90 Prozent der Beerdigungen, Hochzeiten und Klassentreffen statt.

„Es waren Gott sei Dank noch genug Leute da, und wir haben bis in die frühen Morgenstunden gefeiert."

„Verstehe." Ina nickte freundlich. Max glaubte zu wissen, was sie dachte. Warum hatte Dr. Weingarten ein Alibi ausgespuckt, obwohl er danach gar nicht gefragt worden war?

„Kannten Sie Roland Kampmann gut?", setzte sie nach.

„Nicht wirklich!" Auch so eine Floskel. Max fügte sie seiner Sammlung von Nerv-Ausdrücken hinzu. „Wir waren mal zusammen bei meiner Schwester und meinem Schwager zum Essen eingeladen. Damals hat er von diesem *geo caching* erzählt. Er war ja ganz verrückt danach – und ein einziges Mal sind wir dann auch zusammen losgezogen."

„Wohin?"

„Zu den Bruchhauser Steinen."

Ina überlegte. Wahrscheinlich rechnete sie durch, wie viele verrückte Schatzsucher es auf der Erde so gab.

„Wenn Sie keine Fragen mehr haben, würde ich jetzt gern Andi Spiekermann suchen", verkündete der Mediziner.

Ina sah Max auffordernd an. „Möchtest du noch etwas wissen?"

Er schüttelte den Kopf. Und verkniff sich die Frage, wo Weingarten seine Brille herhatte.

27

Max erwischte mich auf dem Heimtrainer.

„Mach ruhig weiter", sagte er nach einer knappen Begrüßung, „ich möchte deiner Fitwerdung nicht im Wege stehen."

Max hatte eine Tasse in der Hand. Alexa hatte ihn also bestens versorgt. Noch im Stehen nahm mein Freund einen Schluck.

„Tee", erklärte er. „Hat deine Gattin mir extra gekocht. Sie sagt, ich tränke zu viel Kaffee. Tee sei viel gesünder."

„Auch um meine Gesundheit ist sie rührend bemüht", keuchte ich.

Max ließ sich jetzt auf dem Sessel nieder, den ich neben das

Trimmfahrrad in mein Arbeitszimmer gequetscht hatte. In einem Zustand optimaler Entspannung ließ er seine Beine über die Armlehne baumeln und nahm damit genau die Fläzstellung ein, die ich auch bevorzugt hätte. Ich versuchte das zu ignorieren – noch genau sechs Kilometer!

„Schön, dich zu sehen", keuchte ich und bemühte mich, zumindest in meiner Körperhaltung zum Ausdruck zu bringen, dass Sport zu meinem Leben gehörte.

„Machst du das öfter?" Max deutete auf meinen Untersatz und schlenkerte dabei mit seinen Beinen. Ich übersah diese Provokation und konzentrierte mich auf meinen Rhythmus.

„Hin und wieder." Das war eine glatte Lüge. Ich hatte das Pseudo-Fahrrad vor eineinhalb Jahren von Alexas Eltern geerbt, weil ich immer geklagt hatte, dass man im Sauerland nicht ordentlich Fahrrad fahren konnte – es sei denn, man liebte 30 Prozent-Steigungen, Hügelketten und hatte Oberschenkel wie ein Eisläufer. Nach einer ersten Euphorie diente das Standrad jetzt vor allem Paul zum Indianerspielen. Ein leidiges Kapitel zwischen Alexa und mir, da sie steif und fest behauptete, mit meinem ungesunden Lebenswandel würde ich unsere Kinder schon frühzeitig zu Halbwaisen machen. Beim Abendessen hatte sie vorgeschlagen, ich solle jeden Tag eine Bewegungseinheit einlegen – außerdem hatte sie gemurmelt, sie habe als Mädchen auf Terence Hill gestanden und nicht auf Bud Spencer. Sauerländische Direktheit, sage ich da nur.

„Kommt ihr gut voran?", kam ich lieber auf Max' Arbeit zu sprechen.

„Eher nicht, aber das trifft ja auch auf dich zu." Wieder ein Nicken zu meinem Standfahrrad. Haha.

„Diese Mordermittlung ist schrecklich frustrierend", fügte Max hinzu. „Man sieht den Ball und rennt hin – doch in dem Moment, da man ankommt, ist er schon wieder woanders."

„Ich kenne das Gefühl", gab ich zu. "Deshalb habe ich meine Fußball-Jugend auf der Ersatzbank verbracht."

„Ich denke, du bist zum Alte-Herren-Training eingeladen

worden", bemerkte Max süffisant. „Stimmt auch!" Ich trat mit Power in die Pedale. „Und was ist mir dir? Hast du schon Feierabend?"

„Im Gegenteil – heute wird's spät – ich brauche mal eine Auszeit."

„Elfer könnt ihr übrigens aus der Liste der Verdächtigen streichen", erklärte ich.

„Du meinst Elfer, den Saubermann!", Max sagte das in einem Tonfall, der mir nicht gefiel. „Warum nehmen eigentlich alle den Knaben in Schutz? Heute waren wir bei Nolte – und der hatte nichts anderes zu tun als zu beteuern, dass Herr Stracke ein Supertyp ist."

Max nippte an seiner Tasse. Ich hatte auch Durst, aber auf ein Bier. Damit hätte ich dann meinen mühsam erarbeiteten Kalorienverbrauch gleich wieder drin gehabt.

„Vielleicht sagen alle, dass er ein guter Kerl ist, weil er ein guter Kerl ist", konterte ich.

„Ich hätte ihn ja gern kennengelernt, aber leider war er just heute nicht in der Firma. Ich hoffe, dass die Kollegen, die seine Befragung übernehmen sollen, ihn zu Hause angetroffen haben. Ich hoffe das vor allen Dingen für ihn."

„Er ist krank", entgegnete ich und merkte, dass mein Puls stieg. „Ich habe ihn heute Morgen zu Hause besucht."

„Ach, sieh an!" Max war sehr überrascht und nahm einen extragroßen Schluck Tee. „Ein ganz normaler Krankenbesuch an einem ganz normalen Schultag?"

„Freistunde", brummte ich, und dann erzählte ich von den Gerüchten um Elfer und dass es nach seinen Worten ganz anders gewesen war.

Max gab seine coole Sitzposition auf. Er war sichtlich überrascht und hörte aufmerksam zu.

„Was mich besonders ärgert: Es reicht, dass jemand wie Janine Wissmann einen Satz aufschnappt und daraus eine Geschichte bastelt – und plötzlich werden harmlose Banalitäten neu interpretiert: Er hat ein Kind auf dem Schoß gehabt, er ist mit in die Dusche gegangen ..." Ich geriet ein wenig außer Atem, nicht weil eine Steigung einsetzte, sondern weil ich das Ganze wirklich ungeheuerlich fand.

Max legte die Stirn in Falten und gab sein Schweigen auf. „Wenn er mit in die Dusche gegangen ist, find ich das komisch."

„Mein Gott, der Typ muss sich um eine Horde von Jungs kümmern, von denen sich ein Teil nicht mal die Schuhe zubinden kann. Die müssen getröstet werden. Die haben ihr Handtuch verloren. Die heulen, weil ein anderer sie geschubst hat. Es gibt immer wieder Situationen, die nachher so und so interpretiert werden können." Vor lauter Aufregung vergaß ich zu trampeln.

„Vincent, Missbrauch kommt vor. In der Kirche, in der Familie, im Verein. Wenn man grundsätzlich alles entschuldigt, können die Täter sich phantastisch herausreden."

„Ich will nichts grundsätzlich entschuldigen. Aber wenn es stimmt, was Elfer mir gesagt hat, nämlich, dass das Gespräch zwischen ihm und Roland ganz anders abgelaufen ist, dann hat Janine Wissmann mal ganz nebenbei Elfers Ruf ruiniert."

„Genau!"

Ich sah Max erstaunt an. Woher die plötzliche Einsicht?

„Es ist genau, wie du sagst", setzte er hinzu, „wenn es stimmt, was Elfer gesagt hat …"

„Bezweifelst du das?"

„Vincent, es ist nicht mein Job, allem und jedem blind zu vertrauen. Wenn wir Ermittler das täten, dann hätten wir niemals Erfolg. Wir müssen jede Aussage in Frage stellen – sogar die von Elfer!"

„Vielleicht könnt ihr bei dem Infragestellen ja auch bei Janine Wissmann anfangen!"

„Von mir aus gern!", schoss Max zurück. „Ich glaube nicht, dass sie so plötzlich erkrankt ist wie Elfer!"

Einen Moment lang funkelten wir uns an – dann wischte ich mir mit einem Handtuch, das über dem Lenkrad gehangen hatte, die Stirn. Es waren noch vier Kilometer.

„Na, Jungs, schon angekommen?" Alexa hatte lautlos die Tür zum Arbeitszimmer geöffnet. Jetzt kam sie näher und warf einen Blick auf meinen Tacho. „Wolltest du nicht zwölf Kilometer?"

Schön, wenn man so kontrolliert wurde.

„Acht tun es auch", brummte ich.

„Kannst du schon nicht mehr?"

Es war eine Frage der Ehre. „Natürlich kann ich noch. Wir haben uns nur gerade – intensiv unterhalten." Ich warf Max einen Blick zu und fing wieder an, in die Pedale zu treten.

„Worüber? Über SAU-Speed?"

„SAU-Speed – was ist das? Ein Schweinerennen?"

„Oh Max, hast du noch gar nichts erzählt?" Alexa hielt die Hand vor den Mund. Sie war ein Luder, das hatte sie doch extra gemacht. Aber immerhin: Max erzählte. Von Speed-Dating im Sauerland-Format. Von ägyptischen Kleopatras und Finnentroper Drachenfliegerinnen. Von zwei Kicher-freundinnen, einer bezaubernden Karla und seinem pein-lichen Abgang.

„Da gibt's nur eins", konstatierte Alexa, „Blumen kaufen und hin!"

„Aber ich kenne Karla doch gar nicht!", sagte Max.

„Immerhin gut genug, um auf ihrem Sofa zu übernachten", erwiderte meine Frau. „Beeil dich, vielleicht bist du zurück, bevor Vincent seine letzten zweieinhalb Kilometer geschafft hat."

Ich grummelte und haute noch einmal rein.

28

Um halb acht stand plötzlich Wilma Wortmann vor der Tür. Sie trug eine Chipstüte in der Hand und die deutsche Flagge auf der Stirn.

„Länderspiel", sagte sie. Und als ich nicht sofort reagierte: „Mein Fernseher ist kaputt."

„Na, dann hereinspaziert", beeilte ich mich, ein guter Gast-geber zu sein. Die Kinder wollten eh gucken. Dann konnten wir dabei auch noch Tante Wilma befreuen.

Tante Wilma trug zum Public Viewing keine Schürze. Dafür hatte sie den Dreierstift, mit dem sie sich die Flagge ins Gesicht gezaubert hatte, gleich mitgebracht. Sie schaffte es gerade noch, die beiden Kinder anzumalen, als die Spieler auch schon auf den Platz kamen. Ich hatte inzwischen für Getränke gesorgt, es stand also ein gemütlicher Abend bevor.

„Schöne Pullover haben die an", sagte Tante Wilma, während die mexikanische Nationalhymne erklang. „Schön grün. Finde ich etwas flotter als das, was die Holländer tragen. Die sehen ja immer wie Müllmänner aus."

„Jetzt kommt die deutsche Nationalhymne", erklärte Alexa den Kindern. Einen Moment lang dachte ich, Tante Wilma wollte aufstehen, was ich in unserem Wohnzimmer für eine ungewöhnliche Geste gehalten hätte. Es war aber ganz anders. Tante Wilma streckte sich lediglich nach einer zweiten Flasche Bier.

Die Kamera zeigte eine Großaufnahme der deutschen Trainerbank. „Netter Kerl", kommentierte WWW. „Wer wird denn jetzt bei Rot-Weiß neuer Trainer?"

Die Frage ging an Paul. Er zuckte die Achseln.

„Ich hab ja gehört, Andi Spiekermann sei im Gespräch", gab Tante Wilma dann selbst eine Antwort.

„Andi?", fragte ich erstaunt.

„Andi?", fragte auch Paul. „Der ist doch Jugendwart."

„Hat mir Thorstens Mutter erzählt", beteuerte Tante Wilma. „Thorsten Laschek, der spielt ja auch in Ermede."

Der arme Andi! Nolte hatte offenbar wieder innerhalb der Firma einen Interimstrainer gesucht. Wahrscheinlich hatte Andi nicht ablehnen können.

Dann endlich ging das Spiel los, die Mexikaner pressten sofort nach vorn.

„Das Schöne beim Fußball ist ja, man lernt mal andere Kulturen kennen", plauderte Tante Wilma in bestem sauerländischen Dialekt, der sich anhörte, als hätte sie 25 Chips im Mund. Aber vielleicht hatte sie ja auch 25 Chips im Mund! „Bei der WM zum Beispiel war bei den Afrikanern einer dabei, der hieß Schalalala – wie ein Schlager aus den 70er Jahren. Und über die Nordkoreaner lässt sich auch etwas sagen: Die sind uns Sauerländern nämlich sehr ähnlich."

Ich sah WWW erstaunt an. Das war mir in der Tat noch nie aufgefallen.

„In Nordkorea ist es so", erklärte unsere sauerländische Mary Poppins den Kindern, „dass dort erst der Nachname genannt wird und dann der Vorname. Genau wie bei uns! Im Sauerland sagen wir ja auch *Wächters Hennes*."

Gern hätte ich diese brillante Parallelisierung gebührend gewürdigt, doch leider starteten die Mexikaner gerade einen bedrohlichen Angriff. Der deutsche Verteidiger konnte nur mit einem Totaleinsatz das Schlimmste verhindern. Indem er voll in den Ball ging – und in den Boden.

„Häh!", sagte Wilma Wortmann mit angewidertem Gesichtsausdruck. „Ich frage mich, warum die Deutschen immer in Weiß spielen müssen. Seht euch die Grasflecken an! Das geht doch im Leben nicht raus."

Überraschenderweise wurde jetzt mal in die Gegenrichtung gespielt. Oder vielmehr: Der Ball wurde im Mittelfeld herumgeschoben. In Fachkreisen nannte man das wohl: Die Deutschen kamen erst mal zur Ruhe.

Der Kommentator erzählte derweil von einem mexikanischen Spieler, der bereits in der dritten Generation Nationalspieler war. Auch sein Vater und sein Großvater hatten für Mexiko gekickt.

„Na, da lob ich mir meine eigene Familientradition", schmatzte Wilma Wortmann unter Zuhilfenahme weiterer Chips. „Ich bin nämlich Fernsehzuschauer in der dritten Generation."

Wenn Wilma Wortmann zu Gast war, fand das eigentliche Programm auf der Couch und nicht im Fernseher statt.

Dann plötzlich klingelte es an der Tür. Ich warf Alexa einen fragenden Blick zu. War das Max, der auf halbem Wege umgekehrt war?

„Ich gehe schon", murmelte ich.

Draußen stand ein junger Kerl um die Zwanzig. Charmanterweise hatte er einen Deutschlandschal um und eine Flasche Bier in der Hand. Ich fand es ausnahmsweise nicht schlecht, dass Walter mich zur Tür begleitet hatte – auch wenn er jetzt wie immer ausgelassen mit dem Schwanz wedelte.

„Ist Frau Wortmann hier?", nuschelte der Typ vor unserer Tür.

„Guten Abend erst mal!", sagte ich extraklar. Ich musste mich an der Haustür nicht unhöflich anquatschen lassen.

„N'Abend", brummelte der Typ vor unserer Tür. Immerhin.

„Der Nachbar da", er deutete unklar Richtung Straße, „der Nachbar hat gesagt, Frau Wortmann wäre hier."

Das konnte nur der Sheriff gewesen sein. Der Sheriff in Erfüllung seines unausgesprochenen Auftrags, die Welt zu retten – oder ihr zumindest in Teilen weiterzuhelfen.

„Ja, Frau Wortmann ist hier", sagte ich, machte aber noch keine Anstalten, sie zu holen. Die Situation war merkwürdig, und ich wusste nicht, ob ich WWW einen Gefallen tat, wenn ich ihr diesen öffentlichen Biertrinker zuführte.

„Würden Sie mir Ihren Namen sagen?", erkundigte ich mich.

Der junge Mann drehte die Flasche in seiner Hand.

„Carsten", sagte er dann. „Carsten Jäger. Dann weiß Frau Wortmann schon Bescheid."

29

Ich hatte Tante Wilma und Carsten eigentlich alleine lassen wollen, aber WWW hatte das mit Blicken zu verhindern gewusst. Am Ende saßen Carsten Jäger, Tante Wilma und ich in der Küche, während Alexa und die Kinder sich im

Wohnzimmer mit den Mexikanern vergnügten.

„Zu trinken hast du dir ja schon was mitgebracht", rügte WWW mit Blick auf die Bierflasche in Carstens Hand. „Im Übrigen ist es nicht gerade höflich, dass du uns beim Fußballgucken störst."

Eins konnte man sicher sagen. Wilma Wortmann nahm in ihrem Betreuungsprogramm kein Blatt vor den Mund. Hier wurde nicht weich gespült, sondern hart gekocht.

„Ist doch eh ein Freundschaftsspiel", moserte Carsten. „Außerdem hat meine Schwester gesagt, Sie wär'n zweimal dagewesen, um mich zu sprechen. Da hab ich gedacht, es ist dringend."

„Ist es ja auch", Wilma Wortmann warf mir einen kurzen Blick zu. „Es geht um Roland Kampmann. Du weißt, was mit ihm passiert ist?"

„Klar weiß ich das", Carsten schaute vor sich auf den Tisch. „Halten Sie mich etwa für blöd?"

„Da zwing mich mal besser nicht zu einer Entscheidung!" Oha, Wilma Wortmann war in Topform. Jetzt allerdings legte sie ihr Caritas-Gesicht auf.

„Dann weißt du, warum ich dich anspreche, Carsten. Dieser Roland Kampmann ist umgebracht worden. Jemand hat an seinem Wohnhaus Feuer gelegt. Hast du mit dieser Sache etwas zu tun?"

„Sind Sie verrückt?", Carsten sah WWW entrüstet an. „Warum sollte ich dem denn Feuer gelegt haben?"

„Weil du stinksauer auf ihn warst! Weil du Drohungen gegen ihn ausgestoßen hast! Weil du manchmal nicht weißt, was du tust!"

Immerhin – Wilma Wortmann hatte gewichtige Argumente auf der Hand.

„Ja, aber – ", Carsten hatte die offensichtlich nicht. „Warum sollte ich – " Dann endlich fiel ihm etwas ein. „Wie hätte ich da überhaupt hinkommen sollen?"

„Was soll das heißen: Wie hätte ich da überhaupt hinkommen sollen?"

„Ich hab doch keinen Führerschein mehr. Und ein Auto sowieso nicht. Also: Wie hätte ich da hinkommen sollen?"

In Carstens Welt hatte die Argumentation durchaus Logik. Ohne Auto ging gar nichts. Wilma Wortmann sah das anders.

„Zu Fuß? Mit dem Fahrrad? Mit einem Kumpel?"

„Vergessen Sie's!" Er lehnte sich zurück und verschränkte die Arme. „Ich hab mit der Sache nichts zu tun. Sie halten mich wahrscheinlich für ziemlich bekloppt. Aber so bekloppt, dass ich wegen dem Scheiß-Kampmann in den Bau gehe, bin ich noch lange nicht."

„Aber ihm eine Abreibung zu verpassen, dazu wärst du bekloppt genug gewesen", WWW ließ nicht locker.

„Himmelherrgott, man redet halt manchmal. Klar hätte ich ihm am liebsten die Fresse poliert. Aber das heißt doch nicht, dass ich es wirklich tue."

Tante Wilma beugte sich vor und sah ihren Schützling eindringlich an. „Ein letztes Mal, Carsten. Wenn du irgendetwas über die Sache weißt, sag es mir jetzt. Ich kann vielleicht noch etwas tun!"

Ich hatte keine Ahnung, was WWW sich da ganz genau vorstellte. Für den Fall, dass Carsten Jäger mit der Sache zu tun hatte, konnte sie bestenfalls einen guten Rechtsanwalt organisieren. Und ich war nicht sicher, ob die Caritas den übernehmen würde.

„Eyh, jetzt ist aber gut!" Carsten wurde ungehalten. „Als Nächstes wollen Sie wahrscheinlich wissen, wo ich war, als es Kampmann erwischt hat!"

„Wir hätten nichts dagegen", gab ich zu. Wenn ich schon dabeisitzen sollte, konnte ich mich auch einmischen. „In der Nacht von Samstag auf Sonntag. Ab Mitternacht."

„Hallo? Da war ich auf Party? Auf Jungschützenparty bei Hubertus?" Er hatte diese Unart, alle Aussagesätze wie Fragen zu betonen.

„Wie lange?"

„Oh Mann, was weiß ich? Vier Uhr? Fünf Uhr?"

Mir war klar, das dürfte zu überprüfen sein. Es sei denn, alle waren zu dem Zeitpunkt so besoffen gewesen, dass man sich nicht erinnern konnte.

„Immer alle auf mich", jammerte Carsten jetzt. „Was soll das Ganze überhaupt? Fragen Sie doch die anderen! Die waren auch nicht alle gut auf Kampmann zu sprechen. Fragen Sie Schnalle! Der war stinksauer, weil er ständig eine andere Position spielen sollte. Oder fragen Sie Alex Paschewski. Dem hat Kampmann vorgeworfen, er würde sich puschen."

Sofort war ich hellwach. „Was soll das heißen, er würde sich puschen?"

„Kampmann behauptete, er würde diese Anaboliken nehmen."

Anaboliken?

„Um besser Fußball zu spielen?"

„Das auch. Vor allem, aber um einen besseren Körper zu kriegen. Alex macht Krafttraining. Da sind Anaboliken nichts Besonderes. Die nimmt fast jeder."

„Und wo hat er die her, die Anaboliken?"

„Hallo?" Carsten sah mich an, als sei ich von gestern. War ich wahrscheinlich auch. „Wenn du ins Studio gehst und Aufbaumittel willst, kriegst du die auch."

„Beim Trainer?"

„Irgendwo. Das ist wie eine große Familie. Frag dich durch, dann kriegst du was."

Eine große Familie, alles klar. *Frag dich durch, dann kriegst du was.*

WWW sah mich an. „Können wir jetzt weiter Fußball gucken?", wollte sie wissen.

„Ja klar", ich stand auf. „Komm mit, Carsten! Drüben gibt's Chips!"

Als du das Geräusch hörst, schreckst du hoch. Die Digitalanzeige deines Weckers leuchtet in den Raum hinein. 2:26! Mitten in der Nacht. Du legst dich wieder hin und lauschst. Stille. Die Wohnung ist ruhig. Dann springt die rote Ziffer um. 2:27. Ist das nicht die Zeit, zu der Roland Kampmann in Brand gesteckt wurde? So ungefähr stand's in der Zeitung. Du schluckst. Ob sie wirklich da sind, weil du sie gerufen hast? Der Gedanke schnürt dir die Kehle zu.

Da! Wieder das Geräusch! Und wieder sitzt du aufrecht im Bett. Das Geräusch ist kein Standardgeräusch. Es gehört nicht zu den üblichen Geräuschen in dieser Wohnung. Es ist nicht das Anspringen der Heizungsanlage, nicht das Ticken der Küchenuhr, nicht das Rascheln, wenn Lars nebenan zu nah an der Wand liegt und seine Decke beim Umdrehen die Wand streift. Es ist ein anderes Geräusch. Ein Zischen irgendwie. Ein Summen? Du stehst auf, mit zittrigen Beinen. Was, wenn sie da sind, um dich zu vernichten? Dich und deine Familie? Du lauschst erneut. Das Geräusch ist immer noch da. Es kommt nicht aus der Wohnung, merkst du jetzt. Es kommt von draußen. Natürlich kommt es von draußen. Wenn sie das Haus anzünden wollen, kommt es von draußen! Mit einem Satz bist du am Fenster. Suchst die schwach erleuchtete Einfahrt nach einer Bewegung ab. Siehst die Mülltonnen, Lars' Fahrrad. Und dann fällt dein Blick nach rechts. Fällt auf Mamas Balkon. Und da ist es, das Feuer. Dein Herz verklumpt, du kannst dich nicht bewegen, es dauert ein, zwei Sekunden, dann endlich löst sich die Schockstarre auf. Du rennst los, willst schreien, aber das geht nicht. Stattdessen reißt du die Tür auf, hechtest über den Flur in Mamas Schlafzimmer, wirst geblendet vom Licht, das dort brennt, springst auf den Balkon – und bleibst dort wie erstarrt stehen. Da ist Mama im Nachthemd mit zerwuselten Haaren. Sie sieht krank aus. Oder schlimmer, sie sieht irre aus. Vor allem jetzt, da sie dich anlächelt und sagt „Ole!" In der Hand hält sie Papier –

Briefe, wie es aussieht – und sie steht vor eurem Grill. Dem Grill, auf dem ihr früher Würstchen gegrillt habt und Mais und Steaks. Auf dem ihr gegrillt habt zu Zeiten, als es eure Familie noch gab. Jetzt steht Mama da, völlig daneben, ohne Schuhe, ohne Socken, steht sie auf dem Balkon, und auf dem Grill brennt ein Feuer, in dem sie offenbar etwas verbrennt. Gerade jetzt legt sie hinein, was sie in der Hand gehalten hat. Das Feuer schluckt die Briefe, die sie ihm gegeben hat, die Flamme schießt hoch, verschlingt die Briefe und fährt dann wieder zusammen.

„Mama!", sagst du tonlos. Was sonst soll man sagen, wenn die eigene Mutter mitten in der Nacht auf einem Grill Briefe verbrennt? „Mama", sagst du und sie kommt auf dich zu. Beinahe weichst du zurück, aber du bleibst stehen, ganz fest und dann fällt sie dir in den Arm und sagt „Ole! Mein Ole!" Und dann weint sie und weint, und du riechst den Brandgeruch an ihrem Haar und an ihrem Nachthemd. Du merkst, wie sie zittert. Sie hat ja keine Schuhe an und keine Socken. Sie muss frieren mitten in der Nacht auf dem Balkon.

Du stehst da und hältst sie und weißt nicht, was schlimmer ist: Wenn einem von Bekloppten das Haus angesteckt wird oder wenn die eigene Mutter nachts auf dem Grill Briefe verbrennt.

30

Es war wie immer hektisch und viel zu eng im Badezimmer. Ich war mit dem Rasierer beschäftigt, Alexa kämmte sich die Haare, Marie plärrte durchs Haus, weil sie ihren Turnbeutel nicht fand. Trotzdem ließ mich ein Gedanke nicht los.

„Wie wirken eigentlich Anabolika?", fragte ich meine Gattin – schließlich war sie Tierärztin. Da spielten Anabolika doch auch eine Rolle!

„Ach Schatz, übertreib nicht! Es reicht, wenn du einfach

mehr Sport machst."

„Haha, es geht nicht um mich. Carsten Jäger hat gestern erzählt, jemand aus Kampmanns Mannschaft habe Anabolika genommen."

„Wie bitte?", Alexa hielt inne. „Um seine Trainingserfolge zu steigern?"

„Er ist in die Muckibude gegangen und hat das Zeug wohl eher dafür genutzt."

„Das passt auch besser. Anabolika steigern den Muskelaufbau und die Fettreduzierung. Gleichzeitig führen sie zu einer Verkürzung der Regenerationszeit. Das ist genau das, was Bodybuilder sich wünschen."

„Und beim Fußball gibt's kein Doping?" Meine Rasur war fertig. Ich fand, ich sah gut aus.

„Na ja, es ist halt keine typische Ausdauer- oder Kraftsportart. Andererseits hat es bereits Dopingfälle gegeben – und das ist kein Wunder. Die Leistungsanforderungen im Profi-Fußball sind sprunghaft gestiegen. Das könnte bei Nachwuchsspielern schon zur vermehrten Einnahme von Dopingpräparaten führen – nicht nur von Anabolika, sondern auch von Stimulanzien und Peptiden."

„Aha." Ich war mir sicher, dass Alex Paschewski sich nicht extra für den Aufstieg von Rot-Weiß Ermede fit gemacht hatte.

„Mama, Paul will nicht aufstehen!" Maries Stimme war im ganzen Haus zu hören. Ich konnte es meinem Sohn nicht verdenken. Wir hatten ihn am Abend zu lange Fußball gucken lassen.

„Stimmt gar nicht. Ich bin ja schon auf!" Die beiden begannen sich im Flur zu streiten. Ich redete mir ein, dass mir diese Geräuschkulisse fehlen würde, wenn die Kinder aus dem Haus waren.

„Anabolika sind also richtig gefährlich", kam ich auf unser Thema zurück, obwohl Alexa immer eiliger wurde. Sie musste pünktlich in der Tierarzt-Praxis sein.

„Auf jeden Fall. Die Einnahme kann alles Mögliche mit sich

bringen: Herzrhythmusstörungen, Kreislaufbeschwerden, Bluthochdruck, Nieren- oder Leberstörungen, Muskelkrämpfe – tausend Sachen halt. Bei Frauen treten zudem oft Vermännlichungserscheinungen auf, bei Männern Verweiblichungserscheinungen."

Ich schaute irritiert. Männlich aussehende Sportlerinnen kannte ich zur Genüge, aber weiblich ausschauende Sportler? Alexa sah meinen Blick.

„Na ja, anabole Steroide sind Abkömmlinge des männlichen Sexualhormons Testosteron. Frauen werden dadurch männlicher. Bei Männern wird überschüssiges Testosteron in Östrogen umgewandelt. Den Männern wächst deshalb eine weibliche Brust, die Hoden schrumpfen und die Samenproduktion wird beeinträchtigt."

„Uäah." Ich hätte mir beinah in den Schritt gefasst, um zu gucken, ob alles noch stimmte.

„Mama, mein Etui ist weg." Diesmal war es Paul, der etwas suchte.

„In der Küche!", rief meine Frau aus dem Badezimmer heraus. Alexa war erstaunlich flexibel. Sie konnte tausend Fragen auf einmal beantworten. Und dann auch noch selbst welche stellen:

„Meinst du, der Mord an Kampmann hat mit dieser Anabolikageschichte zu tun?"

„Keine Ahnung, aber interessant find ich's schon."

„Erzähl es mal Max!" Alexa gab mir einen Kuss. Auch das kriegte sie noch nebenbei hin. „Und vergiss nicht, dass heute Alte-Herren-Training ist. Du wolltest doch hin. Verbesserung der körperlichen Fitness ohne Verweiblichungserscheinungen."

„Ich hatte den Eindruck, *du* wolltest, dass ich hingehe – nicht ich."

„Da ist es nicht!" Paul hatte offenbar in der Küche nachgeguckt und sein Etui nicht gefunden.

Alexa verdrehte die Augen. „Ich dachte, Elfer hätte ihnen beigebracht, wie man seine Brocken zusammenhält!" Dann ging sie hinaus.

Die Erinnerung kam, als Alexa draußen war. *Du bist viel zu massig! Und du siehst aus wie eine Frau!* Ich fragte mich, ob Roland bei Elfer Verweiblichungserscheinungen aufgefallen waren. Und ob Elfer Anabolika nahm.

31

Er war nicht zu spät, trotzdem war er offenbar der Letzte, der zur Dienstbesprechung kam. Man begab sich allgemein auf die Plätze.

„Da ist ja unser Max!", sagte Jan Vedder. „Wieder alles frisch?"

Max war verunsichert. Mit welcher Krankheit hatte Ina ihn gestern entschuldigt? In dem ganzen Nolte-Tohuwabohu hatte er vergessen, seine Kollegin zu fragen. Besser, er setzte sich schnell.

„Oh, du kannst schon wieder sitzen?"

Erstaunt sah er auf. Jan hatte ein feistes Grinsen auf dem Gesicht. „Na ja, mit so einem Geschwür am Hintern ist nicht zu spaßen."

Allgemeines Kichern. Ina verkniff sich ein Lachen. Er würde gleich ein Hühnchen mit ihr rupfen – und mit Jan, dem alten Lästervogel, auch.

„Wir legen sofort los", Marlene wirkte angespannt. Nicht mal ein *Guten Morgen*!

„Es gibt viel zu tun. Ihr werdet gleich wissen, warum! Christian, drei Sätze zum Bericht der Rechtsmedizin."

Drei Sätze. Hier schien man es wirklich eilig zu haben. Kollege Christian wirkte entsprechend verunsichert. „Drei Sätze – also – ja ...“

War das bereits der erste Satz? Max sah, dass Marlene ungeduldig mit ihrem Kuli herumspielte.

„Dann nur das Wichtigste: Roland Kampmanns Leiche war heftig verkohlt, das haben wir ja schon beim letzten Mal auf den Bildern gesehen. Außerdem wies sie eine Fechter-stellung auf. Die Gelenke waren gebeugt aufgrund der Hitzeschrumpfung in der stärkeren Beugemuskulatur. Zudem waren die Handgelenke geöffnet, Finger- und Armknochen teilskelettiert – "

„Christian – Moment mal!", Marlene griff ein. Sie stand erheblich unter Strom. „Wir brauchen keine Beschreibung einer klassischen Brandleiche. Wir wollen wissen, was außergewöhnlich war!"

Warum machte sie es nicht selbst? Anstatt Christian dreimal zu stoppen, hätte sie selbst sagen können, worum es ging. Normalerweise tat sie das auch.

Christian riss sich zusammen. „Roland Kampmann wurde erstochen." Ein Raunen ging durch den Raum. Christian ließ sich dadurch nicht aus dem Konzept bringen. „Voraussichtlich mit zwei Stichen in den Brustkorb. Die Einblutung der inneren Organe war trotz der Verbrennungen nachweisbar. Außerdem wurde beim Einstich ein Rippenbogen verletzt. Die Klinge dürfte 15 Zentimeter lang gewesen sein."

In Marlenes Gesicht war ein „Geht doch" zu lesen.

„Der Todeszeitpunkt", setzte Christian fort, „lässt sich wiederum organisch kaum eingrenzen."

„Nun", nahm ihm die Chefin das Wort ab, „wenn der Brand gelegt wurde, um die Spuren des Mordes zu verwischen, dürfen wir – ausgehend vom Feuerwehrnotruf – von einer Tatzeit zwischen zwei Uhr dreißig und zwei Uhr fünfzig ausgehen."

Ina quatschte halblaut mit ihrem Nachbarn. Marlene warf ihr einen warnenden Blick zu.

„Als Arbeitshypothese halten wir daher fest: Kampmann wurde zwischen halb drei und drei in seinem Wohnzimmer mit einem Messer getötet, anschließend wurde das Haus angesteckt." Das ging zu schnell, merkte Max. Und alles war zu hypothetisch. Woher wusste man, dass Kampmann im Wohnzimmer getötet worden war? Vielleicht war er ja durchs halbe Haus geschleift worden. Spurentechnisch ließ sich nichts mehr nachweisen!

„Dass Kampmann spät in der Nacht noch im Wohnzimmer war", machte Marlene bereits weiter, „spricht dafür, dass er den Täter gekannt und sich im Wohnzimmer mit ihm aufgehalten hat. Eine andere Möglichkeit: Kampmann ist im Wohnzimmer vom Täter überrascht und niedergestochen worden."

„Ein Raubüberfall", sagte Ina.

„Das Thema hatten wir ja bereits in unserer letzten Besprechung", erklärte Marlene. „Aufgrund des Brandes ist nicht nachvollziehbar, ob aus dem Hausstand irgendetwas fehlt. Ein Raubüberfall ist daher nicht auszuschließen, aber aufgrund der ganzen Umstände auch nicht sehr wahrscheinlich. Kampmann hat völlig überraschend seinen Rückzug angekündigt. Wir waren uns einig, dass wir in diese Richtung weiterarbeiten wollten."

Ina nickte. Die Stimmung war extrem gespannt. Keiner wagte einen Einwand. Dabei fielen entscheidende Fragen unter den Tisch.

„Jan, hast du die Telefondaten vorliegen?"

„Nein, noch nicht da."

„Das ist nicht dein Ernst", Marlene funkelte ihn an. „Heute ist Mittwoch, ohne die verdammten Daten kommen wir nicht weiter."

„Ich hab alles versucht. Die wollen erst eine Einwilligung der – "

„Dann kümmere ich mich selbst drum."

Jan lehnte sich beleidigt zurück.

„Was ist mit dem Auto?", wandte sich Marlene, ohne mit der Wimper zu zucken, an Rolf, den Schweiger im Team. „Habt ihr da mehr herausfinden können?"

„Nein. Ein Anwohner hat an der Stiftstraße gegen viertel vor drei einen Wagen gesehen", erklärte Rolf für alle. „Das ist nicht weit vom Tatort entfernt. Ein heller Kleinwagen, der schnell unterwegs war. Automarke oder Nummernschild kann der Zeuge nicht nennen."

„Hat jemand das Alibi von Carsten Jäger überprüft?", nutzte Max die winzige Pause nach Rolfs Beitrag. Marlene warf ihm einen Blick zu, der nicht allzu freundlich war. Schließlich leitete *sie* die Sitzung.

„Ich!" Einer der ansässigen Polizisten meldete sich zu Wort. „Wir sollten ja auf Anweisung der Ermittlungsleiterin die Aussage prüfen – " Oh je, das wurde nichts mit einer knappen Antwort. Marlene spielte schon wieder verdächtig nervös mit ihrem Stift. „Die verdächtige Person Carsten Jäger hatte ja ausgesagt, auf der Jungschützenparty von Sankt Hubertus gewesen zu sein. Diese Party fand statt in der Halle – "

„Kommen Sie zum Punkt!" Marlenes Geduld hatte ein Ende. Der Uniformierte schaute sie verunsichert an. Der arme Kerl würde sich nie wieder für eine Mordermittlung melden.

„Also, der Punkt ist – ", er dachte krampfhaft nach. „Die Party war um zwei Uhr zu Ende. Ein Polizeieinsatz, weil sich ein Schlägertrupp dort eingefunden hatte, um Randale zu machen."

„Haben Sie jemanden gefunden, der anschließend noch mit Carsten Jäger zusammen war?", erkundigte sich Max.

„Seine Clique hielt sich wohl noch eine Weile vor Ort auf, um zuzuschauen, was sich dort tat. Nach viertel vor drei hat allerdings niemand mehr Carsten Jäger gesehen."

„Bisschen knapp", murmelte Ina.

Marlene ließ sich nicht irritieren. „Fahren sie hin zu ihm!", wies sie den Uniformierten an. „Und machen Sie ihm Feuer unter dem Hintern. Wenn er für die Zeit danach kein Alibi hat, nehmen wir ihn auseinander."

Der Streifenbeamte nickte eifrig. Offenbar hatte er das Gefühl, mit einem blauen Auge davongekommen zu sein.

Marlene wandte sich jetzt der neuen Kollegin zu. „Andrea, ein Wort zu dem Anruf von heute Morgen."

Max musste grinsen. Ein Wort, nicht drei Sätze. Marlenes Hektik ließ sich also noch steigern.

„Annabell Schüngel", erklärte die Neue. Es war deutlich erkennbar, dass sie nichts falsch machen wollte. „Eine ehemalige Klassenkameradin von Kampmann. Sie ist gestern Abend aus dem Urlaub gekommen."

„Ach so!", tönte Ina in den Raum. Sofort richtete sich die Aufmerksamkeit auf sie. „Wir haben ihr auf den AB gesprochen, nachdem uns ihr Name genannt worden war. Sie hat eine Woche vor dem Mord einen Abend mit Kampmann verbracht."

„So ist es!", murmelte die neue Kollegin. „Jetzt hat sie sich gemeldet und ist zu einem Gespräch bereit."

„Ina und Max, ihr übernehmt das!", ordnete die Chefin an. „Fahrt nach Hallenberg und kümmert euch drum!"

Ina verzog das Gesicht und nahm widerwillig von Andrea die Adresse entgegen. Max musste grinsen. Seine Kollegin würde demnächst Hallenberg-Führungen anbieten können.

„Macht euch am besten gleich auf den Weg!"

Max stand auf. Er war nicht böse, aus der angespannten Atmosphäre entfliehen zu können.

„Wir machen dann weiter mit den Ergebnissen der Spurensicherung", sagte Marlene noch, während sie hinausgingen. „Olaf, bitte drei Sätze dazu!"

„Ich weiß, woher dein Geschwür kommt", murmelte Jan, als Max an seinem Tisch vorbeikam, „vom dauernden Sitzen im Auto."

„Ich könnte dazu etwas sagen", stichelte Max zurück, „aber ich kriege das nicht in drei Sätze verpackt."

32

Die gute Nachricht war: Sie mussten gar nicht bis nach Hallenberg. Die schlechte: Bis nach Winterberg war es auch nicht viel kürzer. Annabell Schüngel wohnte zwar in Hallenberg, arbeitete aber in Winterberg. Sie wollte sie in der Mittagspause empfangen – und da das in der Arbeitsagentur nicht besonders gut ging, hatten sie sich in der Stadt verabredet. An der *Unteren Pforte*, hatte Annabell Schüngel gesagt und damit offenbar den Marktplatz gemeint, den Max und Ina jetzt vor sich hatten. Nur mit Mühe hatten sie einen Parkplatz gefunden und auch auf dem Platz war es gerammelt voll – mitten in der Woche.

„Haben die Holländer Urlaub?", grummelte Ina.

Max' Handy summte.

„Telefonier ruhig ein bisschen", sagte seine Kollegin ironisch, „ich suche schon mal unseren Kontakt."

Es war Vincent.

„Ich bin in Winterberg", eröffnete Max das Gespräch.

„Oh, wieder auf Tour! Und? Hat deine Kollegin auch diesmal schlechte Laune?"

„Hält sich in Grenzen. Ich glaube, sie ist hormonell über das Schlimmste hinweg."

„Häh?"

„Vergiss es. Was gibt's?"

„Wie war es gestern in Arnsberg?"

„Vergiss es noch mal."

„So schlimm?"

„Schlimmer. Hast du noch was auf dem Herzen?"

Max hörte geradezu, wie Vincent umswitchte von privat auf geschäftlich. „Es gibt Anabolika in der Fußballmannschaft. Einer von Kampmanns Spielern hat angeblich welche genommen. Und Elfer vermutlich auch. Du weißt schon – Pauls Trainer."

„Der Hundertprozentige."

„Ich nehme an, jemand hat ihm das Zeug aufgeschwatzt."

„Ist klar! Hat Kampmann davon gewusst? Wollte er es öffentlich machen?"

„So genau weiß ich das nicht. Für euch muss ja auch noch was bleiben."

„Firma dankt. Ich melde mich beizeiten."

Er drückte das Gespräch weg und sah sich nach seiner Kollegin um. Sie saß im Café. Gott sei Dank nicht dort, wo schon jetzt laute Musik gespielt wurde, sondern nebenan in einer Art Bistro namens *Täglich*. Am Nachbartisch saßen niederländische Biker. Das Gute daran: Sie sprachen kein Deutsch und konnten ihr Gespräch nicht verfolgen. Das Schlechte: Sie starrten Ina und ihre weibliche Gesprächspartnerin ungeniert an. Zwei hübsche Frauen – das war offensichtlich zu viel. Max hätte gern gesagt, dass zumindest eine ihre Tage hatte.

„Annabell Schüngel", stellte Ina vor, „und das ist mein Kollege Max Schneidt."

Als Max die grünen Augen sah, musste er an Karla denken – und dass sie ihm gestern zwar die Blumen, aber keine Entschuldigung abgenommen hatte.

„Frau Schüngel hat Roland Kampmann am vorletzten Samstag auf dem Sportfest getroffen", klärte Ina ihn auf. Die Frau war sehr ernst. Um nicht zu sagen, sie wirkte erschüttert.

„Roland und ich, wir haben uns ewig nicht gesehen", erklärte sie jetzt. „15 Jahre lang nicht. Oder noch länger. Und plötzlich stand er da, ganz allein auf dem Fest. Ich war total überrascht."

„Sie hatten früher guten Kontakt?"

„Wir waren zusammen auf der Realschule", erklärte Annabell Schüngel, ohne sie anzuschauen. „Ich hab für ihn geschwärmt, da war ich 15 oder so. Er war ein unglaublicher Mädchenschwarm früher. Es ist nichts daraus geworden. Nein, wir hatten keinen besonders engen Kontakt."

„Aber am Samstag haben Sie länger gesprochen?"

„Ich war so überrascht und hab ganz laut seinen Namen gesagt – und er war richtig froh, dass er jemanden zum Reden hatte. Er kannte kaum noch jemanden, hat er gesagt."

„Warum ist er überhaupt auf das Fest gekommen?", fragte Ina. „Er hat sich ja sonst nicht oft blicken lassen, in Hallenberg."

„Er hat gesagt, er hätte Urlaub und habe mal nach seinen Eltern schauen wollen. Das war überhaupt unser Thema. Roland war völlig geschockt, wie schlecht es seiner Mutter ging."

„Worüber haben Sie sonst noch gesprochen?"

„Alles Mögliche. Wir haben fast den ganzen Abend zusammen verbracht. Ich weiß nicht, wie ich das sagen soll –", Annabell legte den Kopf zurück und strich sich das Haar aus der Stirn, „es war so nett mit ihm. Er hat sich nach allem erkundigt. Wie es ist, hier zu leben. Wer noch in Hallenberg wohnt. Ob ich liiert bin."

Erst jetzt sah Max, dass sie den Kopf nur zurückgelegt hatte, um ihre Tränen zu verbergen. Er spürte, dass die Holländer weiter herüberschauten, zwang sich aber, seinerseits nicht hinüberzusehen.

„Vielleicht hört sich das komisch an", versuchte Annabell Schüngel sich weiter verständlich zu machen, „aber an diesem Abend war alles möglich. Es war ein Abend zum Lachen und zum Weinen. Verstehen Sie das?"

„Sie haben sich verliebt?"

Annabell Schüngel hatte jetzt deutlich mit Tränen zu kämpfen. „Ich meine, es war nur ein Abend. Aber – ja – ich gebe es zu – er ist mir nicht mehr aus dem Kopf gegangen. Vor allem, weil er sich wirklich interessierte. Hierher zurückzukommen, meine ich jetzt. Hier zu leben. Hier zu arbeiten ..."

„Moment, Moment", Ina beugte sich vor. „Roland wollte nach Hallenberg zurückkehren?"

„Nicht wirklich, aber vielleicht", die Frau suchte nach den richtigen Worten, „es entwickelte sich erst an dem Abend. Er sagte, er sei nicht glücklich, da, wo er sei. Es gebe da ein paar verkorkste Geschichten, und ich habe gesagt: Komm doch zurück! Und er meinte, wenn er mich sähe, würde er am liebsten sofort seine Koffer packen. Wissen Sie – so. So ein bisschen verrückt und nicht richtig ernst, aber doch irgendwie ernst. Ich habe ihm gesagt, ich bin für zehn Tage weg, aber wenn ich zurückkomme, melde dich mal. Und er meinte, das sei eine gute Idee. Und er wolle das mit seinen Eltern jetzt angehen. Er könne seinen Vater da nicht allein brutzeln lassen, er brauche Unterstützung. Mir hat das gefallen, dass er sich Sorgen machte, dass er Verantwortung tragen wollte. Mir hat das gefallen. Alles an ihm hat mir gefallen, und ich war fast etwas traurig, dass er am Ende – also dass er – einfach so fuhr."

„Dass er nicht bei Ihnen übernachtet hat, meinen Sie?" Ina brachte es immer so phantastisch auf den Punkt.

„Es war ein wunderbarer Abend, und ich hatte ein bisschen getrunken. Ja, ich hätte gern – verstehen Sie – wir haben so viel getanzt – und dann – aber er meinte, er wolle nicht immer dieselben Fehler machen. Er wollte nichts überstürzen."

Er wollte nichts überstürzen. Und jetzt war er tot! Dieser Gedanke hing über ihrem Tisch wie eine Wolke.

„Sie sprachen von verkorksten Geschichten", griff Max einen losen Faden auf. „Was meinte Roland Kampmann damit?"

„Das habe ich ihn auch gefragt. Ich habe gefragt: ‚Privat verkorkst oder beruflich verkorkst?' Er hat einen Moment nachgedacht – und dann hat er gesagt: ‚Beides!'"

„Beides", wiederholte Ina. „das heißt, er wollte sich beruflich verändern?"

„Irgendwie schon. Ich bin ja bei der Arbeitsagentur, und ich habe ihn spaßeshalber ein bisschen beraten. Ich habe gefragt, was er gern macht – und was nicht so gern – und ich habe ihm gesagt, er solle sich selbstständig machen. Marketing, Werbung, Webdesign – so was."

„Haben Sie nach dem Abend noch irgendetwas von Roland gehört?", fragte Ina.

„Wir hatten verabredet: Zehn Tage ohne Kontakt – und wenn wir dann noch aneinander denken, melden wir uns. Ich habe die zehn Tage fast pausenlos an ihn gedacht. Am Tag meiner Rückkehr wollte ich sofort anrufen – aber dann – noch während ich das Gepäck aus dem Auto holte, hat meine Nachbarin erzählt, dass der Junge von Kampmanns ..."
Sie begann zu weinen.

Ina und Max sahen sich an. Eine erstaunliche Geschichte. Und eine traurige dazu. Der Märchenprinz war am Horizont aufgetaucht – und dann wieder verschwunden.

Annabell Schüngel brauchte eine Weile, um sich zu beruhigen. Max versuchte, sie nicht anzustarren. Er starrte deshalb anderswohin. Auf den Kellner, der am Nachbartisch eine Bestellung aufnahm. Auf die Skulptur vom Winterberger Handelsmann, die er durch die Cafétische hindurch ausmachen konnte. Auf das stilvolle Hotel gegenüber, das er gern mit Karla ausprobiert hätte.

„Mir ist schon klar, dass ich mir da was zurechtphantasiert habe", sagte Annabell, während sie sich die Nase schnäuzte. „Roland ist bestimmt ein schwieriger Mensch. Soviel ich weiß, hat er seine Eltern ewig lang nicht besucht. Er kriegte keine ordentliche Beziehung auf die Reihe. Und was er sonst von sich erzählt hat, klang auch nicht alles toll. Ich glaube, er hatte einfach einen Hang zu verkorksten Geschichten."

„Er hat also doch von sich erzählt", Ina rückte näher heran, „von seinen Beziehungen? Oder von seinem Job?"

„Es waren eher alte Geschichten", Annabell Schüngel schien sich unbehaglich zu fühlen. „Zum Beispiel aus seiner Frankfurter Zeit."

„Was genau meinen Sie jetzt?" Ina kroch beinahe über den Tisch.

„Ich weiß gar nicht, ob ich das erzählen soll – ich meine, Roland ist tot. Ich finde es schofelig, wenn ich jetzt weitertratsche, was er mir anvertraut hat."

„Frau Schüngel, Sie haben es richtig erkannt: Roland Kampmann ist tot. Er wurde ermordet", Inas Stimme verriet, dass ihre Geduld nicht unendlich war. „Um herauszufinden, wer das getan hat, müssen wir möglichst viel über ihn wissen."

„Jaja, ich hab's ja auch kommen sehen, als ich den Anruf der Polizei auf dem AB gehört habe. Dass ich alles erzählen muss, meine ich jetzt. Es ist nämlich so – ", Annabell sah sie unglücklich an, „Roland hat in Frankfurt Spiele verschoben!"

33

Der gute Herr Kaiser verabschiedete gerade eine ältere Dame, als Ina und Max sein Büro betraten.

„Ich sende Ihnen die Unterlagen dann zu – wie besprochen."
Als der Versicherungskaufmann sie wahrnahm, verdunkelten sich seine Züge für einen Moment. Einen Augenblick später hatte er sich schon wieder gefangen, hielt seiner Kundin die Tür auf und war dann völlig für die Polizeibeamten da.

Max nahm zur Kenntnis, dass er wieder eine anständige Rasierwasserfahne mit sich herumtrug.

„Kriegt man bei Ihnen nur Versicherungen oder kann man auch Fußballwetten abschließen?" Inas Frage kam ohne jede Begrüßung. Sie fühlte sich von Bernd Kaiser verarscht. In einem solchen Fall kannte sie keine Gnade.

Der Angriff war erfolgreich. Er setzte sich einfach hin. Ina und Max nahmen ihm gegenüber Platz.

„Wir haben gerade eben mit Annabell Schüngel gesprochen. Sie erwähnte etwas, das Sie, Herr Kaiser, leider unerwähnt ließen."

Man konnte gut erkennen, wie es in Kaisers Kopf arbeitete.

„Tut mir leid, ich weiß nicht, wovon Sie sprechen."

Ina schaute den Versicherungskaufmann sehr aufmerksam an. „Da helfe ich Ihnen gern auf die Sprünge", sagte sie sanft.

„Roland Kampmann hat in Frankfurt Spiele verschoben. Und Sie wussten davon. Wahrscheinlich waren Sie sogar selber beteiligt!" Sie lächelte zuckersüß.

Kaiser färbte sich rot ein. Es war ihm deutlich anzusehen, dass er mit sich rang. Dass er hektisch nachgrübelte, welche Strategie die beste für ihn war. Schließlich hatte er sich entschieden.

„Das behauptet Frau Schüngel?"

„Sehr richtig. Das behauptet Frau Schüngel."

„Dann behauptet Frau Schüngel etwas Falsches!"

„Aha!" Ina lehnte sich provokativ auf Kaisers Schreibtisch. Klare Geste von Revierverletzung. „Da sind wir anderer

Meinung."

„Und was veranlasst Sie zu dieser – Meinung?", Kaiser lehnte sich zurück, wirkte aber trotzdem verkrampft. „Können Sie diesen Vorwurf irgendwie belegen?"

Max hatte es kommen sehen. Wenn man auftrat wie seine Kollegin, sollte man einen Trumpf im Ärmel haben. Hatte sie aber nicht. Anstatt zunächst zu recherchieren, hatte sie sofort nach Hallenberg zu Bernd Kaiser aufbrechen wollen. Und jetzt standen sie hier und wussten nicht weiter.

„Ich sehe, das ist nicht der Fall", Kaiser erhob sich. „Dann dürfte ich Sie bitten, mich wieder an meine Arbeit zu lassen. Ich habe zu tun."

Max ließ sich Zeit. Er blickte nach draußen. Sah die Kirche. Sah das Touristikbüro und den Eingang zum Kräutergarten gegenüber dem Café. Dann wusste er, was zu tun war.

„Wissen Sie was, Herr Kaiser?" Er lehnte sich gemütlich zurück. „Ob Sie es glauben oder nicht – ich komme aus einem Städtchen wie diesem. Und deshalb weiß ich, wie es in einem Städtchen wie diesem so läuft."

Kaiser setzte sich wieder. Er atmete schnell. Hatte wohl länger nicht trainiert.

„Morgen halten wir eine Pressekonferenz. Dann werden wir der Öffentlichkeit etwas mitteilen müssen. Sie können sich ja vorstellen – die Presse wünscht Informationen. Leider können wir ihr keinen Mörder präsentieren, aber wir haben etwas anderes für sie. Einen Überblick über die laufenden Ermittlungen." Max sprach wie ein Märchenonkel. Er war sich dessen völlig bewusst. „Wir werden berichten, dass wir eine Spur verfolgen, die in die Untiefen der Fußballwetten führt. Dass wir im Fall eines Hallenbergers ermitteln, der einstmals mit Roland Kampmann in der Zweiten Bundesliga Fußball gespielt hat. Vielleicht geht es um Bestechung. Vielleicht geht es um Betrug. Wir wissen es nicht."

„Das dürfen Sie nicht", schoss Kaiser los.

„Wir dürfen das nicht? Aber warum? Wir behaupten nicht, dass jemand schuldig ist. Und wir nennen keine Namen.

Können wir etwas dafür, wenn halb Hallenberg weiß, wer aus dem Ort damals mit Roland Kampmann in Frankfurt gespielt hat? Können wir etwas dafür, wenn Ihre Nachbarn uns hier haben hineingehen sehen? Können wir etwas dafür, wenn ein Wettskandal sich nicht mit dem Image eines Versicherungskaufmanns verträgt?"

Kaiser starrte Max an. Er überlegte. Er überlegte krampfhaft, ob er die Strategie wechseln sollte.

„Warum –", stieß er irgendwann verzweifelt hervor, „warum ist das denn überhaupt von Belang?"

„Alles ist von Belang", erklärte Max nur noch ein ganz klein wenig märchenonkelhaft. „Ich dachte, das hätten wir deutlich zum Ausdruck gebracht."

„Aber angenommen, es wäre wirklich so abgelaufen, wie Sie gesagt haben, dann läge das doch schon Jahre zurück. Wen sollte das dann heute noch interessieren?"

„Kommt darauf an, wie es abgelaufen ist", erklärte Max pragmatisch. „Und deshalb müssen wir wissen, wie es war – oder wie es gewesen sein könnte", fügte er bedeutungsschwer hinzu.

Kaiser überlegte wieder. Er überlegte sehr lange. Dann irgendwann blickte er hoch und schaute Max intensiv an. „Angenommen, es stimmte, was Sie sagen", er sammelte sich, nahm sich noch ein paar Sekunden Zeit, bevor er weitermachte „dann wäre es vielleicht so abgelaufen, dass Roland als Stürmer seine Torchancen nicht ausgenutzt hätte. Gemeinsam mit einem bestochenen Verteidiger, der den Gegner hätte durchlaufen lassen, hätte er so das ein oder andere Spiel beeinflussen können."

Jetzt war die Spielregel klar. Die Regel hieß Konjunktiv II. Die Regel hieß *wenn* und *hätte* und *wäre gewesen*.

„Verstehe", Max schmunzelte, „aber hätte das Kampmanns Ruf nicht auf ewig ruiniert? Nicht, weil man zwangsläufig die Absicht erkannt hätte, sondern einfach weil seine Leistung schlecht gewesen wäre?"

Kaiser konzentrierte sich. Er wollte nichts falsch machen. „Ich bin sicher", sagte er langsam, „als Spieler hätte man sich nur dann auf so etwas eingelassen, wenn die Karriere eigentlich vorbei gewesen wäre. Wenn man altersbedingt nichts mehr hätte erwarten können und man Signale bekommen hätte, dass man bestenfalls mal aushelfen dürfe."

„Wie viel hätte man auf diesem Wege verdienen können?"

Kaiser zögerte einen Moment. „Man hätte vielleicht 5000 bekommen, pro Spiel. Das wäre viel gewesen für einen Studenten."

„Das wäre es", stimmte Max zu, „aber für ein Elternpaar, das an Anstand und Ehrlichkeit glaubte, wäre es eine Katastrophe gewesen. Könnte ich mir jedenfalls vorstellen."

„Sehr richtig", stimmte Kaiser ein, „es wäre sicher ein Fehler gewesen, einen solchen Deal zu erwähnen."

„Wenn all das mehrfach passiert wäre, wäre es dann denkbar, dass im Nachhinein jemand eine Rechnung zu begleichen hätte? Jemand, der in die Geschichte mit involviert gewesen wäre?"

„Das glaube ich nicht", sagte Kaiser bestimmt. Dann erschrak er. „Ich meine, ich würde das nicht glauben. Unter Umständen wären ja damals sogar Ermittlungen gelaufen. Aber wenn da keiner gegen den anderen ausgesagt hätte, gäbe es jetzt auch keine offene Rechnung."

Max ließ sich das durch den Kopf gehen.

„Eine Frage noch", sagte er schließlich. „Wieder eine rein hypothetische Frage: Wenn jemand so etwas täte, würde er dann vielleicht auch versuchen, seinen Freund hineinzuziehen?"

Kaiser schaute ihn an. Max bildete sich ein, dass seine Augen glasig wurden.

„Vielleicht nicht als Spieler", sagte er schließlich, und seine Stimme zitterte leicht, „denn als Spieler wäre er ja vielleicht nicht mehr aktiv. Aber womöglich bäte er ihn, auf das Spiel zu wetten – um gleich doppelt zu verdienen. Und der Freund natürlich mit."

Max sah Kaiser fest in die Augen. „Und – würde der Freund

darauf eingehen?"

Kaiser brauchte einen Moment. „Gut möglich", sagte er dann, „gut möglich, dass er sich darauf einließe. Ein einziges Mal. Und das würde er ewig bereuen. Denn das, was man ihm eingeredet hätte, nämlich: das Geld sei in 90 Minuten leicht verdient, das würde nicht stimmen. Etwas anderes würde stimmen: Das Spiel ist nach 90 Minuten vorbei. Aber das, was danach kommt, das hört niemals auf."

Es folgte ein Schweigen. Max nahm wahr, dass Inas Mund offen stand. So etwas hatte sie mit Sicherheit noch niemals erlebt. Max selbst übrigens auch nicht.

„Ich könnte mir sogar vorstellen", sagte Kaiser ungefragt, „dieser Freund, wenn es ihn gäbe, würde nie wieder einen Fußball anrühren wollen. Er würde sich einen anderen Sport suchen. Vielleicht würde er Marathon laufen."

Eine Weile saßen sie da, ohne zu sprechen. Dann schließlich schob Max seinen Stuhl zurück. „In Ordnung", sagte er. „Ich danke Ihnen, Herr Kaiser, für Ihre hypothetische Einschätzung."

Kaiser blieb sitzen. Er wirkte paralysiert.

„Wenn wir noch Fragen haben, melden wir uns."

Beim Hinausgehen erst nahm Max eine Urkunde wahr. Bernd Kaiser hatte im vergangenen Jahr erfolgreich den Rothaarsteig-Marathon absolviert.

34

Ich ging tatsächlich hin. Und ich tat es für meine Frau, die mir mit Liebesentzug gedroht hatte. Ich fand das erschütternd, denn schließlich hatten wir ohne Bedingungen geheiratet. Ich konnte mich jedenfalls nicht an eine Passage erinnern, in der es geheißen hatte, „in leichten, aber nicht in schweren Tagen" – eher das Gegenteil. Im Übrigen fand ich sechs Kilo zu viel gar nicht so viel zu viel. Das war ein vorübergehendes, und damit vernachlässigbares Plus, auf das jede andere

Frau, wenn überhaupt, dezent reagiert hätte – zum Beispiel durch das Einkaufen fettreduzierter Milch.

Jetzt hockte ich hier auf dem Platz von Rot-Weiß Ermede, band mir die Turnschuhe zu und merkte bereits meinen Rücken, bevor das Training überhaupt losgegangen war. Meine Mitstreiter stachen mich zum Glück nicht durch übertriebene Sportlichkeit aus. Vielmehr hatte ich den Eindruck, dass ich in dieser B-Formation mit meinem läppischen Sechs-Kilo-Plus eher zu den Stans als zu den Ollis gehörte. Spielerpapa Rainer zum Beispiel trug ein knatschenges Trikot, welches die Kugel über seinem Hosenbund sehr stark betonte. Das Ganze sah aus wie eine Kugel Vanille. Die Krönung allerdings war Helmut Preuß mit seinen überaus stämmigen Beinen – dazu passend der Aufdruck auf seinem T-Shirt: *„Mehr als ein Sauerländer kann ein Mensch kaum werden".*

Mein persönliches Fazit: Beim Alte-Herren-Training sollte sich Alexa mal umschauen, dann würde sie wissen, was sie an mir hatte. Gut, es gab auch hier ein paar wenige, die fitter waren als ich, allen voran natürlich Andi, der prompt auch das Ruder in die Hand nahm.

„Ein neues Gesicht", kam er auf mich zu. „Schön, dass du dich aufgerafft hast."

„Elfer kommt nicht?", erkundigte sich einer, der über echte Littbarski-Beine verfügte.

„Nee", sagte Andi, „noch nicht wieder im Dienst. Ich schlage deshalb vor, wir laufen einfach ein paar Runden und spielen dann Sechs gegen Sechs."

Super Idee. Allerdings rechnete ich trotzdem fix aus, für wie viele Quadratmeter man dann zuständig war. Zu viele, soviel war mal klar. Und ein Sprint aus der Mitte zum Tor erschien mir so weit, dass er mir als abendliche Trainingseinheit eigentlich genügte. Andi dagegen ließ sich nicht beirren und setzte sich in Bewegung. Ich schloss mich im hinteren Bereich an und lief neben Helmut. Meine Leistungsklasse, schätzte ich.

„Du warst bei Elfer", begann er schon nach ein paar Metern

ein Gespräch.

„Stimmt", hechelte ich. „Du hast also auch mit ihm gesprochen?"

„Klar, ich wollte das nicht so stehen lassen – mit diesen Gerüchten. Und soll ich dir was sagen? Ich bin mittlerweile sicher: Da ist überhaupt nichts dran. Janine Wissmann hat ein paar Fetzen aufgeschnappt, diese völlig aus dem Zusammenhang gerissen und dann eine große Geschichte daraus gemacht."

„Den Eindruck hab ich auch." Ich beschränkte mich auf kurze Sätze, um mich nicht aus dem Atemrhythmus zu quatschen.

„Die Frau kann einfach nicht hinnehmen, dass ihr Sohn kein Lukas Podolski ist", Helmut schnaufte – erstens, weil er schon nicht mehr konnte, zweitens, weil er sich aufregte.

„Was meinst du damit?"

„Janines Sohn", erklärte Helmut. „Sie hält ihn für das siebte Fußballwunder, das unbedingt in Dortmund in die Nachwuchsförderung muss. Das Problem ist nur: Elfer sieht das ganz anders. Er weigert sich, Kevin nach Dortmund zu empfehlen. Überhaupt ist er der Meinung, es ist noch viel zu früh."

Ich war bass erstaunt, was Eltern für ihre Kinder so wollten. „Das heißt, sie wäscht dreckige Wäsche? Das wäre echt ein Ding."

„Das *ist* ein Ding", Helmut spuckte neben mir aus. Ich nahm mir vor, das nicht eklig zu finden, merkte mir aber trotzdem die Stelle, damit ich nachher nicht reintrat.

„Jetzt wird aber mal ordentlich gelaufen", Andi war plötzlich neben uns und spornte uns an. Ich fand es eigentlich ganz okay, wie wir so liefen. Trotzdem wollte ich mir keine Blöße geben und lief mit. Fünf Minuten später war ich völlig kaputt – und die Aufwärmzeit endlich beendet.

Ich legte mich mit ein paar anderen auf den Rasen und fühlte mich, als hätte ich die 90 Minuten schon hinter mir. Eigentlich musste ich jetzt nur noch für die Nachspielzeit durchmassiert werden. Andi teilte derweil die Mannschaften ein.

„Schon kaputt?"

Ich wälzte mich um, was vermutlich wenig elegant aussah. Yannik stand mit seinem Fahrrad am Spielfeldrand und hatte ein Grinsen auf dem Gesicht. Ich redete mir ein, dass er nicht nur mich anstänkerte.

„Nee, wir gehen noch mal eben die Spieltaktik durch", schnodderte ich. Ein paar meiner Mitspieler feixten. Andi hatte nun endlich die Einteilung klar. Ich war froh, dass nicht per *tip-top* gewählt worden war. Das hatte ich seit meiner Schulzeit in nicht allzu guter Erinnerung.

Ich kam in Andis Mannschaft und wir spielten quer. Leider hatte sich meine Schussfertigkeit in den vergangenen 30 Jahren nicht im Verborgenen weiterentwickelt. Meine Pässe kamen unpräzise und gurkig – oder überhaupt nicht, weil ich statt des Balls den Rasen trat. Yannik hielt das nicht davon ab, in regelmäßigen Abständen „Vincent vor, noch ein Tor!" zu brüllen, was in Anbetracht meiner Leistung einer Verhöhnung gleichkam.

Am Ende stand ich im Tor, weil man hoffte, dass ich dort weniger Schaden anrichten konnte. Und tatsächlich hielt ich mich dort besser. Nach einer Viertelstunde mit nur zwei Gegentoren und einem spektakulären Abstoß in den leeren Raum war das Training beendet.

„War doch gar nicht so schlecht", sagte Yannik, nachdem er endlich seinen Posten hinter dem Tor und an meinen Nerven aufgegeben hatte.

Ich selbst wischte mir den Schweiß von der Stirn und versuchte das Fußballtraining als Demutsübung zu werten, für die ich in einem VHS-Kurs mit fernöstlicher Thematik viel Geld gezahlt hätte. In Bezug auf die sportliche Tagesbilanz stellte ich fest, dass ich deutlich abgenommen hatte – allerdings weniger am Bauch als in Sachen Selbstbewusstsein.

„Trotzdem schön, dass du da warst!", brachte es Andi auf den Punkt. Er trug heute eine Sportbrille, die ungefähr so sexy war wie Max' normales Modell.

„Ja, fand ich auch", die Lüge knirschte zwischen meinen Zähnen.

Beinahe wäre ich kleinlaut abgezogen – dann entschied ich mich, noch einmal das Gespräch mit meinem Altherren-trainer zu suchen. Während also die Fußballkumpel zu ihren Autos abdampften, drückte ich mich herum, indem ich mir dreimal meine Turnschuhe neu zuband.

„Andi", nahm ich ihn anschließend beiseite, „hat es im Verein Stress wegen Anabolika gegeben?"

„Anabolika?" Andis Augenbrauen stiegen gen Himmel. „Wie kommst du denn darauf?"

„Jemand hat mir erzählt, ein Spieler aus Rolands Mannschaft habe welche genommen."

Andi dachte einen Moment lang nach. „Wer hat das gesagt?"

„Carsten Jäger."

„Der Typ, den Roland aus der Mannschaft geworfen hat?"
Ich nickte. Und sah, wie Andi das Gesicht verzog.

„Tut mir leid, Vincent, ich weiß nichts von Anabolika. Und ich bin mittlerweile etwas vorsichtig, wenn es um Ver-dächtigungen geht." Andi griff sich den Ball und stopfte ihn in eine Tasche.

Er hatte natürlich recht. Carsten Jäger war keine sichere Quelle. Im Gegenteil. Er war jemand, der Wut auf Kampmann hatte und unter Umständen einen Verdacht umlenken wollte. Auch die Überlegungen zu Elfer und sein plötzliches Muskelwachstum fand ich plötzlich nicht mehr so klar. Was wusste ich denn? Elfer hatte Kopfschmerzen gehabt. Und Schwindel. Das hatten bei warmem Wetter erstaunlich viele Leute. Ich kam mir plötzlich ziemlich dämlich vor.

„Vielleicht hast du recht", sagte ich, während wir uns in Richtung Autos bewegten. „Das ist ziemlich vage."

„Genau deshalb habe ich auch noch nicht mit der Polizei gesprochen wegen – du weißt schon."

„Wegen der Frau, mit der du Roland Kampmann gesehen hast?"

„Weißt du, die Frau hat drei Kinder und den passenden Mann. Stell dir vor, das war nur ein Techtelmechtel, dann hat die Frau nach meiner Aussage ein Riesenproblem."

„Du kannst um Diskretion bitten", wandte ich ein. „Außerdem ist ein Techtelmechtel gelegentlich ein Motiv für einen Mord."

„Jetzt hör auf!", Andi warf sich die Tasche über die Schulter, um sie besser tragen zu können. „Wenn's danach geht, gibt es wahrscheinlich mehrere Frauen, die Grund gehabt hätten, Roland umzubringen."

„War er so ein Frauenschwarm?"

„Ja klar, selbst die Chefin war hinter ihm her!" Ich blieb überrascht stehen. Andi ärgerte sich in dem Moment über seine Bemerkung, da er sie ausgesprochen hatte.

„Ulla Nolte war hinter Roland her?"

„Nein ... ja ... nein ...", Andi stocherte unwillig im Schotter herum. „Sie hat vielleicht ein bisschen für ihn geschwärmt. Mehr wollte ich damit nicht sagen."

Ich musste mir das mal eben vorstellen. Wie alt war Roland gewesen? 34, hatte in der Zeitung gestanden. Ulla Nolte war wie alt? Um die 50, schätzte ich – und nicht gerade der Botox-Typ, der sich bemühte, wie die eigene Tochter auszusehen.

„Hatten die beiden in der Firma miteinander zu tun?"

„Ja klar. Roland hat sich um die Filialbetreuung gekümmert – vor allem aber ums Marketing. Dazu gehörte vorwiegend Kleinscheiß: Werbegeschenke, die Homepage neumachen und so." Andi sagte das in einem Tonfall, der Interpretationen zuließ.

„Dafür ist er eingestellt worden? Für die Erstellung der Homepage?"

„Tja, warum ist er eingestellt worden?", Andi blickte in die Ferne, als wollte er endlich einmal die Landschaft betrachten. „Böse Zungen behaupten, er sei wegen seines Aussehens eingestellt worden – und weil er sich mit Fußball auskannte."

„Er war doch Betriebswirt oder nicht?"

„Ja schon, aber die allgemeinen Betriebsabläufe interessierten ihn wenig. Er konnte sich stundenlang mit Werbestrategien beschäftigen. Und da hatte er in Ulla Nolte natürlich eine nette Gesprächspartnerin."

Langsam tat sich ein Bild vor mir auf. Roland und die Chefin, wie sie sich fröhliche Werbesprüche ausdachten. Andi, Nolte und der Rest der Mannschaft, die die Kohle hereinholten. Das ließ Raum für den ein oder anderen Konflikt.

Mir kam plötzlich in den Sinn, was Schwester Gertrudis mir gesteckt hatte. „Wollte Kampmann eigentlich Firmennachfolger werden?"

„Firmennachfolger?" Andi sah mich entgeistert an. Dann lachte er künstlich los. „Das ist nicht dein Ernst! Roland konnte Luftschlösser, aber keine Schlachthäuser bauen."

„Was ist dein Job in der Firma?", wollte ich mein Bild vervollständigen.

„Nichts Besonderes – Buchhaltung und so", Andi sagte das einen Tacken zu selbstverständlich.

„Das heißt, du hast den besten Überblick."

Andi lachte gequält. „Das kann man so sagen. Daher weiß ich auch, was die neuen Firmenembleme gekostet haben, die sich Roland ausgedacht hat. Und der Messerblock, der unters Volk geschmissen wurde, als hätten wir Geld zu verschenken."

Der Sarkasmus in Andis Stimme machte eins klar: Strahlemann Roland hatte nicht überall für Sonne gesorgt. Bei Elfer nicht – und auch nicht bei Andi.

Andi schien meine Gedanken zu erraten. „Nicht, dass du das jetzt falsch verstehst", sagte er mit extra viel Schwung in der Stimme. „Mein Verhältnis zu Roland war okay. Ich habe meinen Job gemacht – und er seinen. Und wenn dazu auch die Unterhaltung der Chefin gehörte, ist das nicht mein Problem. Ich bin mit meiner Frau vollauf zufrieden." Er hatte einen Witz machen wollen – meine Begeisterung hielt sich in Grenzen.

„Echt!" Er boxte mir in die Seite und ging weiter zum Auto. „Rollo und ich haben uns sehr gut verstanden. Letzte Woche noch haben wir gemeinsam die Homepage gestaltet. Wir haben eine Siegerseite gemacht mit Animationen und allem Zipp und Zapp. So was hatte Rollo voll drauf. Er war der Mann für die Außenwirkung. So war das nun mal." Andi öffnete seinen Kofferraum und warf die Balltasche hinein.
Der Mann für die Außenwirkung. War das ein anderes Wort für *Blender?*
„Sag mal, machst du eigentlich demnächst das Training der Ersten?", wollte ich noch wissen.
„Wie kommst du denn darauf?", Andi hatte schon die Fahrertür in der Hand..
„Habe ich gehört."
„Nee nee, das tu ich mir nicht an. Es reicht, dass ich mich in der Firma immer neu beweisen muss – das muss ich dann nicht auch noch beim Fußball haben."
Er hob zum Abschied die Hand und stieg in sein Auto.
Sehr interessant! Andi musste sich in der Firma immer neu beweisen – ich war mir sicher, das gelang ihm besser, jetzt da Roland nicht mehr da war.

35

„Nett, dass du auch schon kommst", Marlenes Ton war schneidend, als sie ihn auf dem Flur abfing.
Max schaute auf die Uhr. „Hallo? Es ist zehn nach acht. Die Dienstbesprechung beginnt um halb neun."
„Das heißt nicht, dass du nicht schon eher kommen darfst. Wir stecken in einer Ermittlung, Max, ist dir das klar?"
Max konnte es nicht glauben. „Ina und ich haben uns die halbe Nacht durch Ermittlungsakten gekämpft, um Kampmanns Verwicklung in dieser Manipulationsgeschichte auf die Spur zu kommen."
„Das hättet ihr euch sparen können. Wir geben die Sache

weiter an das Frankfurter Betrugsdezernat."

„Das sagst du mir jetzt?"

„Ich kann nicht dauernd hinter dir hertelefonieren."

Max stellte mit Wucht seinen Rucksack ab. „Marlene hast du ein Problem mit meiner Arbeit?"

„Ich habe ein Problem damit, dass jeder sein Privatleben vorne anstellt."

Max konnte es nicht fassen. Er *hatte* überhaupt kein Privatleben. Nicht, seitdem er in diesem Job war. Es war unglaublich! Wegen SAU-Speed war er während einer Ermittlung ein einziges Mal abends ausgegangen und deshalb am nächsten Morgen ein einziges Mal zu spät gekommen – nun wurde er behandelt, als säße er den ganzen Tag beinebaumelnd im Schwimmbad. Erbost sah er seine Chefin an. Sie wirkte überarbeitet. Und missmutig. Irgendetwas stimmte nicht mit ihr.

„Es gibt zwei Möglichkeiten", sagte er schließlich und zwang sich zu einem ruhigen Tonfall, „entweder schaffen wir es, sachlich miteinander zu arbeiten – oder es bleibt mir nichts anderes übrig, als um meine Versetzung zu bitten."

Er sah seiner Vorgesetzten fest in die Augen. Marlene starrte zurück. Schließlich ermattete ihr Blick. „Tut mir leid, Max. Du kriegst da etwas ab, was überhaupt nicht für dich gedacht ist."

Für wen dann, fragte Max sich, sprach es aber nicht aus. Stattdessen versuchte er herunterzuschalten.

„Hat sich hier was ergeben?"

Marlene knetete ihre Schläfe. „Man hat uns endlich Kampmanns Handy-Daten zukommen lassen. Der letzte Anruf stammt von einer Frau. Nicole Hengsbach. Sagt dir der Name etwas?"

Max schüttelte den Kopf.

„Ich fahre jetzt dahin. Falls Jan so freundlich ist, in den nächsten Minuten zu mir zu stoßen", Marlene verzog merklich den Mund. „Ich wüsste nicht, wann eine Ermittlung jemals so holprig gewesen wäre."

Marlene schien überfordert. Max empfand durchaus Mitgefühl mit der Frau, die er einmal geliebt hatte, dennoch war es ihm unmöglich, ihr näherzukommen und sie zu trösten.

„Da bin ich, Chefin!" Jan Vedder schoss über den Flur. Im Gehen hängte er sich eine modische Hanftasche um. Er hatte ziemlich gute Laune. Zu gute Laune für Marlene, schätzte Max. Er behielt recht. Plötzlich wandte sich seine Chefin an ihn.

„Ich möchte, dass du uns begleitest", sagte Marlene.

„Ach!", entfuhr es Jan. Kein Wunder – Marlenes Aufforderung war ein Affront. Als Max sah, wie die gute Laune Jan mit einem Mal verließ, musste er an einen Luftballon denken, den gerade jemand angepiekst hatte.

○

Als es klingelt, schrecke ich hoch. Ich habe geträumt. Von Roland geträumt. Ich träume immer von Roland. Ich glaube, dass er so zu mir spricht.

Es klingelt noch einmal. Ich lausche in die Wohnung hinein. Einen Moment später geht Ole zur Tür. Es war ein Fehler, ihn zu Hause zu lassen.

Stimmen.

Lautere Stimmen.

Ich höre, wie die Haustür ins Schloss fällt. Ich will schon aufatmen, aber dann klopft es leise an meiner Tür.

„Mama?" Ole steckt seinen Kopf herein. „Da sind Leute von der Polizei. Die wollen dich sprechen." Ich höre die Besorgnis in Oles Stimme.

„Hast du sie abwimmeln können?"

„Nein, leider nicht." Ole kommt jetzt ganz herein und schließt die Tür hinter sich. „Die stehen noch vor der Haustür. Drei Leute auf einmal. Die wollen dich unbedingt sprechen."

„Aber meine Migräne ..."

„Habe ich gesagt. Aber darauf lassen die sich nicht ein." Ich nehme wahr, was Ole da sagt. *Darauf lassen die sich nicht ein.* Ole ist mein Verbündeter. Und mein Verbündeter kommt jetzt näher auf mich zu. „Die werden nicht gehen, Mama", sagt er. „Es ist besser, wenn du mit ihnen sprichst."

„Und du meinst nicht – "

„Nein", sagt Ole. „Du musst dich dem stellen. Du musst jetzt aufstehen und mit den Leuten reden."

„Du musst dich dem stellen." Sagt Ole, mein fünfzehnjähriger Sohn.

Er geht schon hinaus. „Ich werde sie jetzt ins Wohnzimmer lassen", erklärt er, bevor er die Tür zuzieht. „Zieh dir etwas Ordentliches an! Mach dich frisch! Nicht, dass die einen falschen Eindruck bekommen."

36

Max erlebte die Situation als sehr befremdlich. Ein Junge, der eigentlich in der Schule hätte sein müssen. Eine Mutter, die sich offenbar gerade aus dem Bett quälte. Die gespenstische Stille in der Wohnung. Vielleicht war all dies aber auch nur deshalb befremdlich, weil sie endlich da waren, wo die Ermittlung interessant wurde.

„Darf ich Ihnen etwas zu trinken anbieten?" Das war nicht normal. Der Junge nahm die Rolle des Gastgebers wahr. Er war der Mann im Haus. Der Versorger.

Misstrauisch musterte Max ihn. Er trug kurz geschnittenes Haar, was selten genug war. Max kannte nur noch Jungs mit halblangen Haaren, die sie sich ohne Unterlass aus der Stirn schwingen mussten. Ein T-Shirt, eine unspektakuläre Jeans, Hausschuhe an den Füßen.

„Ein Mineralwasser wäre gut", sagte Marlene und als er eine Flasche aus der Küche geholt hatte: „Warum bist du nicht in der Schule?"

„Mir war es heute Morgen kotzübel!" Er hatte die Antwort wohlbedacht. „Inzwischen geht es besser, aber da meine

Mutter auch schon seit ein paar Tagen flachliegt, dachte ich, wir haben Magen-Darm."

„Ich dachte, deine Mutter hat Migräne."

„Hat sie auch, aber sie hat auch mehrfach gebrochen – das kann ja auch von einem Infekt herrühren – oder eben von der Migräne."

„Deine Mutter liegt also seit Tagen flach. Seit wann denn genau?"

Der Junge überlegte. Max war sicher: Er überlegte einzig und allein, was die geschickteste Antwort war. Demonstrativ grübelnd schaute er in die Luft. „Ich glaube, seit Freitag."

„Dann war sie also am Samstag nicht beim Spiel von Rot-Weiß Ermede? Und nicht bei der anschließenden Aufstiegsfeier?"

Der Junge runzelte die Stirn. Offenbar merkte er, dass er einen Fehler gemacht hatte. „Stimmt, da war sie noch", fiel es ihm plötzlich ein. „Dann muss es Samstag gewesen sein. Samstagabend. Samstagnacht. Genau, jetzt weiß ich. Sie hat in der Nacht furchtbar gebrochen. Ich bin wach geworden, so gegen halb zwei. Weil Mama über der Toilette hing."

Max musste schmunzeln. Die Geschichte war präzise ausgedacht. Der Junge lieferte seiner Mutter schon im Vorhinein ein Alibi. Er wusste genau, was hier gespielt wurde.

„Ach, da ist sie ja."

Als Nicole Hengsbach den Raum betrat, wusste Max sofort, dass sie es hier mit einer Frau zu tun hatten, die um Roland Kampmann trauerte. Und zwar mit vollem Körpereinsatz. Offensichtlich hatte sie versucht, ihren Zustand mit etwas Schminke zu verbessern, aber der Lippenstift und das bisschen Rouge auf ihren Wangen machten nur umso deutlicher, in welchem Zustand die Frau sich befand. Die Haut durchscheinend, die Augen so verquollen, als hätte sie ab Samstag dauergeweint, der ganze Körper eine einzige Verspannung.

„Frau Hengsbach", Marlene stand auf. Max sah ihr an, dass sie das Gleiche dachte wie er. „Ihr Sohn hat uns freundlicherweise schon etwas zu trinken angeboten. Setzen Sie sich doch!"

Es war etwas schräg, dass Marlene der Gastgeberin eine Sitzgelegenheit anbot. Aber tatsächlich hatte man den Eindruck, diese Frau kippe gleich um. Sie ließ sich in einem Sessel nieder, ihr Sohn setzte sich auf ihre Armlehne. Er war wild entschlossen, seine Mutter um keinen Preis sich selbst zu überlassen.

„Vielen Dank, dass du uns so nett empfangen hast", wandte sich Marlene nun an ihn. „Aber jetzt würden wir uns lieber mit deiner Mutter allein unterhalten."

„Warum?" Die Frage kam prompt.

„Weil deine Mutter sich dann freier äußern kann." Die Antwort kam auch prompt.

„Meiner Mutter geht es nicht gut. Ich finde es nicht in Ordnung, wenn Sie – "

„Ole", seine Mutter legte ihm die Hand auf den Arm. „Vielleicht ist es wirklich besser, wenn du uns einen Moment allein reden lässt."

„Aber – "

„Du hast selbst gesagt: Ich muss mich dem stellen."

Der Junge wirkte verunsichert. Ihm war völlig bewusst, dass der Satz seiner Mutter nicht gerade geschickt war. Aber ihm war genauso bewusst, dass er das jetzt nicht mehr retten konnte.

„In Ordnung", sagte er schließlich. „Und wenn du mich brauchst: Ich bin in meinem Zimmer."

Er verließ das Esszimmer mit einem letzten Blick auf seine Mutter und verschwand hinter einer der Türen, die vom Flur abgingen. Max stand auf und schloss die Esszimmertür. Er war sicher, der Bursche würde sonst jedes Wort mithören.

Marlene nickte zustimmend und gab dann Jan ein Zeichen, dass er mitschreiben solle. Es dauerte einen Moment, bevor er in seiner Tasche zu kramen begann. Max konnte ihm das nicht mal verübeln. Affront Nr. 2.

„Frau Hengsbach, vielleicht ahnen Sie schon, warum wir hier sind", begann Marlene das Gespräch.

„Wegen Roland, nehme ich an." Die Stimme war flüsterleise. Jan räusperte sich, als wolle er darauf aufmerksam machen, dass mal jemand den Regler hochfahren müsse, wenn er hier mitschreiben sollte.

„Sehr richtig, wegen Roland Kampmann. Können Sie uns bitte sagen, in welchem Verhältnis Sie zu Roland Kampmann standen?"

Sie brauchte einen Moment für die Antwort. Max betrachtete indessen ihr Gesicht – und ihr fettiges Haar, das sie zu einem Zopf gebunden hatte. Sie war eine hübsche Frau – unter normalen Umständen betrachtet. Mitte Dreißig, schätzte Max. Dann allerdings hatte sie ihren Sohn sehr früh bekommen.

„Er ist Trainer in unserem Verein." Es war nur der totalen Stille in der Wohnung zu verdanken, dass man Nicole Hengsbach verstehen konnte.

„Aber nicht der Trainer Ihres Sohnes, nehme ich an."

„Nein, Ole spielt gar kein Fußball. Und der Große auch nicht mehr. Er hat mal einen Kreuzbandriss gehabt." Aha, es gab also noch einen älteren Sohn. „Aber Lars, der Kleine, der spielt in der F."

„Sie haben also drei Kinder?"

„Ja, drei."

„Die erziehen Sie allein?"

„Nein, mein Mann wohnt nur nicht hier. Also, er wohnt schon – ", sie verhaspelte sich und sprach dadurch endlich etwas lauter. „Er arbeitet in Halle an der Saale. Er ist nur am Wochenende zu Hause."

Max sah, wie es in Marlenes Kopf arbeitete. Es gab also einen Ehemann. Aller Wahrscheinlichkeit nach einen gehörnten Ehemann.

„Nur, damit ich Sie richtig verstehe: Sie sind durchaus noch mit Ihrem Mann zusammen und wohnen nur die Woche über getrennt? Wegen der Arbeit?" Marlene sah Nicole Hengsbach aufmerksam an. Die wurde noch etwas kleiner in ihrem Sessel.

„Ja, so kann man das sagen."

„So kann man das sagen."

Marlene spann ein Netz. Es war völlig offensichtlich, und Max empfand beinah so etwas wie Mitleid mit dieser Frau, die dort in sich zusammenschmolz und bald keine Antworten mehr haben würde.

„Frau Hengsbach, Roland Kampmann hat mit seinem Handy häufig eine Nummer gewählt, die auf Sie eingetragen ist."

Sie schluckte, sie wurde noch bleicher, sie wurde noch kleiner. Konnte sie ernsthaft geglaubt haben, das käme nicht heraus? Konnte sie ernsthaft geglaubt haben, wenn das Handy verkohlt sei, könne man die Ein- und Ausgänge nicht mehr zurückverfolgen? Hatte sie noch nie gehört, dass die Provider die Verbindungen speicherten? Und dass sie diese herausrücken mussten, wenn ein richterlicher Beschluss vorlag und man genug Druck ausgeübt hatte?

„Können Sie uns das vielleicht genauer erklären?"

Die Stille in der Wohnung war mit den Händen zu greifen. Sie war wie eine Masse, die die Wohnung ausgefüllt hatte.

„Wir haben Kontakt gehabt", brachte sie schließlich heraus.

„Das könnte man so sagen."

„Wir haben uns ausgetauscht."

„Aha."

Weiter kam nichts.

„Frau Hengsbach, vielleicht können Sie uns ein zweites Mal beschreiben, wie Ihr Verhältnis zu Roland Kampmann war?"

„Er ... Wir ..."

„Haben Sie ein Verhältnis gehabt?"

Keine Antwort.

„Frau Hengsbach, soll ich Ihnen die Liste mit Telefondaten vorlegen? Soll ich – "

„Ja, wir haben ein Verhältnis gehabt. Ja, wir haben uns geliebt."

„Und das durfte niemand wissen?"

„Mein Gott, ich habe drei Kinder. Ich bin verheiratet."

„Sie wollten also an Ihrer Ehe festhalten?"

„Ich … Roland … ich weiß nicht. Es war noch zu früh." Sie weinte jetzt. Marlene übersah es gekonnt.

„Wie lange waren Sie mit Roland Kampmann zusammen?"

„Seit einigen Monaten."

„Wie lange genau?"

Nicole Hengsbach tauchte ab. Max konnte sich vorstellen, wo sie sich befand. In den Erinnerungen an die erste Begegnung.

„Frau Hengsbach?"

„Im November", ihre Stimme zitterte. „Im November sind wir zusammengekommen."

„Und da konnten Sie immer noch nicht absehen, ob es etwas Ernstes war? Etwas von Dauer?"

„Die Kinder … sie hätten das nicht verstanden. Sie hängen sehr an ihrem Vater. Und Roland wusste das. Er war sehr vorsichtig. Er wollte nichts falsch machen."

„Das heißt, Sie haben sich ausschließlich heimlich getroffen?"

Nicole Hengsbach nickte.

„Wo?"

„Bei ihm." Mehr geflüstert als gesprochen.

„Wo?"

„Bei ihm", wiederholte sie lauter. Und verzweifelter. „Oder draußen. Manchmal haben wir uns außerhalb getroffen und sind spazieren gegangen."

„Und im Verein haben Sie vorgespielt, dass Sie sich kaum kennen."

Wieder nickte sie nur.

„Frau Hengsbach?"

„Ja."

„Wie oft haben Sie sich getroffen?"

„Das war unterschiedlich. Manchmal dreimal in der Woche. Manchmal gar nicht. Das hing davon ab."

„Wovon hing das ab?"

„Wie es mit den Kindern ging. Was Roland vorhatte."

„Was hatte Roland denn vor? Wann konnte er sich nicht mit

Ihnen treffen?"

„Wie meinen Sie das?"

„Ich möchte wissen, was Roland Kampmann sonst noch trieb. Womit er seine Zeit füllte."

„Er arbeitete viel."

„Für Nolte."

„Natürlich. Manchmal hat er bis spät abends zu Hause an etwas gesessen. Er wollte Noltes Betrieb größer machen. Erfolgreicher."

„War das in Noltes Sinne?"

„Natürlich. Nolte hatte auf jemanden wie Roland gewartet. Roland hatte Ideen. Und er hatte Lust, etwas Neues zu probieren."

„Warum wollte er dann weg?"

Nicole Hengsbach schaute Marlene an, als hätte sie die Frage nicht verstanden.

„Frau Hengsbach, warum wollte er weg? Er hat bei der Aufstiegsfeier seinen Abschied verkündet. Warum?"

„Das weiß ich doch nicht." Wieder nur ein Wispern.

„Wie bitte?"

„Ich weiß es nicht." Sie sprach kaum lauter.

„Was soll das heißen, Sie wissen es nicht?"

„Ich habe keine Ahnung!" Nicole Hengsbach schlug sich die Hände vors Gesicht. „Ich habe es an dem Abend doch selbst erst erfahren."

„Haben Sie deshalb in der Nacht versucht, ihn zu erreichen?"

Keine Antwort mehr. Das würde dauern.

⬯

Ich kann nicht mehr. Keine Minute länger. Merken die das nicht? Meine Kehle ist zugeschnürt. In meinen Ohren rauscht es. Ich höre sie kaum. Ich höre sie nur mehr aus der Ferne.

„Sie werden doch eine Ahnung haben, was da im Gange war!

Sie werden doch gewusst haben, warum Roland Kampmann diese Ankündigung machte."

Ich sehe alles verschwommen. Die Frau, die zwei Männer, alles verschwommen.

„Frau Hengsbach, ich kann nicht glauben, dass Ihr Liebhaber Sie nicht eingeweiht hat!"

Mein Liebhaber. Roland. Mein Liebhaber. Liebhaber-Roland. Roland hatte mich lieb, sagt die Frau.

Sie legt jetzt die Hände an die Stirn. Sie denkt nach, die Frau. Was denkt sie? Denkt sie an Roland? Fragt sie sich, ob Roland mich liebgehabt hat?

„War es eine Entscheidung, die mit Ihnen zusammenhing? Haben Roland Kampmann und Sie sich vorher getrennt?"

Meint sie mich? Sie kann mich nicht meinen. Sie meint jemand anderen. Jemanden, der sich von Roland getrennt hat. Ich würde doch nicht ...

Ich möchte meine Kinder dahaben. Ole, der sich um mich kümmert. Und Robin, der im Moment viel zu Haus ist, weil er merkt, wie schlecht es mir geht. Und Larsi natürlich, meinen Lars. Ich möchte ihm über die Haare streichen. Was gäbe ich, wenn Lars jetzt in meinem Arm liegen könnte.

„Frau Hengsbach, hören Sie mir zu?"

Ich sehe sie an und sehe sie nicht an. In meinen Ohren rauscht es.

Die Frau spricht mit den Männern. Man reicht mir ein Glas. Ich trinke. Das Wasser ist kalt.

„Frau Hengsbach, geht es Ihnen besser?"

„Könnte ich noch ein Glas haben?"

Ich trinke ein weiteres Glas. Ich fühle mich besser. Das Rauschen ist weg.

„Frau Hengsbach, ich frage noch einmal. Hat es Streit gegeben zwischen Ihnen und Kampmann? Hat Roland sich zurückgezogen? Wurde es ihm zu viel mit den Kindern?"

Die Frau spricht alles aus. Sie formuliert meine schlimmsten Gedanken.

„Wir hatten keinen Streit", bringe ich hervor. Ich muss mich konzentrieren. Ich muss das hier schaffen. Es wird nicht mehr lange dauern. Dann ist es vorbei.

„Wann hatten Sie denn zum letzten Mal Kontakt?"

Ich versuche nachzudenken. „Ich weiß nicht", sage ich schließlich. „Es ist schon länger her."

„Frau Hengsbach, Sie waren zur Aufstiegsfeier, wahrscheinlich auch beim Spiel. Worüber haben Sie mit Roland am Samstag gesprochen?"

„Gar nicht." Ich versuche, gleichmäßig zu atmen. Ich versuche, gleichmäßig zu antworten.

„Wie bitte?"

„Ich habe gar nicht mit ihm gesprochen. Roland hatte zu tun."

„Aber am Freitag. Haben Sie sich am Freitag gesehen?"

„Nein. Roland hatte keine Zeit. Er wollte sich auf den Samstag vorbereiten."

„Donnerstag?"

„Nein. Wir haben uns am Dienstag gesehen. Aber nur kurz."

„Warum nur kurz?"

„Roland hatte nicht viel Zeit."

„Hatte er nicht viel Zeit? Oder hatte er nicht viel Zeit für Sie?"

Ich kämpfe gegen die Flut. Mehr solcher Fragen halte ich nicht aus.

„Er hatte sich freigenommen. Er war viel unterwegs. Er wollte sein Haus ausmisten. Und noch mehr trainieren."

„Frau Hengsbach, er hatte die Woche über frei, aber keine Zeit, Sie zu sehen. Ein letztes Mal: War zwischen Roland Kampmann und Ihnen alles in Ordnung?"

Ich verliere den Kampf. Die Tränen kommen. Nichts war in Ordnung, Roland plötzlich weit weg.

„Wir haben telefoniert", schaffe ich irgendwann zu formulieren.

„Wann?"

Ich denke nach. Ich brauche ewig. Ich denke nach. Und dann weiß ich: „Am Freitag."

„Sie haben am Freitag telefoniert. Worüber haben Sie mit Roland gesprochen?"

Ich versuche mich zusammenzureißen. Ziehe die Nase hoch. Verwische die Tränen. Einer der Männer reicht mir eine Packung Papiertaschentücher. Ich schnäuze mich. Gleich ist alles vorbei.

„Ich habe ihm Glück gewünscht."

„Und sonst?"

„Sonst nichts."

Sie fragt nicht weiter. Vielleicht liest sie meine Gedanken? Vielleicht liest sie, dass ich selbst unsicher war. Dass ich nicht wusste, ob Roland mich noch will. Dass ich verging an Sätzen wie „ ... *ich weiß nicht, ob es noch Sinn hat* ...", „ ... *kümmere dich erst mal mehr um deine Kinder* ..."

„Hatten Sie den Eindruck, dass mit Roland Kampmann irgendetwas nicht stimmte? War er nervös? Unsicher? Hatte er Ängste?"

„ ... *mir wächst das alles über den Kopf. Erst mal den Aufstieg, dann sehe ich weiter* ..."

„Den Eindruck hatte ich nicht."

„Frau Hengsbach, welches Auto fahren Sie?"

„Einen Passat. Einen dunkelgrünen Passat."

„Dann sagen Sie uns bitte noch, wo Sie sich in der Nacht von Samstag auf Sonntag aufgehalten haben."

Die Tür öffnet sich. Ole steht plötzlich im Raum. Er wirft mir einen Blick zu, den ich nicht einordnen kann. „Hallo Mama", sagt er, und seine Stimme ist fest, „ich wollte nur schauen, ob hier alles okay ist."

37

Sie blieben draußen stehen. Keiner wollte sofort ins Auto.

Marlene strich sich durchs Haar. Lehnte sich an die Beifahrertür.

„Irgendwie gruselig", sagte Jan. Zumindest hatte er den

Ärger vergessen.

Alle ließen die Konstellation auf sich wirken. Alle stellten sich eine Frage: Hatten sie gerade eine Frau erlebt, die ihren Geliebten verloren hatte? Oder eine Frau, die ihren Geliebten umgebracht hatte?

„Wir haben zu wenig", sagte Marlene irgendwann. „Keine Spuren, keine Indizien. So geht das nicht." Sie schloss die Augen. Man hätte denken können, dass sie die Frühlingssonne genoss. In Wirklichkeit beamte sie sich wahrscheinlich gerade auf einen anderen Planeten.

Max wollte etwas sagen, aber er fühlte sich genauso ratlos wie seine Kollegen. Nicole Hengsbach hatte ein Alibi. Von ihrem Sohn, der nichts anderes im Sinn hatte, als die Familie zusammenzuhalten.

„Das stinkt doch zum Himmel", sagte schließlich Jan. „Sie hat als Letzte mit Kampmann gesprochen –"

„Mit seiner Mailbox", widersprach Max.

„Und sie hat ein klares Motiv", überging sein Kollege den Einwand, „denn der Typ hat Adieu gesagt, das liegt doch auf der Hand."

„Ich weiß nicht – ", Marlene öffnete die Augen und kam zurück in den Job.

Jan schüttelte den Kopf. „Kampmann hat am Wochenende zuvor mit dieser Klassenkameradin angebändelt, er sah offenbar in der Firma keine Perspektive und hatte dann noch diese Mutter von drei Kindern am Hals. Der wollte sich absetzen – und hat damit seine Geliebte in Rage gebracht."

„Und der Sohn?"

„Will sie decken – ganz klar."

„Jan, wir haben nichts in der Hand. Außerdem –", Marlene legte die Hand an die Stirn, „ – ich sehe das nicht. Ich sehe nicht Nicole Hengsbach zu Kampmann fahren und mit dem Messer auf ihn losgehen."

„Du siehst das nicht?"

„Nein, ich sehe das nicht."

„Ich sehe das sehr gut. Die Frau ist kräftig. Und die Frau ist verzweifelt. Sie hat gerade auf der Feier Kampmanns Abgang erlebt. Sie versucht ihn anzurufen, aber er geht nicht dran. Sie fährt mit dem Auto zu ihm, stellt ihn zur Rede. Er sagt, er habe jemanden kennengelernt. Jemanden, der keine Kinder hat. In Hallenberg. Dorthin will er zurück. Alles, was sie sich zusammengeträumt hat, zerfließt. Er will keine Zukunft mit ihr. Sie greift zu einem Messer."

„Das hat sie dabei?", wollte Max wissen.

„Nein, das ist in der Küche, also gleich nebenan, drei Meter entfernt. Sie holt das Küchenmesser und sticht zu. Anschließend setzt sie die Bude in Brand."

„Mit welchem Benzin?"

„Den Kanister hat sie im Auto. Manche Leute fahren immer mit einem Ersatzkanister herum."

„Und jetzt?"

„Jetzt ist sie verzweifelt. Ihr habt sie gesehen. Sie hat einen Menschen getötet, ihren Geliebten. Die Ehe mit ihrem Mann ist im Eimer. Sie hat keine Zukunft."

Schweigen kehrte ein. Sie ließen das wirken. Dann surrte plötzlich das Handy in Max' Jackentasche. Es zeigte eine Nummer an, die er nicht kannte.

„Max Schneidt."

„Hier ist Silvia."

Es ratterte in Max' Schädel. „Silvia?"

„Wie Silvia Neid." Jetzt klickte es – SAU-Speed! Max war mit einem Mal sehr aufgeregt.

„Ich rufe an, weil ich eine Information für dich habe. Eine berufliche Information. Karla hat mir netterweise deine Nummer gegeben, weil ich glaubhaft machen konnte, dass ich dich dringend sprechen muss."

„Verstehe." Allein die Erwähnung von Karla sorgte bei Max für ein Kribbeln in der Magengegend.

„Nur, damit du dir keine Sorgen machst, dass ich dir nachstelle."

Es war unglaublich, dachte Max. Sieben mal sieben Minuten. Wie viele Menschen hatte er in dieser Zeit vor den Kopf gestoßen – zum Beispiel dadurch, dass er anschließend kein Interesse an ihnen signalisiert hatte?

„Wenn das soweit klar ist, sage ich dir nun den Grund meines Anrufs. Ich habe etwas entdeckt." Silvias Stimme schlug jetzt um. Von kühl-distanziert zu aufgeregt-wichtig. Es war angenehmer, sie in diesem Tonfall reden zu hören. „Ich habe nach unserem Gespräch im Internet recherchiert. Mich hat das interessiert mit Roland Kampmann. Und ich habe etwas Unglaubliches gefunden. Das musst du dir ansehen."

„Jetzt sofort?"

„Jetzt sofort. Kannst du in einer Stunde in Finnentrop sein?"

Max sah auf die Uhr. „Ich gebe mir Mühe."

„Theodor-Fontane-Straße. Das gelbe Haus am Ende der Stichstraße. Ich werde dann heute ausnahmsweise meine Mittagspause zu Hause verbringen."

„In Ordnung." Max konnte nur hoffen, dass Marlene das auch in Ordnung fand. Und dass sie nicht fragte, warum es nicht einfach ein Link tat.

„Aber eins noch, Max, damit das ganz klar ist. Ich locke dich nicht hierher, weil ich irgendwas von dir will. Es geht mir nur um die Information. Und die ist brandheiß."

„Ist klar", erwiderte Max. „Brandheiß – und rein beruflich."

38

Alexa und ich waren zusammen mit Paul zum Training gefahren. Weil Paul sehr unsicher war. Weil wir gern gewusst hätten, ob Elfer Anabolika nahm. Und weil wir noch den Hund ausführen mussten.

Die größte Überraschung: Elfer war da. Und er war nicht nur da. Er war voll da. Zwar hatte er noch immer rotunterlaufene Augen, aber er strahlte Selbstbewusstsein aus und wandte sich zunächst an uns Eltern. Es war ja schon auffällig, dass so viele Mütter und Väter bei einem banalen Training am Spielfeldrand standen. Wenngleich Janine Wissmann wohlweislich fehlte.

„Es ist über mich geredet worden", erklärte Elfer mit fester Stimme, nachdem er sich vor uns aufgebaut hatte. Er trug eine Trainingshose. Und ein Trikot von Rot-Weiß.

„Ich hab davon gehört, während ich zu Haus eine Grippe auskuriert habe. Ich kann nur eins sagen: Diese Gerüchte sind Bockmist. Wenn hier irgendjemand ein Problem hat – mit mir oder mit meiner Arbeit, dann soll er kommen und mich ansprechen, aber nicht dumm in der Gegend rumquatschen." Er sah auf seine Jungs. „Und jetzt wird Fußball gespielt."

Er verlor kein weiteres Wort, sondern drehte sich um und nahm seine Jungs mit auf den Platz.

„Sehr souverän von Elfer", lobte Alexa, als wir uns kurz darauf mit dem Hund zu einem Spaziergang aufmachten, „einfach den Wind aus den Segeln nehmen. Gute Strategie."

„Vielleicht war er passend gedopt", parierte ich flapsig.

„Hallo Alexa!" Es war Yannik, der da rief. Yannik auf dem Fahrrad. Er war uns gefolgt und hielt jetzt neben uns an.

„Hallo Yannik!"

Alexas Kumpel strahlte. „Elfer ist wieder da!"

„Ja, hab ich gesehen. Wie geht's dir, Yannik?"

„Eigentlich gut. Aber eigentlich schlecht. Hast du das mit Roland gehört?"

„Mit Roland, ja klar, habe ich gehört."

„Ich hab ein Autogramm von ihm. Willst du mal sehen?"

Ich wollte nicht ungeduldig sein. Aber wenn ich ehrlich war, wäre ich gern einfach eine halbe Stunde mit Alexa spazieren gegangen. Meine Frau schien das zu spüren und drückte leicht meine Hand. Yannik holte den mir bekannten Zettel heraus.

„Ist keine echte Autogrammkarte", sagte Yannik zerknirscht, „ist eigentlich nur'n alter Zettel."

„Roland Kampmann", las Alexa vor, als wäre das bei einem Autogramm eine echte Überraschung. Dann drehte sie den Zettel um und las, was auf der Rückseite geschrieben stand. „Die Vereinsgeschichte", sagte sie schließlich.

Sie zeigte mir den Zettel. Eine Aufstellung über die Vereins-aktivitäten der Jahre 2006 bis 2010. Für jedes Jahr waren die wichtigsten Ereignisse stichwortartig aufgeführt – vom *Jugendlager auf Borkum* bis zur *Müllsammelaktion*. Mein Blick blieb am *Hilfstransport nach Rumänien* hängen. Er hatte jedes Jahr stattgefunden – und war jeweils mit einem grünen Textmarker angestrichen worden.

„Könnte der Zettel wichtig sein?", überlegte Alexa.

Da hatte ich meine Zweifel. Andi hatte erzählt, dass er und Roland die Homepage überarbeitet hatten. Wahrscheinlich stammte der Ausdruck von dieser Aktion.

„Eher nicht. Andererseits: Bei dem wenigen, was man nach dem Brand von Kampmann zurückbehalten hat, ist vielleicht jeder Fitzel von Belang."

Alexa wandte sich an ihren Freund. „Meinst du, Yannik, ich kann dein Autogramm eine Weile behalten?"

„Behalten?" Auch wenn Yannik die Aufmerksamkeit, die seinem Autogramm geschenkt worden war, gerade noch ge-nossen hatte – jetzt war er mit einem Mal wenig begeistert. „Warum?"

„Ich möchte es jemandem zeigen", erklärte Alexa. „Das dauert nicht lange. Danach kriegst du es zurück."

Yannik wog ab. „Das ist wertvoll", erklärte er dann. „Vor allem, weil Roland jetzt tot ist."

„Ich werde gut Acht darauf geben", versprach Alexa.

Yannik überlegte. „In Ordnung", sagte er dann, „und jetzt hab ich leider keine Zeit mehr für euch", er schwang sich auf sein Rad. „Ich will doch beim Training zuschauen." Nach ein paar Metern drehte er sich aber doch noch einmal um. „Passt gut darauf auf!"

39

Marlene war nicht begeistert gewesen, dass Max für mehrere Stunden verschwand, schließlich gab es tausend Sachen zu tun. Nicole Hengsbach sollte durchgecheckt werden – inklusive einer Befragung der Nachbarn, wann sie in der Tatnacht nach Haus gekommen war. Eine Hausdurchsuchung musste eingeleitet werden, zudem stand eine Überprüfung des Ehemannes an. Ganz nebenbei würde die Auswertung der Telefondaten viel Zeit kosten. Max war froh gewesen, dass er sich nach Finnentrop hatte absetzen können.

Dort angekommen suchte er an der Haustür das Klingelschild *Neid*, bis ihm auffiel, dass da erstens etwas nicht stimmte und dass er zweitens ein Problem hatte. Er wusste Silvias Nachnamen nicht. Am Ende gab es nur ein einziges Schild mit dem Anfangsbuchstaben S: *S. Radke* – das musste sie sein.

Silvia Radke, nicht Neid, trug eine weiße Bluse und eine langweilige graue Bundfaltenhose. Das war ihr Zugeständnis an den Job, so schien es Max. Dazu trug sie immer noch das bunte Bändchen ums Handgelenk. Das war wahrscheinlich ihr wahrer Charakter.

„Danke, dass du angerufen hast", meinte er, während er in den Flur trat.

Silvia schloss die Tür. „Gut, dass Karla deine Nummer herausgerückt hat."

„Karla", murmelte Max und nutzte dann die Gelegenheit. „Kennst du sie näher?"

„Was heißt näher?", Silvia zuckte mit den Schultern. „Ich hab diesen SAU-Speed schon zum zweiten Mal mitgemacht. Beim ersten Mal habe ich eine Weile mit ihr geplaudert. Wie das abläuft und so."

„Und – ist sie nett?"

„Ganz in Ordnung. Sie hat mir gestanden, dass sie den SAU-Speed nur eingeführt hat, um einen Überblick zu bekommen."

„Einen Überblick worüber?"

„Was auf dem Markt so zu haben ist."

Max brauchte einen Augenblick, um diese Information zu verarbeiten. Karla war dreister, als er gedacht hatte. Oder schlauer. Es kribbelte trotzdem noch immer im Magen.

„Jetzt stehen wir hier im Flur herum", hörte er Silvia sagen, „und haben uns noch gar nicht richtig begrüßt. Schön, dass du da bist!"

Sie sah ihm intensiv in die Augen. Nach drei Sekunden wurde Max unbehaglich zumute. „Du sagtest, du hättest nur eine Stunde Zeit – dann machen wir uns besser an die Arbeit."

„In Ordnung", sagte sie nach einem Zögern. „Hier drüben ist mein Arbeitszimmer."

Das Arbeitszimmer haute Max um. Vor allem, weil es in erster Linie kein Arbeitszimmer war, sondern eine Folterkammer. In dem riesigen Raum, der wohl eher als Wohnzimmer vorgesehen war, waren High-Tech-Fitnessgeräte untergebracht. Ein riesiger Multifunktionsturm, der von vier Seiten beturnt werden konnte, zog die ganze Aufmerksamkeit auf sich. Die erste Station war zum Gewichtestemmen da, an der zweiten konnte man einen Crosstrainer nutzen. Die dritte bot eine Rudermaschine, an der vierten hingen Seile herunter. Max konnte nur ahnen, wofür sie gedacht waren. Im schlimmsten Fall konnte man sich daran erhängen, wenn die Leistung nicht ansprechend war.

Im Vergleich zu diesem hochtechnisierten Teil war Vincents Gerät ein Klapprad auf Stützen.

„Holla!", war das Einzige, was Max einfiel.

„Ist ganz neu", erklärte Silvia. Es hörte sich fast ein bisschen entschuldigend an. „Ich muss einfach mehr für meinen Oberkörper tun."

„Aha." Max konnte nicht umhin, ihren Oberkörper anzuschauen. Silvia wie Silvia Neid war gertenschlank, um nicht zu sagen: mager. Sie hatte praktisch keinen Busen, was Max ein bisschen schade fand. Wenn Silvia anfing zu trainieren, würde sie dadurch keinen Busen bekommen, sondern viele Muskeln. Ob das eine Verbesserung war – nun ja. Er wandte sich schnell ab, wobei sein Blick auf einen Boxsack und eine Sprossenwand fiel. Wenigstens wusste er hier, was man damit anstellen konnte.

Silvia hatte seine Mimik richtig gedeutet. „Du kannst mit

Sport nicht allzu viel anfangen, was?"

„Ehrlich gesagt, nein. Ich bin ein fauler Hund!"

Silvia betrachtete ihn eingehend. „Schade eigentlich. Aus dir ließe sich durchaus etwas machen."

Max räusperte sich. *Rein beruflich*, alles klar.

„Am besten starten wir mal", schlug Max vor.

„Von mir aus. Möchtest du dabei etwas trinken?" Silvia ging zu ihrem Schreibtisch hinüber, der in einer Ecke des Raumes verschwand. Max überlegte, dass er wahrscheinlich wählen konnte zwischen einem Energydrink und Tomaten-Sauerkraut-Plörre.

„Nein danke", sagte er knapp.

„Dann legen wir los", Silvias Stimme war jetzt kühler. Max hoffte, sie hatte endlich verstanden. „Setz dich am besten direkt vor den Computer, dann kannst du besser lesen."

Max sah, dass er dann auf einem Sitzball hocken musste. Er hatte gedacht, die wären total aus der Mode. Er gehorchte trotzdem und versuchte, nicht das Gleichgewicht zu verlieren. Silvia selbst zog sich einen Hocker heran, ließ sich an seiner Seite nieder und bediente die Maus. Als der Bildschirmschoner verschwand, sah Max, dass Silvia schon eine Seite aufgerufen hatte.

„Ich will dir erst mal einen Überblick verschaffen, wo wir uns befinden."

Silvia scrollte die Seite langsam hinunter, an ein paar Videoclips vorbei. Auch ohne sie anzuklicken, war erkennbar, worum es ging: um Fankrawalle, um Schlachtgesänge, um brennende Vereinsfahnen. Am linken Seitenrand erkannte Max auffällige Werbung für Fan-Bekleidung und Pyro-Technik. Die Schriften und das Design erinnerten an die martialische Aufmachung bei rechtsextremen Gruppen. Max schaute sich ein T-Shirt an – vorn aufgedruckt das Bild eines Stadions, das lichterloh brannte. Hinten die Aufschrift *3. Halbzeit*. Damit war die Phase nach dem Spiel gemeint, in der man auf die Fans der Gegenseite losging – oder auf die Polizei.

„Ultras", sagte Max.

Er wusste, dass diese Gruppe von Hooligans zu unterscheiden war – und dass jede Gruppe dafür mordete, nicht mit den anderen verwechselt zu werden.

Silvia nickte. „Kennst du dich mit denen aus?"

„Ich weiß nur, dass sie sich als die wahren Fußballfans verstehen und als treue Anhänger ihres Vereins."

„Richtig", stimmte Silvia zu. „Unterstützung der Mannschaft, enger Zusammenhalt, Protest gegen die Kommerzialisierung des Sports. So würden Ultras sich beschreiben. Aber die Realität sieht anders aus. Die Realität heißt Gewalt nach dem Spiel."

„Dritte Halbzeit", sagte Max.

„Genau. Ich zeig dir mal, wie das dann auf Foren besprochen wird."

Silvia klickte ein wenig herum. „Hier." Schließlich hatte sie gefunden, wonach sie gesucht hatte. Max las sich ein.

Ein Ultrablog, der mit einem Pressebericht begann. Nach einem Spiel von Dynamo Dresden hatte eine Fangruppe in einem Zug randaliert und einen Schaden von 25.000 Euro angerichtet. Sitze waren herausgerissen und Toiletten völlig zerstört worden. Bei der Festnahme am Zielbahnhof war es zudem zu Auseinandersetzungen mit der Polizei gekommen, bei denen ein Polizeibeamter verletzt worden war. Dem Pressebereicht folgte eine Latte von Einträgen.

Voll panne! die ossis machen die size klein anstat den feind anzugehn

LULA82

Ham se doch – is wenigstens ein cop zu bruch gegangen

soccerasPT

nur ein toter bulle is ein guter bulle!!!

Ddever11

Der Chat ging noch endlos so weiter, aber Max hatte schon nach drei Einträgen genug.

„Nur, damit du mal einen Eindruck bekommst", erklärte Silvia und klickte weiter, „aber jetzt die Seite, deretwegen ich dich herbestellt habe."

Wieder begann der Thread mit einem Pressebericht. Diesmal allerdings ein ganz anderes Thema. Es ging um den Verdacht der Manipulation in der Zweiten Bundesliga. Gegen mehrere Spieler sowie gegen zwei Schiedsrichter lief ein Verfahren. Frankfurt war einer der Vereine, die in die Sache verwickelt sein sollten. Der Bericht war uralt – von 2007. Der Chat den Silvia Max zeigte, war in 2009 geführt worden, also auch schon uralt.

möchte neuen thread aufmachen, da mir ein informand zu der sache von damals namen genannt hat. schon vor zwei jahren wurde das ganze hier heiß diskutiert und teilweise auch ser emmotional. Also, für alle, dies intressiert: Angeblich haben damals Andrej Savasz *und* Roland Kampmann *ihre sele verkauft.*

GIBKIRSCHE85

Als Max Kampmanns Namen las, war er mit einem Mal hellwach. Er rückte näher an den Bildschirm heran.

Mal klartext – wat is hier los?

FANSAU

Und jetzt für alle minderbegabten: Die beiden haben Spiele manipuliert und dafür kassiert. Noch Fragen?

HOHO99HO

Max wurde noch aufgeregter. Kampmanns Spielmanipulation auf einer Ultra-Seite!

Mann nennt das verrat. Mann nennt das bestechung. Mann nennt das überlaufen zum feind.

FAHNEHOCH79

Früher ham wir hier nicht gejammert sondern überlegt wies gehen kann. Kennt jemand die beiden weiß jemand wo die wohnen?

HOHO99HO

Savasz spielt jetzt in Litauen, den andern kenne ich nich

WEIDENKO

Litauen – is ja villeicht strafe genug – haha

GIBKIRSCHE85

Finde ich nicht – macht da mal jemand urlaub? Dann könnte man ihn besuchen :-)

PEITSCHWEG2

Kampmann das feige schwein hat aufgehört. Wohnt auch nicht mehr in Frankfurt, hat mir jemand erzählt

ENDSIEGGEHT

Past ja alles zusammen. Feige auf der ganzen linie. Wenn jemand weiß wo er sich hin verkrochen hat, immer her damit

FAHNEHOCH79

Was er da las, raubte Max den Atem. Roland Kampmann als Gegenstand eines Chats von Ultras. Von Ultras, für die Spielmanipulation eine Frage der Ehre war – und eine Frage der Rache! Das letzte Posting von FAHNEHOCH79 war auf den 16. November 2009 datiert. Aber es gab noch einen neuen Beitrag. Jemand hatte ganz aktuell an die Diskussion angeknüpft, um eine Information weiterzugeben. Als Max das Datum sah, an dem der Eintrag geschrieben worden war, blieb ihm nur, sich wortlos nach hinten zu rollen. Der letzte – der allerletzte Eintrag – war an dem Samstag gepostet worden, als Roland Kampmann ermordet worden war – genaugenommen zehn Stunden vor seinem Tod.

40

Als wir zum Platz zurückkamen, war Paul nicht auf dem Feld. Dafür kam Silke Spiekermann auf uns zugestürmt. „Ihr seid hier? Wir haben tausendmal versucht, euch zu Hause zu erreichen. Paul hat sich am Fuß verletzt."
Alexa sah sich hektisch um. „Und wo ist er jetzt?"
„Tobis Vater ist mit ihm zum Arzt gefahren. Nur zur Sicherheit."
„Wo ist er – im Krankenhaus?" Alexa und ich waren schon auf dem Weg zum Auto.
„Nein, sie sind zu Doc Weingartens Praxis gefahren."

41

„Tja dann ...", sagte Silvia, nachdem Max sich die entscheidenden Seiten ausgedruckt hatte.
„Tja dann ...", sagte Max.
Sie standen im Flur. Es war eine beklemmende Situation.
„Ich hoffe, es hat sich für dich gelohnt, dass du extra hergekommen bist."
Max überhörte den Zwischentext. „Auf jeden Fall – vielen Dank!"
„Hast du eigentlich noch mal was gemacht in Sachen Partnersuche?"
Max fuhr sich durchs Haar. „Nee, überhaupt nicht."

„Ich bin jetzt auf einem Single-Portal für Sportler. Ich glaube, da sucht man gezielter."

„Bestimmt. Super Idee." Max öffnete die Wohnungstür.

„Soll ich dir mal die Adresse geben? Dann können wir uns da unterhalten!"

Max ging nach draußen. Dann drehte er sich um und nahm seinen ganzen Mut zusammen. „Das ist sehr nett, Silvia, aber ich glaube, ich bin ein hoffnungsvoller Fall." Die Enttäuschung stand ihr ins Gesicht geschrieben. Er machte trotzdem weiter. „Und deshalb bin ich froh, dass das Treffen heute rein beruflich war."

Eine Sekunde brauchte sie. „Das bin ich auch", sagte sie schließlich. Dann schloss sie die Tür.

Max nahm die Treppe im Laufschritt. Er wollte einfach nach draußen. Dort sog er ein bisschen von dem Ausblick ein, der sich ihm von der Straße aus bot. Dann sprang er ins Auto und fuhr los – bei geöffnetem Fenster.

Mit überhöhter Geschwindigkeit ließ er den Ort hinter sich, nahm irgendwann zur Linken das „Metten"-Werk wahr und bog hinter Lenhausen in einen Wirtschaftsweg ab. Immer weiter fuhr er in einen Mischwald hinein, dann hielt er an. Nur ein kurzes Stück ging er den Weg lang, dann kletterte er die Böschung hinauf, um richtig in den Wald einzutauchen. Aus einer Laune heraus legte er sich lang auf den Rücken, genoss das Licht, das durch die Bäume brach, genoss die unruhigen Schatten, das frische Gelb-Grün des Frühlings, das aufgeregte Zwitschern der Vögel – und fragte sich, was genau ein Burnout war.

Gerade eben noch hatte er sich in den Untiefen der menschlichen Gesellschaft bewegt. Jetzt krabbelte eine Ameise über seine Hand. Wie viele Welten gab es eigentlich?

Trotz seiner diffusen Gedanken war ihm klar, dass er den Anruf nicht länger würde aufschieben können. Er nahm sein Handy und tippte im Adressbuch Marlenes Nummer an. Sie war sofort dran, und sie wirkte gestresst.

„Ist es dringend?", wollte sie wissen.

„Ist es", sagte Max knapp und beobachtete die Ameise weiter. Er erzählte von dem Ultra-Chat. Er erzählte vom letzten Posting. Davon, dass jemand Roland Kampmanns Adresse ins Netz gestellt hatte, zehn Stunden vor seinem Tod: *Falls es jemanden interessiert – ich weiß, wo der wohnt ...*

„Von wem ist der Eintrag?"

„ESGEHTWEITER", antwortete Max. „Die Nicknames sind zwar irgendwie sprechend – aber letztlich nicht hilfreich."

Marlene schwieg einen Moment. „Du weißt, was das bedeutet", sagte sie schließlich. „Im Prinzip ist diese ganze Frankfurter Ultra-Szene verdächtig. Nicht nur die Typen, die sich am Chat beteiligt haben, sondern jeder, der sympathisiert und das gelesen hat."

„So sehe ich das auch."

„Das wird eine Riesenaktion, da können wir eine ganze Hundertschaft losschicken."

Eine Hundertschaft. Tolle Idee, damit kannten die Ultras sich ja aus. Mit einem Mal stand Max das Bild vom brennenden Stadion vor Augen. Das Werbebanner mit der Aufschrift „Pyro ist kein Verbrechen". Ihm war klar: Der Brandanschlag auf Roland Kampmann passte zu den Ultras. Er stand für die totale Vernichtung des Feindes. Und dennoch nagte da ein Zweifel an ihm.

„Mir geht da etwas durch den Kopf", erklärte er und versuchte, die brennenden Fahnen aus seinem Kopf zu verbannen. „Ich frage mich, ob nicht jemand anderes wichtig für uns ist. Derjenige, der den Eintrag ins Netz gestellt hat – das scheint jemand aus Kampmanns aktuellem Umfeld zu sein. Vielleicht jemand aus Ermede."

Marlene überlegte einen Moment. „Möglich, aber es kann auch jemand aus Frankfurt sein, der recherchiert hat."

„Kampmann steht nicht im Telefonbuch."

„Aber er ist übers Internet zu finden. Schließlich ist der Mann Trainer bei einem Fußballverein. Wenn du bei *Google* seinen Namen eingibst, bekommst du zig Einträge über seine Ermeder Fußballerfolge."

„Wenn dem so ist, dann hätten diese Ultras Kampmanns Wohnort jederzeit herausfinden können."

„Aber jetzt sind sie darauf gestoßen worden – und haben eine vollständige Adresse bekommen."

„Richtig – und wir sollten herausfinden, von wem. Jeder hätte mit ein bisschen Recherche im Netz den Ultra-Chat auftun können. Genauso ist es nämlich der Frau ergangen, die mich informiert hat."

Marlene schwieg eine Weile. „Egal, ob es jemand von außerhalb war oder aus der Ultra-Szene", sagte sie schließlich, „wir brauchen die Klarnamen der Leute, die sich in dem Chat zu Wort gemeldet haben. Willst du das machen, Max? Willst du das übernehmen?"

Max hatte sich das auch schon überlegt. „Ich bin nicht sicher. Besser ist: Ihr legt sofort los! Ohne mich." Er gab die Internetadresse durch, auf der der Ultra-Chat zu finden war.

„Und – gibt es bei euch auch etwas Neues?"

„Oh ja, Kampmann hat tatsächlich in Sachen Selbständigkeit telefoniert. Er wusste, was er tat, als er am Samstag seinen Abschied angekündigt hat."

Max dachte darüber nach. Wer war Kampmann gewesen? Ein Egoist, der Spiele verschoben und seine Eltern in den Wind geschrieben hatte? Oder ein Mann, der auf eine neue Liebe hoffte, auf eine Arbeit, die ihn ausfüllte, und auf einen Neuanfang mit seinen Eltern?

„Wann bist du hier, Max?"

Er drehte sich zurück auf den Rücken. Sah die Baumwipfel, die sich sanft im Wind bewegten, sah darüber die Wolken durchschimmern, die sich überhaupt nicht bewegten. „In zwei Stunden, schätze ich."

„So lange?"

„Ich gucke mir hier gerade etwas an", erklärte Max mit Blick in den Himmel. „Ich glaube, eine halbe Stunde brauche ich dafür noch."

42

Doc Weingarten war nicht nur Allgemeinmediziner, sondern auch Sportarzt. Das verriet uns das Schild außen am Gebäude. Seine Praxis befand sich im ersten Stock.

„Nichts Dramatisches", sagte die Sprechstundenhilfe, ohne dass wir uns überhaupt vorgestellt hätten. „Nur eine Verstauchung."

„Wo ist er jetzt?"

„Er kriegt einen Verband in Zimmer 4", sie zeigte den Gang entlang. „Aber es ist jemand bei ihm."

Wir gingen natürlich trotzdem hinüber, die Tür war auf. Paul saß in verdreckten Fußballklamotten auf einer Behandlungsliege und wurde verbunden. Ludger, Tobis Vater, stand wartend dabei.

„Mama!"

Als Vater ist es ja immer schön, wenn man in Krisensituationen glattweg übersehen wird.

„Paul! Tut es noch weh?" Alexa nahm den Kleinen in den Arm, so gut es eben ging.

„Nur, wenn ich auftrete, aber das muss ich ja nicht!"

„Sie können gleich noch mit dem Doktor sprechen", sagte die Arzthelferin – eine burschikose Frau um die Fünfzig, die gewiss schon tausend Hobbyfußballern einen Verband verpasst hatte.

„Ich geh dann mal!", verabschiedete sich Ludger. Dann fiel ihm plötzlich etwas ein. „Was ist mit Pauls Sachen? Die sind noch im Auto – die Fußballschuhe und seine Tasche."

„Ich gehe eben mit", erklärte ich. An der Seite meines Sohnes schien ich ja recht überflüssig zu sein.

„Schicke Praxis", meinte Ludger, während ich ihn zum Ausgang begleitete.

Es war tatsächlich alles vom Feinsten. Die Räume hell und freundlich, der Boden mit edlen anthrazitfarbenen Fliesen belegt, die Ausstattung auf dem allerneuesten Stand. Auch das Treppenhaus zeugte von einer aufwendigen Sanierung.

„Ich hoffe, es war in Ordnung, dass wir hierhergefahren sind", meinte Ludger, als wir Pauls Utensilien aus dem Auto geholt hatten und noch auf dem Bürgersteig standen.

„Auf jeden Fall! Danke erst mal, dass du dich gekümmert hast."

„Ist doch selbstverständlich!" Ludger lächelte und warf dann einen Blick auf das Ärztehaus, das wir soeben verlassen hatten.

„Ist ja nicht alles vermietet", meinte er mit Blick nach oben. Tatsächlich. Im Erdgeschoss war eine Apotheke untergebracht, im ersten Stock Weingartens eigene Praxis, im zweiten eine Zahnarztpraxis, aber die dritte Etage schien leer zu stehen. Im Dachgeschoss wiederum hingen Gardinen in den Fenstern. Laut Silke wohnte dort Weingarten privat.

„Dass der Doc sich das überhaupt getraut hat", murmelte Ludger. „Schon als damals das Ärztehaus am Krankenhaus gebaut wurde, war unklar, ob man genug Ärzte findet, die dort hineingehen. Es dann mit einem zweiten Ärztehaus zu versuchen, finde ich gelinde gesagt – mutig."

Ich nickte. Den Bau an der Klinik hatte ich live mitverfolgt, weil ich zu der Zeit gerade im Krankenhaus gelegen hatte. Das zweite Ärztehaus war in der Presse als Kamikazeprojekt gehandelt worden. Ganz kurz zuckte ein Gedanke durch meinen Kopf. Weingartens Elternhaus war in Flammen aufgegangen. Kam ihm die Versicherungssumme entgegen, um hier Löcher zu stopfen?

„Nun, die Praxis immerhin scheint zu laufen", stoppte Ludger meine Ermittlungsideen. „Es war viel los, als wir ankamen."

„Habt ihr lange warten müssen?"

„Nee, wir sind quasi als Notfall drangekommen. Ruckzuck waren wir im Behandlungsraum."

„Die Rot-Weiß-Connection", murmelte ich.

„Kann schon sein", Ludger grinste und wandte sich zum Gehen.

„Also noch mal herzlichen Dank!"

„Keine Ursache." Dann war Ludger auch schon auf dem Weg

zu seinem Auto.

Als ich zurückkam, saßen Alexa, Paul und der Verband im Flur und warteten darauf, noch mal zum Arzt vorgelassen zu werden. Paul erzählte gerade, wie es passiert war: „... und dann kam Lars von der Seite, aber ich hab mich voll reingeschmissen, weil wir waren ja zwanzig Meter vorm Tor, und in dem Moment war auch Mike rechts, und dann bin ich ganz unglücklich über seinen Fuß – "

„Paul Jakobs?" Der Heldenbericht musste warten. Doc Weingarten war in den Flur getreten, eine Patientenkarte im Anschlag.

„Da ist ja unser Held!", Dr. Weingarten lächelte. „Und die Eltern sind auch eingetroffen."

Der Arzt gab uns die Hand. Ein kräftiger Händedruck. Weingarten war ein sportlicher Typ. Ich nahm mir vor, Andi einen Tipp zu geben. Der Mann wäre eine Bereicherung für die Alten Herren von Rot-Weiß. Vorerst führte er uns jedoch in den Behandlungsraum. Auch hier natürlich alles todschick.

„Eine schöne Praxis", lobte Alexa.

„Danke!" Weingarten lächelte – halb stolz und halb bitter. „Aber das war auch eine Menge Arbeit. Wenn ich nicht aus meinen alten Praxisräumen hinausgemusst hätte, hätte ich mir das nicht angetan."

„Ist ja auch ein Riesenobjekt", griff ich auf, was Ludger und ich schon draußen aufgespießt hatten.

„Manchmal ist es besser, wenn man vorher nicht weiß, worauf man sich einlässt." Der Mediziner wandte sich Paul zu. „Das ist beim Fußball ja auch so, nicht wahr?"

Eine eher rhetorische Frage. Paul schwieg verständlicherweise.

„Also, nichts gebrochen, nichts gerissen, nur ordentlich geprellt. Das tut ein paar Tage weh und geht von allein wieder weg. Heute und morgen den Fuß hochlegen und ordentlich kühlen, insgesamt wenig belasten."

Alexa und ich nickten.

„Mit dem Verband ist alles in Ordnung?" Weingarten tastete ihn sorgfältig ab.

„Mhm." Erst jetzt sah ich, dass Paul wieder angefangen hatte zu weinen. Weingarten hatte es auch bemerkt. „Hey, alles in Ordnung?"

Jetzt schluchzte er sogar.

„Tut es wieder weh?"

„Viel schlimmer!", Paul kriegte es vor lauter Heulen kaum heraus. „Am Samstag ist das nächste Spiel – und mit Verband kann ich nicht spielen."

43

Als Alexa zum Abendessen rief, hatte ich gerade die Homepage von Rot-Weiß Ermede auf meinem Bildschirm – genauer gesagt die Unterseite „Über den Verein". Yanniks Autogrammkarte war ein 1:1 – Ausdruck – allerdings mit einem Unterschied. Im Netz war jedes Jahresereignis anklickbar. Wenn man die Fußballfreizeit auf Borkum anstieß, zeigte sich eine komplette Bildergalerie mit Fotos vom Kick auf der Insel. Ging man auf den Hilfstransport nach Rumänien, kam jeweils ein kurzer Reisebericht. Im Jahr 2006 war das Hilfsprojekt gestartet worden. Helmut Preuß, Udo Hengsbach und Peter Weingarten waren mit einem LKW voller Hilfsgüter nach Suczava aufgebrochen, im Nordosten Rumäniens. Man hatte dort ursprünglich ein Kinderheim unterstützt, war aber später dazu übergegangen, die gesamte Infrastruktur anzukurbeln. In den Jahren darauf war das Team – darin auch Elfer und Andi – sogar mit zwei LKW gestartet. 2009 hatte Nolte eine halbe Wurstküche in den Osten transportiert. Helmut Preuß war der Hauptorganisator – bei ihm konnte man die Spenden abgeben, und er hatte auch eine alte Lagerhalle zum Sammeln der Hilfsgüter zur Verfügung gestellt. Doc Weingarten schien für die Kontakte verantwortlich zu sein. Jedenfalls wurde er in den Berichten als Rumänienkenner gehandelt, der auch für das Dolmetschen zuständig war. Ich fragte mich, was Roland Kampmann an dem Projekt interessiert hatte. Schließlich kam ich zu der Ansicht, dass die Dokumentation der Hilfstransporte nicht so perfekt gestaltet war wie die Seiten der anderen Jahresevents. Meist gab es nur ein Bild und ein paar wenige Sätze. Es war möglich, dass Roland Kampmann die Berichte hatte aufpeppen wollen.

Als ich in die Küche trat, saß neben unserem fußkranken Sohn ein Überraschungsgast am Tisch. Wilma Wortmann hatte den Weg zu uns gefunden – in einer Schürze mit der Aufschrift *Ein Kühlschrank verbraucht weniger Strom, wenn man den Stecker rauszieht.*

Ich begrüßte unsere Nachbarin und wunderte mich nicht, dass ich kein Klingeln gehört hatte. Vermutlich hatte WWW den Weg durch den Garten genommen.

„Tante Wilma hat ein Buch mitgebracht", klärte Marie mich auf. Ich war froh, dass unsere Tochter mir die Dinge immer ganz genau erklärte. „Ein Fußballbuch für Paul, weil er sich den Fuß verstaucht hat."

„*Fußballbegriffe von A wie Abseits bis Z wie Zeitspiel*", las ich den Buchtitel vor.

„Hatten sie bei Radebach heruntergesetzt", erklärte Tante Wilma in der ihr eigenen Art – wahrscheinlich, um ein Gefühl der Dankbarkeit in unserer Familie gar nicht erst aufkommen zu lassen. „Ein Mängelexemplar."

Ich begann darin zu blättern, nachdem ich mich unter leichtem Muskelkater an den Tisch gesetzt hatte. *Bananenflanke, Blutgrätsche, Tackling* – alles drin, was man als Theoretiker so brauchte.

„Vielleicht essen wir erst mal", schlug Alexa vor. Ich legte das Buch weg und reichte unserem Gast den Brotkorb hinüber.

„Ist denn endlich aufgeklärt, wer Roland Kampmann umgebracht hat?", erkundigte sich Wilma Wortmann, während sie sich eine Schwarzbrotschnitte griff.

„Nicht, dass ich wüsste", wiegelte ich ab. Vor den Kindern

wollte ich das Thema ungern besprechen.

„Elfer war es jedenfalls nicht", meinte Paul trotzig. „Sonst wäre er heute nicht beim Training gewesen."

„Weißt du ja gar nicht", widersprach ihm Marie. „Vielleicht kommt er extra, damit keiner merkt, dass er's war."

„Du spinnst!", Paul standen bereits die Tränen in den Augen.

„Marie", sprach ich meine Tochter ernst an, „wie kannst du so etwas sagen?"

„Du hast selbst öfter gesagt, man kennt den Täter immer erst zum Schluss."

Hatte ich so etwas gesagt? Was besprach ich eigentlich mit meinen Kindern?

Ein Klingeln an der Tür sorgte dafür, dass ich nicht länger darüber nachdenken musste. Wer mochte das sein? Nachbar Dieter, weil unser Auto nicht parallel zur Bordsteinkante geparkt stand? Oder Yannik, der kontrollieren wollte, ob seine Autogrammkarte korrekt aufbewahrt wurde?

„Max", sagte ich erfreut. „Willst du mit essen?"

Er überlegte einen Augenblick. „Eigentlich gern", sagte er dann. „Ich habe heute noch nichts Richtiges gehabt. Und dann würde ich gern mit dir sprechen. Mit dir allein."

„In Ordnung, der Hund muss eh noch mal raus. Gehen wir nach dem Essen eine Runde spazieren?"

„Gern", sagte mein Kumpel. „Und ich weiß auch schon, wo."

44

Max parkte fünfhundert Meter von der Brandruine entfernt. „Alles furztrocken", sagte er, während er mit der Hand an ein paar hohen Gräsern entlangstrich.

„Furztrocken und furzeinsam", komplettierte ich. „Warum wollte Kampmann in dieser Einsamkeit wohnen?"

„Immerhin war er hier völlig für sich. Er konnte machen, was er wollte."

„Was meinst du damit? Musik aufdrehen? Cannabis züchten?"

„Sich mit Nicole Hengsbach treffen, mit der er eine Affäre hatte."

Ich blieb überrascht stehen. Walter ebenso. „Ist das die Frau, mit der Andi Spiekermann Roland gesehen hat?"

„Das nehme ich an. Ich konnte diesen Spiekermann noch nicht kontaktieren, um das abzuklären. Diese Ermittlung ist dermaßen hektisch ..."

Und dann begann Max zu erzählen. Von dem Neuanfang, den Kampmann geplant hatte. Von der Spielmanipulation, auf die er sich in Frankfurt eingelassen hatte. Von den Ultras, die ihn hatten abstrafen wollen.

„Hier, lies am besten selbst!" Max hatte zwei geknickte DIN-A4-Blätter aus seiner Jackentasche gezogen. Ich setzte mich auf einen Baumstamm und begann zu lesen. Walter schnüffelte in der Zwischenzeit an den Stämmen herum. Nach ein paar Minuten tauchte ich entsetzt wieder auf.

„Ich nehme an, es ist nicht allein die Rechtschreibung, die dir die Sprache verschlägt."

Ich rieb mir fassungslos die Stirn. „Das ist es doch, oder? Das sind eure Leute?"

„Wird sich noch zeigen. Derzeit wird in der Frankfurter Ultra-Szene jeder Stein umgedreht – und Chefin Marlene wird den Betreiber dieser Homepage mit der Knarre gezwungen haben, die Maildaten herauszurücken. Dennoch glaube ich nicht an die Rache der Ultras."

Ich sah Max erstaunt an. „Warum?"

„Ich kann mir nicht vorstellen, dass die Kerle den ganzen Tag vorm PC sitzen und uralte Chatseiten checken."

„Ich bin auch in einem Forum", entgegnete ich, „dort wird auf der Eröffnungsseite vermerkt, wo es einen neuen Eintrag gegeben hat. Man wird also praktisch darauf aufmerksam gemacht, wenn sich auf einer alten Seite etwas tut."

„Schon möglich – dennoch: Frankfurt hat an dem Mordtag gespielt. Und kein Ultra fährt dann ins Sauerland, um eine alte Rechnung zu begleichen. Das ist meine Meinung."

„Das heißt, das Zeug ist wertlos?" Ich gab Max die Seiten zurück.

„Nicht ganz. Vielleicht ist es hilfreich zu wissen, wer den letzten Eintrag verfasst und die Meute auf Kampmann gehetzt hat." Max stand auf. „Komm, lass uns weitergehen. Ich möchte das Haus noch mal sehen."

‚Haus' war zu viel gesagt. Wir sahen, was von dem Haus übriggeblieben war. Nicht viel mehr als die Außenmauern, so schien es. Ein ziemlich deprimierender Anblick.

Als wir näherkamen, drehte ich mich einmal um mich selbst, um die Umgebung wahrzunehmen. Mein Eindruck war nicht besonders positiv. Roland Kampmann hatte in einem Loch gewohnt. Die Gegend war dunkel, modrig und feucht.

„Ich hätte Verständnis dafür, wenn Peter Weingarten und Ulla Nolte die Hütte einfach hätten loswerden wollen", ließ ich meinem Sarkasmus freien Lauf. „Haben sie ein Alibi?"

„Ulla Nolte lag angeblich mit dem Gatten im Bett, Dr. Weingarten ist nach der Aufstiegsfeier noch zu einem Klassentreffen gefahren. Dort hat er bis in die Morgenstunden gefeiert. Im Übrigen glaube ich nicht, dass die beiden das Haus fünf Jahre nach einer Grundrenovierung anzünden würden."

„Na ja, vielleicht hat die Versicherungssumme gestimmt. Ich habe das Ärztehaus gesehen, das Weingarten umgebaut hat. Ein Riesenkasten, und eine Etage steht leer."

„Dann hätte Weingarten die Bude zu jedem anderen Zeitpunkt anzünden können – ohne deswegen gleich einen Mord zu begehen. Du verdrehst die Reihenfolge. Jemand wollte Kampmann umbringen und anschließend die Spuren verwischen – nicht umgekehrt."

„Jaja." Brummelnd lief ich mit Walter um die Brandruine herum. Hinten gab es eine Terrasse. Oder besser: Es hatte eine Terrasse gegeben. Auch die war verkokelt. Für ein Gärtchen war kaum Platz, weil sofort ein steiler Hang begann. Das Haus war zu notorischem Lichtmangel verdammt.

Ich ging mit Walter zurück, weil es vorm Haus graduell freundlicher war. Das rot-weiße Absperrband, welches das Haus nach dem Brand hatte abschirmen sollen, lag dort zertrampelt am Boden. Ich schoss es mit dem Fuß beiseite. „Ist das Haus noch versiegelt?" Eine rein rhetorische Frage bei einem Haus, das keine Fenster und Türen besaß, weil alles ausgebrannt war.

„Die Untersuchung ist seit gestern abgeschlossen."

„Gehen wir hinein?"

Max runzelte die Stirn. „Das Haus ist in privatem Besitz."

„Ich glaube kaum, dass heute jemand mit den Renovierungs-arbeiten anfangen möchte." Ich leinte den Hund an einer Pappel fest und ging dann zur Haustür. „Nur mal um die Ecke gucken."

Schon auf der Schwelle schlug mir ein Brandgeruch entgegen, der kaum auszuhalten war. Und das, obwohl es keine Fenster mehr gab! Und noch ein zweiter Sinneseindruck war un-glaublich stark: Alles – war – schwarz! Es gab keine andere Farbe mehr in diesem Haus. Ich versuchte mich trotzdem zu orientieren. Gegenüber waren Reste einer Treppe zu sehen, die nach oben geführt hatte. Links ein Miniraum – offenbar war das die Gästetoilette gewesen.

Plötzlich merkte ich, dass Max hinter mir ins Haus gekom-men war.

„Kann mal jemand Licht anmachen?" Max-Humor.

Langsam machte ich zwei Schritte in den Raum zu meiner Rechten hinein. Die Küche – an der Wand war ein schwarzer Block auszumachen. Das war die Küchenzeile gewesen – die Spüle war noch in ihren Umrissen erkennbar.

„Findet man in so etwas noch Spuren?", wollte ich wissen.

„So gut wie keine, das ist genau unser Problem. Das Labor versucht gerade in einem Dielenbrett Blut nachzuweisen. Ziemlich frustrierend."

„Wo hat Kampmann gelegen?"

„Einen Raum weiter", Max zeigte auf den Durchgang zum Nachbarzimmer. Wenn meine Orientierung mich nicht trog, führte dieser Raum auf die Terrasse. Ich blieb stehen. Man sah, dass nebenan tatsächlich Dielenbretter ausmontiert waren. Eine gespenstische Atmosphäre.

„Was hat Roland Kampmann zwischen halb zwölf und halb drei hier gemacht?", murmelte ich.

„Wenn wir das wüssten!"

Noch während Max sprach, hörte man von draußen ein Winseln. Walter hatte Sehnsucht nach uns. Wir machten uns auf ins Freie.

Draußen atmete ich tief durch und musste feststellen, dass Walter nicht in unsere Richtung jammerte. Im Gegenteil: Er hängte sich fast auf, weil er in Richtung Wald abhauen wollte. Ein Kitz? Ich blinzelte. Ganz hatten sich meine Augen noch nicht an das Abendlicht gewöhnt. Dennoch sah ich am Waldrand eine Bewegung. Jemand lief weg. Und er lief verdammt schnell – so schnell, dass es jede Fußballmannschaft stolz gemacht hätte.

~

Er drehte sich auf den Rücken, und Ulla wusste, was jetzt kam. Zwei Atemzüge, drei. Er atmete schon lauter. Und noch lauter. Und dann kam er – der erste, unregelmäßige Schnarcher. Das Schnarchen würde sich steigern, bis es auf maximale Lautstärke angeschwollen war. Ulla erwog, ihn zurück auf die Seite zu drehen. Dann entschied sie sich dagegen. Sie würde ohnehin nicht einschlafen können – ob mit Schnarchen oder ohne.

Rolands Bild trudelte in ihr Bewusstsein zurück. So war es immer. Sobald die Dunkelheit kam, machte er sich breit in ihren Gedanken. Lachte ihr zu – mit seinem leicht überheblichen Blick. Zeigte spielerische Ungeduld, wenn sie nicht sofort begriff, was er ihr gerade erklärt hatte. Runzelte die Stirn, wenn er sich in eine Sache vertiefte.

Sie hatte gedacht, es würde aufhören mit seinem Tod – aber

da hatte sie sich mächtig getäuscht.

Als er noch gelebt hatte, war er praktisch Tag und Nacht bei ihr gewesen. Am Tage hatte es sie gedrängt, ihn in der Firma zu treffen. In der Nacht hatte sie alle Begegnungen noch einmal durchlebt. Und noch einiges mehr ...

Es wäre wohl ewig so weitergegangen – wenn sie nicht irgendwann diesen unseligen Vorstoß gewagt hätte. Noch jetzt zog sich alles in ihr zusammen, wenn sie nur daran dachte. Eine Welle von Scham schwappte in ihr hoch. Und eine Welle von Zorn. Zorn auf sich selbst – und auf ihn.

Sie sah sich von außen. Sah den Film, der sich in einer Endlosschleife in ihrem Bewusstsein abspielte: Wie sie sich nach einem ausgiebigen Bad für ihn anzieht. Wie sie die Wäsche aus der Kommode zieht – die Wäsche, die sie extra in Münster für ihn gekauft hat. Für Theo hat sie schon lange keine Wäsche mehr gekauft. Theo ist an Wäsche nicht interessiert. Theo ist an *ihr* nicht interessiert. Er liebt sie, keine Frage. Aber seine Mittel, ihr das zu zeigen, sind weniger körperlicher Art. Es sei denn, man zählt das Tätscheln dazu, wenn sie ihm sein Bier hingestellt hat. Das Tätscheln auf den Rücken, das sie immer an das Tätscheln eines Pferdes erinnert. Oder einer Kuh.

Die Wäsche ist dunkelrot. In ihrem ganzen Leben hat sie noch keine dunkelrote Wäsche getragen. „Da wird sich Ihr Mann aber freuen!", hat die Verkäuferin in Münster gesagt und ihr ein Auge geknipst wie eine Verbündete. Wäscheverkäuferinnen wissen, dass man die besten Stücke nicht für den Ehemann kauft.

Einen Moment hält sie inne, als sie sich im Spiegel betrachtet. Sie ist eine Frau über Fünfzig. Er ist ein Mann Mitte Dreißig. Und trotzdem: Sie geben sich so viel. Sie lachen zusammen. Sie sprechen zusammen. Und sie erschauern beide, wenn ihre Arme sich berühren vor dem Computer. Zumindest hat sie das bis dahin gedacht. Und deshalb fährt sie los – am Donnerstagabend, als Theo seinen Unternehmerstammtisch hat. Sie fährt los mit dem festen Vorsatz, Roland ihre neue

Wäsche zu zeigen. Und ist dann doch gehemmt. Er ist so jungenhaft. So unbeschwert. Er lacht sich kaputt, als sie sagt, sie käme mit dem Aufrufen der PDF-Dateien nicht zurecht. „Das ist doch ganz einfach", sagt er und schaltet seinen PC an. Er fragt, was sie trinken möchte und sie bittet um ein Glas Wein. Sie stoßen an, sie schauen sich in die Augen und er sagt, sie solle jetzt ganz genau aufpassen. Er zeige ihr das jetzt, es sei wirklich ganz einfach. Und er setzt sich und ruft die Programme auf, und sie steht hinter ihm und legt ihm die Hand auf die Schulter. Und er erstarrt und dreht sich zu ihr um und sieht, dass sie ihre Bluse geöffnet hat und was sich darunter verbirgt. Entsetzen liegt in seinem Blick, als er sagt: „Ulla, du bist doch wie eine Mutter für mich."

45

Er kam zu spät. Alles andere hätte mich auch gewundert. Drei nach acht und Matthes war noch nicht da. Verflixte Hacke! In Raum 244 saß meine eigene Klasse und wartete auf mich. Und ich stand hier vor Raum 116 und verfluchte den Kerl. Dann endlich wurde die Glastür am Ende des Flurs aufgestoßen und Matthes kam unendlich langsam den Gang lang geschlurft. Erst als er mich sah, wurde er ein klein bisschen schneller.
„Schön, dass Sie auch schon kommen", ranzte ich ihn an.
„Haben wir jetzt Geschichte?" Er war sichtlich irritiert.
„Nein, ich muss Sie was fragen." Meine Ungeduld ließ sich nur schwerlich verbergen. „Was war mit Alex Paschewski?"
„Was soll mit dem sein?"
„Er hatte Ärger mit Kampmann. Das haben Sie selber gesagt."
„Ja, stimmt auch. Aber Sie glauben doch nicht etwa – "
„Weswegen hatten sie Ärger?"
„Irgendso'n Scheiß. Alex hat neben dem Fußball noch im Studio trainiert. Ich glaub, Roland wollte, dass er sich ganz

auf den Fußball konzentriert. Zumindest jetzt in dieser Phase."

„Das war alles? Oder ging es auch um Anabolika-Miss-brauch?"

Matthes hob theatralisch die Augenbrauen und wich meinem Blick aus. „Wie kommen Sie denn darauf?"

„Matthes – ja oder nein?"

Er begann mit seiner Tasche zu spielen. Einer Tasche, die so dünn war, dass nicht mehr darin sein konnte als ein einzelner Stift. „Ja, kann schon sein."

„Wie – kann schon sein."

„Ja, Roland hat ihn eingemacht. Er würde irgendwelches Zeugs nehmen. Das sähe ein Blinder mit Krückstock. Und so lange würde Alex auf dem Spielfeld nicht eingesetzt werden."

„Hat Alex das geschluckt?"

„Diese Anabolika meinen Sie?"

Ich hätte ihn am liebsten geschüttelt. „Ob er das hinge-nommen hat!"

„Ach so. Natürlich nicht. Er hat gemault, das stimme gar nicht. Roland hat ihn dann nach dem Training noch mal beiseite genommen."

„Und was kam dabei heraus?"

„Habe ich nie erfahren. Alex hat gesagt, das sei eine Privat-sache zwischen Roland und ihm."

„Haben Sie eine Ahnung, wer Alex das Zeug verkauft hat?"

„Nee, woher soll ich das wissen."

„Aber Sie wissen, wo er trainiert hat?"

„Im *body style*. Da gehen doch alle hin."

Alle, aha.

„Okay, dann jetzt ab in den Unterricht."

Matthes sah auf die Uhr. „Sie aber auch, Herr Jakobs!"

Der Junge war wirklich rotzfrech.

46

Am Freitagnachmittag musste Alexa arbeiten, ich war für die Kinder zuständig – und für Tante Wilma, die zum Friseur gebracht werden wollte. Glücklicherweise hatten die Kinder sich verabredet – ich konnte also eigene Pläne verfolgen. Um drei Uhr war ich aus der Schule gekommen, um halb vier waren wir schon wieder auf Jück. Marie ließ ich bei ihrer besten Freundin aussteigen, dann fuhr ich zu Spiekermanns, weil Paul sich mit Mike verabredet hatte. Angeblich wollte der Knirps meinem Sohn Fallrückzieher zeigen – wegen Pauls Verstauchung natürlich nur rein theoretisch. Vielleicht konnte Paul ihm im Gegenzug beibringen, wie man sich die Schuhe zuband. Als ich vorfuhr, war Andi dabei, das Auto zu waschen. Ich konnte nicht abfahren, ohne ihn eben zu begrüßen.

„Frag nicht, ob du dein Auto danebenstellen sollst", drohte Andi, als ich mich näherte, „das habe ich heute schon dreimal gehört."

Ich musste lachen. „Keine Sorge!"

Paul verschwand im Haus, nachdem Silke ihm die Tür geöffnet hatte. Sie winkte mir fröhlich zu. Ich rief meinem Sohn noch ein „Pass auf deinen Fuß auf!" hinterher. Wahrscheinlich hatte er mich nicht mehr gehört.

„Ach, Vincent!" Andi kam mit dem Schwamm in der Hand auf mich zu. „Wir wissen jetzt, wann Rolands Beerdigung ist – am Dienstag um halb vier."

„Alles klar, vielen Dank!"

Ich warf einen Blick zum Auto, wo WWW mit eisiger Miene auf dem Beifahrersitz saß. Sie hatte immer Sorge, dass sie zu spät zum Friseur kam.

„Ich hätte auch noch was, Andi", wandte ich mich trotzdem noch einmal dem Jugendwart zu. „Du warst doch an der Gestaltung der Homepage beteiligt. Habt ihr vorgehabt, die Rumänien-Fahrten besser im Netz zu dokumentieren?"

Andi sah mich erstaunt an. „Wie kommst du darauf?"

„Einfach nur so."

Andi stutzte.

„Was ist los?", fragte ich.

„Nun, Roland hat sich bei unserem letzten Treffen sehr intensiv nach diesen Fahrten erkundigt."

Ich wurde hellwach. „Wonach genau?"

„Wie das so ablief. Und wer wann mit dabei war."

„Hat er gesagt, warum ihn das interessierte?"

„Er sagte, er würde vielleicht mal selbst mitfahren wollen. Ich habe ihm geraten, sich an Doc Weingarten zu wenden. Der ist der Macher des Ganzen. Er hat die Kontakte nach Rumänien. Er fährt zweimal im Jahr rüber, um sich zu informieren."

„Herr Jakobs?" Als ich mich umdrehte, sah ich, dass WWW halb aus dem Autofenster hing. „Wir müssten dann mal." Ich warf Andi einen vielsagenden Blick zu und machte mich auf.

„Ich dachte, das dauert noch ewig", sagte Tante Wilma, als ich den Motor anwarf.

„Wir haben noch eine Viertelstunde", brummte ich, „für eine Strecke, die fünf Minuten dauert."

Am Ende brauchten wir sechs, was WWW zu einer Triumphrede veranlasste, die wiederum drei Minuten dauerte. Dann endlich war ich frei für meine eigenen Pläne: Ich machte mich zu *body style* auf.

Wenn ich jemals behauptet hatte, Elfer hätte einen durchtrainiertem Oberkörper, so war ich jetzt bereit, alles zurückzunehmen. Der Typ, der mich empfing, machte mir Angst.

„Ich wollte mich mal umschauen", gab ich vor. „Man muss ja ein bisschen was tun." Ich gab dabei meinem Bauch jovial einen Klaps, weil ich glaubte, dass das meine Glaubwürdigkeit geschickt unterstrich. Der Typ sah mich abschätzig an.

„Haben Sie Rückenprobleme?"

Was sollte das denn? Sah ich aus wie der Glöckner von Notre-Dame? Traute man mir nicht ein bisschen Bodystyling zu?

„Warum?", fragte ich arrogant. Schließlich war ich der Kunde. Und der ist schließlich der König.

„Wir haben hier ein Schnupperangebot", er zog einen Flyer aus einem Ständer. „Können Sie ja mal gucken!"

Ich warf einen Blick darauf. Für 39,90 im Monat durfte ich nicht nur an all diesen Höllenmaschinen trainieren, die mich umgaben. Ich bekam auch die Energy-Coctails mit 50 Prozent Rabatt, durfte an allen Fitness-Kursen teilnehmen und erhielt eine Gratis-Stunde „Cellulite-Ex".

„Hört sich gut an", palaverte ich. „Dauert nur ziemlich lange, bis man mal seinen Body etwas hochgepimpt hat." Meine Schüler sagten so etwas schon mal. Ich fand, es hörte sich cool an. Mein Gegenüber allerdings wirkte wenig beeindruckt.

„Hey Dirk, kannst du mir mal die Gewichte umstellen?" Da rief ein Typ, der aussah wie Dirks Bruder. Er lag unter einer Stange mit Gewichten, die ich auch nicht ein einziges Mal hochbekommen hätte.

„Moment mal!" Immerhin – Dirk sprach noch mit mir. Allerdings ging er jetzt hinüber, vorbei an einer ganzen Reihe von crosstrainierenden Frauen und stellte an dem Foltergerät seines Zwillingsbruders irgendetwas um. Wahrscheinlich hatte er ihm die Kleinigkeit von 50 Kilo mehr aufgedrückt. Dann kam er zurück.

„Bis ich mal so weit bin –", ich deutete mit einer Kopfbewegung auf den Gorilla, der gerade bedient worden war, „da muss ich wahrscheinlich Jahre trainieren. Kann man das nicht irgendwie – beschleunigen?"

Dirk starrte mich an. Sein Blick barg eine Mischung aus Ärger und – Zorn. „Mit illegalen Substanzen – oder was meinen Sie genau?"

„Zum Beispiel." Vorsichtig steckte ich den Flyer zurück. Ich war mir nicht ganz sicher, wo Dirk so ganz genau stand.

„Jetzt hör mir mal zu!" Dirk duzte mich plötzlich, das machte mich nervös. Ich bin sicher: Im entsprechenden Spielfilm hätte er mich zudem am Kragen gepackt. In der Realversion kam mir nur sein Gesicht gefährlich nahe.

„Wenn du illegale Substanzen kaufen willst, bin ich Nils Däumling und reise heute Abend mit den Gänsen davon." Sofern das möglich war, kam Dirk mir noch näher. Ich hatte den Eindruck, seine Zähne waren so groß wie mein kleiner Finger. „Hier hat vor zwei Wochen schon mal jemand nach illegalen Substanzen gefragt. Und der ist heute tot."

„Sie meinen Roland Kampmann?", stieß ich hervor.

„Genau den meine ich!"

Ich war unsicher, was als Nächstes passierte. Biss Dirk mir ein Ohr ab? Schraubte er mir seinen Fingernagel ins Auge? Oder ließ er sich entlocken, was genau Kampmann wollte?

„Ich kannte Roland Kampmann", erklärte ich in einem Tonfall, der in ein Deeskalationsprogramm gepasst hätte. „Deshalb danke ich für die Information, dass er hier war." Vielleicht bildete ich mir das nur ein, aber mir schien, als würde sich Dirk ein wenig entspannen.

„Kampmann ist feige ermordet worden", appellierte ich an die Kraftpaketsehre, „und ich möchte gern wissen, wer das getan hat."

Dirk schien zu überlegen. Es dauerte etwas. Offenbar gab es keine Maschinen, an denen man das trainieren konnte.

„Er hat sich nach diesem Schnösel Hengsbach erkundigt", sagte Dirk schließlich, und es hörte sich beinahe nett an. „Ich hab ihm damals gesagt – und heute sag ich's auch dir: Dieser Scheißkerl verkauft hier sein Zeug nicht, verstanden?"

„Verstanden", murmelte ich.

Dirk rückte von mir ab, als sei nichts gewesen. „Vielleicht versuchst du es lieber mit Billard, okay?"

Ich hätte mich jetzt aufregen können. Ich hätte sagen können, dass man mir zuletzt in der Jugend so etwas an den Kopf geworfen hatte! Ich sagte nichts. Ich hatte einen Namen. Und was für einen Namen!

47

Max' erster Eindruck war: Der älteste Sohn sah ganz anders aus als der zweite. Gutaussehend, sportlich, verwuselt. Wie sie so aussahen, wenn sie 18 Jahre alt waren. Er trug eine karierte Bermuda und war nackt an den Füßen. Max kramte in seinem Gedächtnis nach dem Namen. Kevin? Marvin? Robin!

Marlene wies sich aus, der junge Mann schien irritiert.

„Wir würden gern mit deiner Mutter sprechen!"

„Mit meiner Mutter? Ich weiß nicht, ob sie auf ist – ich schaue mal nach."

Es dauerte eine Weile, dann kam sie herein, zusammen mit dem Zweiten, mit Ole. Sie wirkte etwas stabiler als beim letzten Mal. Vielleicht hatte sie mal eine Stunde geschlafen.

„Sie wollen noch mal mit mir sprechen?" Sie wartete Marlenes Antwort nicht ab. „Robin, holst du ein paar Getränke?"

Dem Jungen war der Widerwille ins Gesicht geschrieben. So angepasst der zweite Sohn war, so wenig war es der erste. Er ging in die Küche. Max schloss sich ihm an. „Ich pack mal mit an."

„Geht schon", brummte der Junge, während er den Kühlschrank aufmachte.

„Bei mir auch." Max sah sich um. Man konnte tatsächlich nicht viel ausrichten, wenn man nicht wusste, wo die Gläser untergebracht waren. Es stand eine Menge herum. Eine Packung Cornflakes, Milch, zwei Joghurts, Bonbonpapier. Dann sah er den Messerblock von Metzgerei Nolte und erinnerte sich, dass in Kampmanns Küche eine ganze Reihe versengter Klingen entdeckt worden war. Ironie des Schicksals, falls Kampmann mit seinem eigenen Werbegag erdolcht worden war!

„Warst du auf der Aufstiegsfeier am Samstag?"

Robin sah ihn nicht an. „Nee, keinen Bock."

„Warst du an dem Abend zu Hause? Hast du gehört, wann deine Mutter eingetroffen ist?"

Jetzt sah er ihn doch an. Und seine Miene sagte: Für wie blöd hältst du mich eigentlich?

„Ich war mit Kumpels unterwegs. Keine Ahnung, wann Mama nach Haus gekommen ist."

„Und dein Bruder?"

„Was weiß ich? Ich war nicht da."

„Wo bist du denn gewesen?"

Er hörte auf, die Gläser auf einem Tablett zusammenzustellen. Stattdessen lehnte er sich an die Küchenanrichte und verschränkte die Arme. „Bin ich verdächtig oder was?"

„Deine Mutter hatte ein Verhältnis mit Roland Kampmann. Ich nehme an, du weißt das."

Robins Augen wurden zu Schlitzen. „Ich weiß das, korrekt. Aber ich bin es nicht, der damit ein Problem hat."

„Sondern wer?"

„Mein Bruder. Er bildet sich ein, meine Eltern hätten noch eine Chance."

Er nahm eine Mineralwasserflasche, stellte sie mit aufs Tablett und sah Max herausfordernd an.

Der ließ sich nicht aus der Ruhe bringen. „Also, wo warst du?"

Robin grinste und schüttelte den Kopf. „Auf der Jungschützenparty von St. Hubertus."

„Die war um zwei Uhr zu Ende, wenn mich nicht alles täuscht."

Robin zuckte einen kurzen Moment. „Sehr richtig", sagte er dann. „Anschließend habe ich noch mit ein paar Kumpels rumgehangen. Die können Sie fragen!"

„Sehr gern! Schreib mir am besten die Namen mal auf!"

Dann zückte Max sein Portemonnaie und nahm eine Karte heraus. „Außerdem: Wenn du mich sprechen willst, das ist meine Nummer."

Robin betrachtete die Karte mit einem überheblichen Grinsen um den Mund. Trotzdem steckte er die Karte in seine Tasche. Dann nahm er das Tablett. Er war fast aus der Tür, als er noch einmal zwei Schritte zurückkam.

„Stellen Sie meinem Bruder die Fragen! Ich glaube, er hat ziemliche Scheiße gebaut."

Du sollst auf deinem Zimmer warten. Und Lars auch. Der Kurze hockt da und spielt mit deiner Playstation. Das Geräusch nervt, aber besser, als würde er dich vollquatschen. Das würdest du im Moment nicht ertragen. Nicht, wo die Polizei sich im Wohnzimmer deine Mutter vornimmt. Sie wollen dich später dazuholen, haben sie gesagt. Das hört sich nicht gut an. Die ganze Sache läuft total aus dem Ruder. Womöglich kommt gleich noch dein Vater, und dann kriegt er alles mit, und dann war die ganze Mühe umsonst.

Zum Glück hast du auf dem Computer alles gelöscht. Denn wenn Robin das findet, dann findet die Polizei das erst recht. Ein Klopfen. Du springst hoch. Läufst zur Tür. Es ist der Polizist. Der mit den kurzen Haaren und der Nickelbrille.

„Ole, kommst du mal rüber?" Er bemüht sich freundlich zu sein. Vielleicht ist das seine Masche. Freundlich sein, damit du wer weiß was gestehst. Du sagst am besten gar nichts.

Und dann siehst du Mama. Verheult. Das ist mittlerweile normal. Aber ihr Blick enthält etwas Neues. Sie starrt dich an. Besorgt. Entsetzt. Als hätte sie gerade etwas Schreckliches erfahren. Etwas Schreckliches über dich.

„Ole", sagt sie. Ganz leise sagt sie es. Und sie schaut nach wie vor so ernst. Du möchtest zu ihr rübergehen, aber das geht nicht. Besser, du setzt dich einfach auf einen Stuhl.

„Ole, du kennst Roland Kampmann?" Es ist die Frau, die dich fragt. Die Frau mit dem hochgesteckten Haar. Sie sieht älter aus als Mama. Und längst nicht so gut.

Du hältst den Mund.

„Ole, du hast meine Frage verstanden."

Mama sieht dich nach wie vor an. Das macht dich nervös. Das macht dich noch nervöser, als du sowieso schon bist.

„Antworte ihnen", sagt sie jetzt. Sie sagt es irgendwie flehend, aber sie sagt es auch bestimmt. Antworte ihnen!

„Nicht so richtig", sagst du.

„Du weißt, wo er wohnt", widerspricht die Frau.

Du sackst zusammen. Sie wissen alles. Und Mama weiß es auch.

„Du hast seine Adresse ins Netz gestellt. Auf der Ultra-Seite, wo man sich über ihn ausgetauscht hat."

Du antwortest nicht. Sie wissen sowieso alles.

„Ole, die Chatbeiträge wurden zurückverfolgt. Wir wissen, dass jemand mit der Mailadresse oleoleole@sauerland-web.de den Beitrag gepostet hat. In weniger als 24 Stunden werden wir herausgefunden haben, wem diese Mailadresse gehört, aber ich glaube, die Mühe können wir uns sparen. Die Mailadresse gehört dir, nicht wahr?"

Du denkst: Hoffentlich kommt Papa jetzt nicht. Das wäre eine Katastrophe. Hoffentlich kommt er erst, wenn die Polizisten wieder weg sind.

Und dann beginnt Mama plötzlich zu schreien. „Antworte ihnen!" Ihre Augen sind aufgerissen. So starrt sie dich an.

„Ja", antwortest du.

„Das heißt", fragt die Polizistin ganz ruhig, „du hast über Roland Kampmann im Internet recherchiert, diesen Chat gefunden und dann seine Adresse ins Netz gestellt, um die Ultras zu ihm zu lenken. Ist das so?"

„Ich hab gar nichts gelenkt. Ich dachte – ich wollte nur – "

„Du wolltest ihn loswerden, nehme ich an?"

„Ich – er war nur – "

„Ole", Mamas Stimme. Du siehst sie nicht an. Du willst ihren Blick nicht mehr sehen. „Seit wann hast du von Roland gewusst?"

Was soll das jetzt? Was tut das zur Sache? „Und warum hast du mir nichts gesagt?"

Du könntest kotzen. *Warum hast du mir nichts gesagt?*

„Wir hätten doch über alles reden können."

Wie bitte? *Wir hätten über alles reden können? Wann denn?*

Als du unter ihm gelegen hast? Oder beim Abendessen, während ihr euch Nachrichten geschickt habt? Oder als Robin zum Kiffen bei seinem Kumpel war?

„Nein", sagst du, „das hätten wir nicht."

Du spürst, dass Mama geschockt ist. Vielleicht kommt gerade ihre selbstgebastelte Alles-in-Butter-Haltung ins Wanken.

„Ole, wo warst du in der Nacht von Samstag auf Sonntag?"

Was soll das? Du hast eine Adresse ins Netz geschrieben. Du bist doch nicht selbst losgefahren, um Kampmann zu killen.

„Ole, sag, wo du warst!" Wieder Mama! Wieder kurz vorm Durchdrehen. Du hältst diesen Laden nicht mehr lange aus.

„Ole, das ist jetzt kein Spaß mehr. Das ist bitterer Ernst!"

Kein Spaß mehr. Bitterer Ernst!

„Ich war hier!", brüllst du. „**Ich war hier!** Ich bin nämlich immer hier. Während du bei Kampmann im Bett liegst und mit ihm vögelst, bin ich hier. Ich spiele mit Lars. Ich räume die Spülmaschine aus. Ich telefoniere mit Papa. **Ich bin hier!**"

Mama starrt dich an, zwei Sekunden, drei, dann fährt sie herum und schaut auf die Tür. Du folgst ihrem Blick. Im Türrahmen steht Papa. Er ist zu früh gekommen. Oder zu spät.

48

Udo Hengsbach war ein großer, schlanker Mann mit sehr wenig Haaren. Er war trotzdem attraktiv. Ein Heiner-Lauterbach-Typ. Seitdem er angekommen war, ging hier alles aus dem Ruder. Der kleinste der drei Brüder war aus seinem Zimmer gestürmt und Hengsbach wollte informiert werden, warum die Polizei seine Familie befrage. Es wurde unangenehm. Das ließ sich hier nicht mehr halten. Die Familienmitglieder mussten getrennt befragt werden. Und nicht mehr in der eigenen Wohnung, sondern auf dem Revier. Marlene wirkte etwas überfordert. Hektisch schloss sie sich mit Jan kurz. Zu allem Überfluss nahm Max das bekannte Surren an seiner

Brust wahr. Er schaute aufs Display. Eben hatte schon Vincent zweimal angerufen. Den hatte er wegdrücken müssen. Jetzt war es Christian. Der konnte nicht warten. Er nahm an und schaute gleichzeitig, wohin er sich zurückziehen konnte. Er entschied sich für den Flur.

„Ich habe versucht, Marlene zu erreichen", Christian klang hektisch. Das war eigentlich nicht seine Art. „Aber sie meldet sich nicht."

„Hier herrscht ein ziemliches Chaos. Was gibt's?"

„Wir haben einen Hinweis bekommen, und der dürfte euch sehr interessieren. Ein Nachbar der Hengsbachs hat am Montag ein Feuer gemacht. So ein Gartenfeuer – er hat alte Sträucher verbrannt."

„Ja und?"

„Er hat das Feuer zwischendurch unbeaufsichtigt gelassen. Als er nach zehn Minuten zurückkam, sah er Textilien im Feuer."

„Was für Textilien?"

„Eine Jeans, sagt der Typ."

„Und das fand er nicht sonderbar?"

„Schon, aber er hat gedacht, irgendein Nachbar habe halt etwas loswerden wollen."

„Und es deshalb kurzerhand ins Feuer gesteckt?"

„Frag mich nicht! Ich mache keine Feuer im Garten, um Sträucher zu verbrennen. Mein Balkon ist vier Quadratmeter groß", Christian klang entrüstet. „Ich glaube fast, man darf das gar nicht. Einfach so ein Feuer machen. Auch auf dem Land, meine ich jetzt."

Max hatte lange genug auf dem Dorf gelebt, um zu wissen, dass das dort kaum jemanden scherte. Er hatte noch heute den Gestank in der Nase, wenn der Nachbar seiner Eltern im Feuer nicht nur Schnittholz entsorgt hatte, sondern auch alte Schuhe.

„Am Montag –", kam Max jetzt auf das eigentliche Thema zurück. „Dann müsste der Täter die Jeans von Samstag bis Montag versteckt haben."

„Richtig. Aber das ist ja nicht schwer, wenn man sie in einen Plastiksack packt."

„Hat der Nachbar die Jeans aus dem Feuer geholt?"

„Nee, hat er nicht."

Max seufzte unwillig. „Warum nicht?"

„Ganz einfach", Christian holte tief Luft. „Sie brannte wie Zunder, sagt er. Fast so, als hätte man sie vorher in Benzin oder so was getaucht."

49

Beim Kochen versuchte ich mich zu entspannen. Ich hatte getan, was ich konnte. Max die Mailbox vollgequatscht. Max noch mal die Mailbox vollgequatscht und mich geärgert, dass er nicht erreichbar war. Ich hatte Anabolika gegoogelt und mich kundig gemacht. Hatte gelernt, welche es gab, wo sie hergestellt wurden und dass mit ihnen viel Geld gemacht wurde. Hatte die Kinder abgeholt und versucht, mir nichts anmerken zu lassen. Hatte in Alexas Praxis angerufen und erfahren, dass sie zu Hausbesuchen unterwegs war. Hatte Elfer angerufen und auch ihn nicht erreicht. Hatte die Kinder angewiesen, Walter im Garten zu bürsten. Hatte noch einmal Max angerufen – ohne Erfolg.

Jetzt schnitt ich Zwiebeln.

Es sollte Spinat-Lachs-Auflauf geben. Das Leben musste ja weitergehen – auch wenn niemand an meinem Ermittlungserfolg im Fitness-Studio teilhaben wollte.

Ich brutzelte die Zwiebeln zusammen mit ein paar Champignons in der Pfanne und fügte dann Blattspinat hinzu. Dann war der Schafskäse dran. Ich nahm die Packung aus dem Kühlschrank und suchte das Mindesthaltbarkeitsdatum. Es war ziemlich versteckt – dafür war der Herkunftsnachweis gut sichtbar: *Made in Romania*. Griechischer Schafskäse aus Rumänien. Toll! Und dann plötzlich überkam mich eine Hitzewelle, die nicht mit dem Vorheizen des Backofens in

Zusammenhang stand. Im Internet hatte ich gelesen, dass illegale Muskelaufbausubstanzen häufig in China hergestellt wurden – oder aber in Osteuropa. In Rumänien zum Beispiel. Was, wenn die Anabolika, hinter denen Kampmann hergewesen war, *Made in Romania* waren?

50

Max besprach sich mit Marlene in der Küche. Sie sah es wie er.
„Der Kleinste und der Vater bleiben zu Hause. Dieser Ole und die Mutter müssen mit."
„Was ist mit dem Ältesten?"
„Wieso der?"
„Es wäre ein Wunder, wenn er nicht irgendwas mitgekriegt hätte. Außerdem haben wir sein Alibi noch nicht überprüft. Angeblich hat er nach der Hubertus-Party mit ein paar Kumpels herumgehangen."
„Okay, dann kommt er auch mit."
Sie gingen hinüber. Es war eine gespannte Stille im Raum. Marlene setzte sich gar nicht mehr hin. „Frau Hengsbach, wir möchten Sie gern auf dem Revier weiterbefragen. Es sind –" Weiter kam sie nicht. Lars fing an zu heulen und stürzte zu seiner Mutter.
„Die sollen dich nicht mitnehmen", schluchzte er. „Du hast doch gar nichts gemacht."
Marlene sah Max hilflos an. Dann versuchte sie es im Zahnarzttonfall. „Wir müssen deiner Mutter nur ein paar Fragen stellen", bemühte sie sich. „Was sie in der Tatnacht gemacht hat zum Beispiel."
„Sie war hier. Ich weiß das." Dem Kleinen lief es aus allen Löchern.
Marlene war ungeübt im Umgang mit Kindern – als sie sich zu dem Kleinen hinunterbeugte, sah das aus, als wolle sie ein Taschentuch aufheben. „Lars, ich nehme an, du hast in der

Tatnacht geschlafen."

„Habe ich nicht!" Sein Gesicht war voller Trotz – und voller Rotz. „Ich war wach – und habe nebenan Mamas Weinen gehört." Er legte die Hand auf das Knie seiner Mutter.

„Du warst wach?"

„Ich bin wach geworden, weil ich aufs Klo musste. Und da hab ich sie dann gehört – Mama – ich habe gehört, dass sie weinte – aber ich hab mich nicht getraut, zu ihr reinzugehen. Ich bin dann aufs Klo, und auf dem Rückweg ging dann plötzlich die Tür. Die Wohnungstür meine ich jetzt. Da kam Robin nach Hause – und der hatte nur Boxershorts an."

Im selben Moment fuhr er sich mit der Hand auf den Mund. Der kleine Mann hatte ein Geheimnis verraten.

Es war Intuition, die Max plötzlich aufspringen ließ. Er hatte im Flur telefoniert. In direkter Nachbarschaft zu Robins Zimmer. Der Junge musste die Wortfetzen mitbekommen haben. Er stürzte in den Flur und sah verschiedene Türen. Eine kannte er – dort hatte er eben Ole abgeholt. Er riss eine der anderen Türen auf. Überall Lego. Das gehörte dem Kleinsten. Die nächste Tür. Das Zimmer war richtig, aber sofort rutschte Max das Herz in die Hose. Das Fenster war sperrangelweit auf.

△

Er lief und lief. Das konnte er – laufen.

Zum Lager, wie es ihm am Handy gesagt worden war. „Am Rumänienlager hol ich dich ab."

Blöderweise war er nicht an den Autoschlüssel gekommen. Der hatte in der Küche gelegen. Jetzt also zu Fuß!

Sie hatten schon vor ein paar Tagen übers Ausland gesprochen. Nur dass es jetzt so schnell gehen musste, hatte niemand vorhersehen können. Es brach alles zusammen.

Aber vielleicht war Ausland ja auch gar nicht so schlecht.

51

Endlich trank ich mein Freitagsbier. Nicht, weil ich entspannt war, sondern weil ich auf Entspannung hoffte. Laut Andi gab es nur eine Person, die regelmäßig nach Rumänien fuhr, um sich „dort zu informieren". Diese Person kannte sich mit der Wirkung von Muskelpräparaten rein berufsmäßig aus. Diese Person brauchte Geld, um ein wackliges Projekt abzusichern. Es gab nur ein Problem: Diese Person hatte angeblich ein Alibi.

Zum dritten Mal an diesem Abend wählte ich Max' Handynummer.

„Wann gibt's endlich Essen?" Paul stand in der Küche.

„Dauert noch etwas." Der Ruf ging durch. Gleich würde wieder die Mailbox anspringen.

Paul verzog das Gesicht. „Aber du kochst doch schon ewig."

„Das ist ein Auflauf", erklärte ich. „Der ist zwar fertig geschichtet, muss aber noch in den Ofen."

„Ist also doch noch nicht fertig."

Dann ging Max dran. Ich wäre beinahe in den Hörer gesprungen. Allerdings: Mein Freund wirkte hektisch.

„Vincent", sagte er, „ich kann im Moment nur schlecht –"

„Hast du gehört, was ich dir auf die Box gesprochen habe?", wollte ich wissen.

„Ja, habe ich gerade gehört. Kampmann hat sich im Fitness-Studio nach jemandem namens Hengsbach erkundigt. Hätte ich mir eher anhören sollen. Jetzt ist er nämlich weg, der Bursche."

„Wen meinst du?"

„Robin, den ältesten Sohn von Nicole Hengsbach. Er hat vermutlich mit Anabolika gehandelt und ist dabei von Kampmann erwischt worden."

„Erzähl mal – was habt ihr gegen ihn in der Hand?"

„Vincent, wir stecken hier mitten in den Befragungen. Außerdem kann ich am Telefon nicht – "

„Hat er eine Verbindung nach Rumänien?", unterbrach ich

ihn. „Ist er vielleicht schon mal mit dort gewesen?"

„Nicht, dass ich wüsste", Max klang genervt, „aber es gibt zig Indizien gegen ihn: Der Junge ist in der Mordnacht spät nach Hause gekommen, und sein kleiner Bruder sagt aus, dass er nur eine Unterhose anhatte, als er die Wohnung betrat. Wir vermuten, dass er sich die Hose mit Benzin eingesaut und im Keller versteckt hat. Zwei Tage darauf hat nämlich ein Nachbar der Hengsbachs eine Jeans in seinem Gartenfeuer entdeckt. Außerdem wurde in der Tatnacht ein Kleinwagen mit überhöhter Geschwindigkeit in der Nähe des Tatorts gesehen. Robin Hengsbach fährt einen Fiesta. Dann behauptet er, in der Tatnacht auf einer Party gewesen zu sein. In Wirklichkeit ist er dort aber schon um halb drei verschwunden. Und das Beste zum Schluss: Eine Überprüfung der umliegenden Tankstellen hat ergeben, dass am Montag nach dem Mord ein junger Kerl einen Benzinkanister gekauft hat. Wir vermuten, dass der Täter den Kanister ersetzen wollte, der beim Brandlegen draufgegangen ist. Kurzum: Wenn der Tankwart Robin Hengsbach erkennt, wird es sehr eng für ihn."

„Verstehe! Aber wo hat er die Anabolika her?"

„Das wissen wir nicht!"

Darauf hatte ich nur gewartet. „Rumänien", sprudelte ich los. „Ich wette, sie kommen aus Rumänien. Und ich wette, Peter Weingarten ist der Mann, der daran verdient. Womöglich ist er sogar der Mann, der Roland Kampmann umgebracht hat."

„Weingarten hat ein Alibi", erklärte Max mit leichter Ungeduld in der Stimme, „und zwar ein bombensicheres. Jan hat es geprüft. Gleich mehrere Leute haben versichert, Weingarten sei um halb zwölf zum Klassentreffen gestoßen."

Noch während Max sprach, zupfte Marie an meinem Ärmel. „Wer ist denn da dran? Und warum tust du nicht endlich den Auflauf in den Ofen?"

Ich hätte meine Tochter am liebsten zusammengestaucht, beschränkte mich aber darauf, sie zu ignorieren.

„Möglich, dass Weingarten Robin angestiftet hat", hörte ich

Max am Telefon sagen, „aber um das zu erfahren, müssen wir Robin Hengsbach erst mal erwischen. Die Fahndung läuft auf vollen Touren. Deswegen muss ich jetzt auch –"

Wieder das Zupfen. „Oder willst du den Auflauf erst später reintun – wenn Mama nach Haus kommt?"

„Ich mach's gleich!", zischte ich Marie zu. Dann erstarrte ich. *Jetzt – später!* Plötzlich erschien mir alles ganz klar.

„Max!", sagte ich aufgeregt. „Nicht auflegen! Hör mir kurz zu! Wenn Kampmann nicht durch das Feuer gestorben ist, sondern vorher umgebracht wurde, dann könnte es zwei Tatzeiten geben."

„Wie meinst du das?"

„Vielleicht hat Weingarten Kampmann erledigt, und Robin Hengsbach hat erst sehr viel später das Feuer gelegt."

Max antwortete nicht. Das hieß, er dachte darüber nach. Mehr wollte ich gar nicht.

„Wie auch immer – wir müssen Robin Hengsbach jetzt finden!"

Bevor Max auflegte, schaffte ich es grad noch, einen Halbsatz loszuwerden: „Aber Weingarten auch!"

Robin war auch zwei Minuten nach der Ankunft noch immer außer Atem. Er hatte sich hinter dem Schuppen versteckt, wie Peter es gesagt hatte. Erst als der Wagen vorfuhr, kam er nach vorn. „Wo fahren wir hin?"

„Das wirst du schon sehen. Du legst dich hinten ins Auto."

„In den Kofferraum?"

„Wohin sonst? Willst du im Cabrio durch die Stadt fahren? Robin, die Polizei ist hinter dir her."

Nur hinter mir?, schoss es ihm durch den Kopf, während er in den Kofferraum sprang. Es lag eine Plane darin. „Was ist damit?", fragte er Peter.

„Ist noch vom Segeln im Auto. Leg dich einfach drauf!" Peter hatte die Klappe schon in der Hand.

„Ach, Moment mal!", sagte er dann. „Ich muss noch einen Anruf erledigen – bei dem Typen, der dir neue Papiere besorgt. Hast du ein Handy? Ich hab meins nicht dabei."

„Neue Papiere?" Robin nestelte im Liegen nach seinem Telefon.

„Meinst du, du kannst unter deinem normalen Namen losfliegen?" Peter nahm das Handy entgegen. „Und jetzt mach dich klein!"

Er schloss die Klappe – und Robin bekam sofort Panik. Es war wahnsinnig stickig. Wie lange konnte man ohne Sauerstoff in einem Kofferraum überleben? Er versuchte sich zu beruhigen. Bemühte sich, an etwas anderes zu denken. Das führte seine Gedanken immer wieder zu Kampmann.

„Robin, was machst du da für eine Scheiße?", hatte Mamas Schrauber zu ihm gesagt. „Wenn ich nicht wüsste, dass ich deine Mutter damit unglücklich mache, hätte ich ihr schon längst von deinen Aktivitäten erzählt."

Aktivitäten! Er hatte genauso eine Scheiße geredet wie damals schon Papa.

„Kommt nicht wieder vor", hatte er gesagt. Und gedacht hatte er: „Leck mich am Arsch!"

Endlich, das Auto fuhr los. Aber Peter würde ihn doch hoffentlich nicht bis Düsseldorf im Kofferraum lassen – oder bis Frankfurt? Robin hatte das Gefühl, dass er schon jetzt keine Luft mehr bekam. Ruhig atmen, flößte er sich ein. Ruhig atmen! An nichts anderes denken.

Nur hinter mir?

Als in der Nacht der Anruf gekommen war, war er sofort losgefahren. „Es kommt jetzt auf dich an!", hatte Peter am Handy gesagt. „Kampmann haut ab! Das heißt, er hat sich von deiner Mutter getrennt. Das heißt, er bricht hier mit allem ab. Das heißt, er lässt dich morgen hochgehen."

„Ach du Scheiße! Und jetzt?" Robin war panisch geworden. Er hatte bei Hubertus ein paar Bierchen getrunken. Er hatte keinen Bock gehabt auf den Knast.

„Ich hab das für dich erledigt", hatte Peter gesagt.

„Ist das dein Ernst?"

„Meinst du, ich lasse dich im Stich?" Die Frage hatte nachgewirkt. Robin hatte sich in ihr gesonnt. Peter! – ließ ihn! – nicht! – im Stich! Sein Vater war abgehauen. Peter nicht. Er hatte sich auch damals um ihn gekümmert – nach dem Kreuzbandriss – und als Robin sich ihm anvertraut hatte. Dass er nie wieder Fußball spielen wollte. Dass er nie wieder vor seinem Vater antreten wollte. Dass er es ein für allemal leid sei. Peter hatte gesagt: ‚Es gibt noch andere Sportarten. Du bist ein phantastischer Läufer – wenn deine Verletzung ausgeheilt ist, kannst du dich darin trainieren. Bis dahin wäre vielleicht Krafttraining etwas für dich.'

Nur hinter mir?

„Aber dafür brauche ich jetzt deine Hilfe."

Er hatte sich sofort bereiterklärt. Er hatte ja immer einen Benzinkanister im Auto.

„Keine große Sache", hatte Peter gesagt. „Am besten machst du das gegen drei Uhr."

Das Auto ruckelte plötzlich. Es fühlte sich wie Bahngleise an. Die Luft wurde knapper. Wie viel Grad waren es hier im Kofferraum? Garantiert über 30! Er klopfte von innen gegen die Klappe. Wie lange musste er in Deckung bleiben? Konnte er nicht wenigstens auf dem Rücksitz liegen?

Aber er war ja selbst schuld! Die ganze Sache war nur seinetwegen ans Licht gekommen. Peter hatte immer gesagt: „Nicht hier! Auf keinen Fall hier!"

Das gesamte Sauerland hatte er abfahren dürfen, nur in der eigenen Stadt hatte er sich zurückhalten sollen. Verflucht noch mal! Nur ein einziges Mal hatte er gegen diese Regel verstoßen, bei Alex Paschewski. Und das hatte sich gerächt. Der Arsch hatte ihn bei Kampmann verraten. Und der hatte dann am Freitagmorgen plötzlich vor der Tür gestanden. Er hatte abgepasst, dass Mama bei der Arbeit war – und die Kleinen in der Schule. Robin war ja meistens zu Haus, wenn er nicht fürs Geschäft unterwegs war.

„Von wem kriegst du das Zeug?", hatte er ohne jede Begrüßung gefragt.

Robin hatte sich vor Angst fast in die Hosen geschissen. Und trotzdem die Ruhe bewahrt.

„Wen interessiert das jetzt noch? Ich hab mit der Sache nichts mehr zu tun."

„Robin, das ist kein Spaß. Von wem wirst du beliefert? Steckt da Weingarten drin?"

Er war beinahe weggesackt, als er den Namen gehört hatte. Auf keinen Fall durfte er Peter verraten.

„Deine Mutter hat mir gesagt, dass er nach deiner Verletzung für dich eine Art Ersatzvater war. Hat er dieses Scheißzeug besorgt?"

„Von mir gibt's keine Auskunft", Robin hatte sich bemüht, möglichst cool rüberzukommen. „Oder soll ich auch meinem Vater mal Auskünfte geben? Bestimmt interessiert ihn, was du meiner Mutter besorgst!"

Kampmann hatte eine Weile gezögert. „Du machst dich unglücklich, Robin!" Dann war er verschwunden. Und Robin hatte ihn nur noch ein einziges Mal wiedergesehen.

„Geh nicht rein!", hatte Peter gesagt. „Zünd die Bude einfach nur an! Das ist für alle das Beste."

Er war doch reingegangen. Er war ja kein Schisser. Kampmann hatte nichts anderes verdient.

Es gab nur ein Problem: Seitdem fragte er sich, wer eigentlich mehr davon hatte, dass Kampmann sich in Rauch aufgelöst hatte.

Robin hielt es nicht mehr aus. Die Enge. Die Luft. Die Dunkelheit. Wenn er wenigstens sein Handy gehabt hätte, um ein bisschen Licht zu machen. Aber das hatte ja Peter. Warum hatte er es ihm eigentlich nicht zurückgegeben? Und wieso ließ er ihn nicht endlich auf den Rücksitz? Dann plötzlich dieser Gedanke – er kam wie ein Blitz. Der Gedanke war: Robin war für Peter eine große Gefahr!

52

Es war hektisch. Fünf Leute durchkämmten die Wohnung –
zwei davon allein Robins Zimmer. Noch hatten sie keinen
Hinweis auf seinen Verbleib – dafür sah es mittlerweile überall aus wie Sau.

Dann sah Max in der Küche den Schlüssel. „Hat sich überhaupt schon jemand sein Auto angeguckt?"

Keine Antwort. Jan, der im Flur die Jacken durchwühlte, sah
ihn nur an.

Max rannte los.

×

Er gab sich einen Ruck. Jetzt oder nie! Ganz langsam zog
er die Spritze auf. Succinylcholin! Ein teuflisches Zeug!
Bewirkte Atemstillstand innerhalb einer Minute und führte
zu Ersticken bei vollem Bewusstsein. Er hatte es sich in Rumänien besorgt. Jetzt kam es zum Einsatz.

Er musste sich eingestehen, bei Kampmann war es ihm
leichter gefallen. Der hatte ihn hochgehen lassen wollen.
Alternativ hatte er 100.000 Euro gewollt. „Als Startkapital",
hatte er lächelnd gesagt. Er war ziemlich betrunken gewesen.
Seine Forderung hatte er aber trotzdem 1a auf die Reihe
gekriegt. Nun, vielleicht war er zu betrunken gewesen, um
schnell reagieren zu können. Er hatte sich nicht gewehrt, als
er ihm das Messer in den Bauch gerammt hatte. Ein Messer
aus dem Nolte-Messerblock. Peter hatte sich kurzfristig dafür
entschieden, um nicht sein mitgebrachtes Butterfly benutzen
zu müssen. So war Kampmann durch ein Ausbeinmesser gestorben.

Aber Kampmann war eben Kampmann gewesen. Mit dem
Jungen war alles ganz anders. Der Junge war 18 Jahre alt –
und lebte in dem Glauben, er habe in ihm einen Freund. Das
rührte ihn irgendwie. Das rührte ihn sehr.

Und dennoch – er hatte keine Wahl. Die Schlinge zog sich um Robin zusammen. Und wenn die Polizei ihn hatte, würde er irgendwann reden. Das durfte auf keinen Fall geschehen! Zur Sicherheit ging er in Gedanken noch einmal durch, wie er sich den weiteren Ablauf vorgestellt hatte. Nach der Spritze würde er ihm mit den Seilen die Hanteln anbinden und ihn anschließend in die Segelplane wickeln. Das Ganze noch einmal verschnüren. Dann bis zur Dämmerung hier im Wald warten, und schließlich zur Möhne. Oder doch zur Sorpe? Es ärgerte ihn, dass er so unentschlossen war. Er hatte das Ganze hundertmal durchdacht – und schwankte doch immer wieder hin und her. An der Sorpe hatte er sein Segelboot liegen. Er könnte also – nein, die Möhne war tiefer. Außerdem war es sowieso besser, nicht das Boot zu benutzen, sondern die Leiche aus dem Auto heraus zu entsorgen. Ein für allemal: die Delecker Brücke.

Er atmete noch einmal tief durch. Dann fasste er die Spritze fester und stieg aus.

△

Das Auto hielt plötzlich an. Robin stockte der Atem. Er lauschte. Kein Verkehrslärm. Sie waren irgendwo in der Pampas.

Eine Panikattacke überfiel ihn. Das Gefühl, nicht mehr atmen zu können. Was hatte Peter mit ihm vor? Wollte er ihn umbringen? Wollte er ihn ohnmächtig machen, indem er ihm einfach den Sauerstoff entzog?

Robin zwang sich zu atmen. Er zwang sich zu denken. *Ruhig, ganz ruhig!*

Noch immer keine Autotür, keine Bewegung. Dann hatte er zumindest eine Idee. Vielleicht gab es außer dieser blöden Segelplane etwas, womit er sich verteidigen konnte. Er tastete herum. Eine Kiste! Deshalb war es an den Beinen so eng gewesen. Er fühlte hinein. Hanteln. Und Gymnastikseile.

Ließ sich damit etwas machen?

Er suchte weiter. Kein Schraubenschlüssel. Kein Warndreieck.

Plötzlich das Geräusch der Autotür! Ein Schreckmoment, dann griff Robin hektisch nach einer Hantel. Im selben Moment fragte er sich, warum Peter sie im Auto liegen hatte.

Da – er sah einen Spalt, die Klappe ging auf!

53

Das Auto war vermüllt. Halbleere Colaflaschen, Bonbonpapier, zerknüllte Zigarettenschachteln, Dreck. Als Max alles durchsucht hatte, hatte er drei interessante Papiere gefunden: ein Schreiben der Berufsbildenden Schulen an Robin, in dem seine Fehlzeiten angemahnt wurden. Das Blatt war tischtennisballgroß zusammengeknüllt. Außerdem zwei Notizzettel – jeweils mit einer langen Zahlenverbindung beschrieben. Zwischen den Zahlen stand jeweils ein N und ein E.

„Dafür, dass du ein Geschwür am Hintern hast, läufst du ziemlich schnell", Jan war Max zum Auto gefolgt und stand jetzt an der Beifahrertür. „Und – was gefunden?"

„Das hier! Hab nur keine Ahnung, was es bedeutet."

Jan warf einen Blick auf die Zettel.

„Koordinaten", sagte er schließlich. „Hast du schon mal *geo caching* gemacht?"

△

Robin hockte auf dem Feldweg und weinte. Er weinte so, wie sonst nur Lars weinen konnte.

Er weinte, weil er unter Schock stand. Er weinte, weil er einen Menschen umgebracht hatte.

Es war der Überraschungseffekt gewesen. Er hatte Weingarten

die Hantel ins Gesicht gedroschen, bevor die Klappe ganz auf gewesen war. Er war nach hinten gekippt und auf den Rücken gefallen, neben sich die tropfende Spritze. Peter hatte danach getastet, natürlich war er nicht ausgeknockt gewesen, bestenfalls ein wenig verpeilt. Und dann – wie in Trance – hatte Robin sich die Spritze gepackt und sie Peter in die Wade gerammt. Mit vollem Druck war die Flüssigkeit in seinen Körper geschossen, ein bisschen allerdings auch daneben.

Einen Moment hatte Robin dagestanden und auf Peter geblickt – in seine ungläubigen Augen. Und dann war er einfach gerannt. Er war gerannt und gerannt. Jetzt saß er hier, konnte nicht mehr und wollte das alles nicht glauben. Er brauchte zehn Minuten, bis er einen Gedanken fassen konnte. Dann stand er auf und ging los. Es dauerte eine Viertelstunde, dann stieß er auf eine Siedlung. Er klingelte am ersten Haus. Als ein alter Mann öffnete, hielt er die Karte des Polizisten in der Hand, als wolle er damit betteln.

„Darf ich telefonieren?", brachte er heraus. „Ich habe gerade einen Menschen getötet."

54

„Laut Robin Hengsbach hat Weingarten die Medikamente in zwei besonders gesicherten Kellerräumen des Ärztehauses gelagert", erklärte Marlene. Sie sah fertig aus. Irgendetwas war mit ihr los, dachte Max zum hundertsten Mal.

„Er wollte aber nicht, dass sein Zwischenhändler sie regelmäßig dort abholte. Deshalb hat er die Wochenlieferung jedes Mal an einem anderen Ort im Wald deponiert und Robin lediglich die Koordinaten gesimst. Robin hat sie dann innerhalb von sechs Stunden dort abholen müssen. Die beiden arbeiteten zusammen, ohne sich treffen zu müssen."

„*Geo caching* ist also doch kein Kinderspiel", sagte Max.

Marlene lehnte sich an den Schreibtisch und rieb sich die

Stirn. „Ich bin froh, dass es vorbei ist. Ich hatte nicht immer das Gefühl, ich hätte die Ermittlung im Griff."

Max überlegte einen Moment. Dann entschied er sich, einfach zu fragen. „Ist bei dir alles Ordnung?"

„Eigentlich schon!" Marlene lächelte schwach. „Vielleicht bin ich abgelenkt. Ich habe seit ein paar Wochen eine neue Beziehung."

55

Max hatte ein weißes Hemd an. Allein das war schon sensationell. Und auch seine Jeans schien mir etwas moderner als seine üblichen Modelle. Ich verkniff mir eine Bemerkung und nahm stattdessen einen Schluck Bier. Mein *Thank-God-it's-Friday*-Bier auf der Terrasse!

Max trank lieber Tee und erzählte von der Arbeit. „Roland Kampmann hat zunächst nur Robin Hengsbach aufgescheucht, aber dann hat er langsam die Zusammenhänge gecheckt. Scheibchen für Scheibchen ist er Weingarten auf die Schliche gekommen."

„Auch eine Art Salamitaktik!", murmelte ich. „Was gibt's sonst Neues? Robin Hengsbach ist noch in Untersuchungshaft, habe ich gehört?"

„Klar – seit seiner Festnahme vor zwei Wochen. Keine Ahnung, wie es ausgeht. Bei ihm kommt ja einiges zusammen."

„Aber Weingarten hat er doch in Notwehr getötet!"

„Das muss das Gericht erst mal feststellen. Und mit Anabolika hat er nicht in Notwehr gehandelt. Und den Brand hat er auch nicht in Notwehr gelegt."

„Verstehe!"

„Erinnerst du dich noch an den Abend, als wir uns die Brandruine angeschaut haben? Wir haben jemanden weglaufen sehen." Ich nickte.

„Das war Robin, der sich dort am Ort des Geschehens herumtrieb. Die Unruhe des Täters, würde ich mal sagen."

„Aber ein guter Sprinter!", rutschte es mir heraus. Der Sarkasmus blieb mir im Halse stecken.

Denn von Andi wusste ich, dass bei den Hengsbachs alles aus dem Ruder lief. Nicole Hengsbach war in die Klinik gekommen, der Kleinste völlig durch den Wind. Immerhin, der Vater versuchte jetzt, ins Sauerland zurückzukehren, um bei den Kindern zu sein.

Silke kümmerte sich, so gut es ging, um die Familie. Manchmal war die Rot-Weiß-Connection gar nicht so schlecht.

„Du hast abgenommen!", schreckte Max mich aus meinen Gedanken. „Kann das sein?"

„Drei Kilo", erklärte ich stolz. „Ich esse keine Süßigkeiten mehr und jeden zweiten Tag gehe ich mit Paul joggen. Er behauptet, das sei gut wegen Fußball. Nach wie vor tut er alles, um Elfer zu imponieren."

„Elfer – der Hundertprozentige!"

„Der nach seiner Grippe jetzt wieder hundertprozentig fit ist. Vielleicht auch nur deshalb, weil er seit neuestem die Energydrinks seiner Mutter weglässt. Sie hat ihm zur Stärkung jeden Tag ein Gesöff aus Wirsingsaft und rohen Eiern gemacht."

Max lachte lauthals. Dann stellte er seine Teetasse ab und stand auf. „Ich muss dann jetzt mal!"

„Du willst noch weg?"

„Nach Arnsberg." Max nuschelte mehr, als dass er sprach. „Karla und ich schauen uns ein Kabarettprogramm in der Kulturschmiede an."

„Wie bitte?" Ich war von den Socken.

Max tat, als ob nichts wäre, nahm seine Jacke und ging in den Flur. „Du könntest eigentlich mitkommen. Irgendetwas von wegen Lehrerfrauenselbsthilfegruppe."

„Danke, habe ich genug!" Dann klopfte ich Max begeistert auf die Schulter „Mensch, Kumpel, wie hast du diese Karla soweit gekriegt, dass sie mit dir ausgeht?"

„Nun ja", Max wirkte etwas verlegen, „sie hat ein Knöllchen gekriegt und weil sie wusste, dass ich Polizist bin, hat sie mich angerufen und gefragt, ob ich da nicht etwas machen könne. Weil das nämlich total ungerecht wär."

„Und – konntest du?"

„Ich habe gesagt, ich würd mich drum kümmern. In Wirklichkeit habe ich's heimlich bezahlt."

„Das ist nicht dein Ernst!"

„Danach haben wir ein paarmal telefoniert – und uns stundenlang unterhalten."

Max öffnete die Hautür. „Deswegen – drück mir die Daumen!"

Ich war mordsmäßig platt. Das schien ja doch noch etwas zu werden! Während Max zum Auto ging, fiel mir etwas ein: „He, Max, du hast noch keine neue Brille!"

Er grinste, als er sich umwandte. „Brauch ich auch nicht. Karla hat gesagt, sie fänd meine Brille total süß."

Zufrieden sah ich meinem Freund nach, wie er aus der Ausfahrt setzte und noch einmal winkte. *Karla hat gesagt, sie fänd meine Brille total süß!* Ich musste plötzlich lachen – und hatte ein verdammt gutes Gefühl. Wer so etwas behauptete, der musste blind vor Liebe sein.

Kathrin Heinrichs im Blatt-Verlag:

Vincent Jakobs' 1. Fall:

Ausflug ins Grüne

ISBN 978-3-934327-00-9   9,20 €

Es ist schon verrückt. Zunächst bekommt Kölschtrinker Vincent Jakobs diese Stelle als Lehrer. An einer katholischen Privatschule. In einer sauerländischen Kleinstadt. Und gerade beginnt er, das gemütliche Städtchen und seine illustren Gestalten zu schätzen, da muss er feststellen, dass sein Vorgänger auf nicht ganz undramatische Art und Weise zu Tode gekommen ist ...

Vincent Jakobs' 2. Fall:

Der König geht tot

ISBN 978-3-934327-01-6   9,20 €

Sauerländische Schützenfeste sind mordsgefährlich! Diese Erfahrung muss auch Junglehrer Vincent Jakobs machen, als er einen Blick hinter die Kulissen wirft. Das Festmotto „Glaube, Sitte, Heimat" haben sich offensichtlich nicht alle Grünröcke auf ihre Schützenfahne geschrieben ...

Kathrin Heinrichs im Blatt-Verlag:

Vincent Jakobs' 5. Fall:

Sau tot

ISBN 978-3-934327-05-4   9,20 €

Als Vincent Jakobs an einer Treibjagd teilnimmt, macht er eine grausige Entdeckung: Unter einem Hochsitz mit der Parole «Jäger sind Mörder» liegt eine Leiche. Die Tat militanter Jagdgegner oder eine geschickte Inszenierung? Um den Fall zu lösen, muss sich Vincent diesmal ganz schön durchs sauerländische Unterholz schlagen ...

Vincent Jakobs' 6. Fall:

Totenläuten

ISBN 978-3-934327-06-1   9,20 €

Mord kommt auch in besten Kirchenkreisen vor: Das glaubt Vincent Jakobs spätestens, als ein Mitglied des Kirchenvorstandes tot im Glockenturm entdeckt wird. Und schon bald tun sich unter den Weihrauchschwaden der Pfarrgemeinde weitere Abgründe auf ...

Kathrin Heinrichs im Blatt-Verlag:

Vincent Jakobs' 7. Fall:

Druckerschwärze

ISBN 978-3-934327-10-8   9,20 €

Kaum ins Wochenende gestartet, bekommt Vincent Jakobs einen Praktikumsbericht der besonderen Art geliefert: In einer sauerländischen Zeitungsredaktion hat eine Schülerin eine grausige Entdeckung gemacht. Als Vincent am Tatort eintrifft, ist Simone plötzlich verschwunden. Auf der Suche nach ihr kommt der Hobby-Ermittler einer brisanten Zeitungsstory auf die Spur – und muss die Macht der Lokalpresse am eigenen Leibe erfahren ...

Tot überm Zaun

Das Sauerland & andere Regionen in 12 Kurzkrimis

ISBN 978-3-934327-11-5   9,20 €

Zaunphantasien mit tödlichem Ausgang - ein Sauerländer Seniorentrio, das den ultimativen Banküberfall plant – die Suche nach einer Vermissten auf dem Rothaarsteig: die Krimikurzgeschichten im vorliegenden Band sind mal humorvoll und leicht, mal düster und spannend geschrieben.

Kathrin Heinrichs im Blatt-Verlag:

Nelly und das Leben

Süß-saure Geschichten

ISBN 978-3-934327-03-6 8,80 €

Warum zwei rosa Streifen das Leben verändern können. Warum in Krabbelgruppen gelegentlich ein Mord passiert. Warum besuche im Spaßbad nicht wirklich spaßig sind. Warum die erste Tupperparty ein Wendepunkt im Leben ist.
Nellys Leben ist voller Fragen. Und Nellys Geschichten sind voller Antworten.

Nelly und das Leben geht weiter

Neue süß-saure Geschichten

ISBN 978-3-934327-07-8 8,80 €

Es sind weiterhin die großen Fragen des Alltags, die Nellys Leben bestimmen:
Wie ein Schafwollpullover das große Glück verhindern kann. Warum man gelegentlich in einem T-Shirt Größe XS steckenbleibt. Wieso manche Weihnachtsbäume noch beim Abholen peinlich sind. Nelly schlägt sich durch. Und macht dabei immer wieder die Erfahrung:
Das Leben ist hart. Aber manchmal auch lustig.

www.Kathrin-Heinrichs.de